FÖRMLICHE VEREINBARUNG

KYLIE GILMORE

ISBN-10: 1-942238-45-2
ISBN-13: 978-1-942238-45-4

Kapitel Eins

Alex Campbell war gestraft mit einer zweijährigen Dämonin aus der Hölle. Und er hatte schon gedacht, Vivians erstes Lebensjahr wäre schwierig gewesen. Aber nein, weit gefehlt, im Vergleich zu diesem Jahr war das erste ein Spaziergang gewesen. Die Backenzähne kamen, und diese Tatsache würde ihn noch umbringen. Drei Wochen schon und noch kein Ende in Sicht. Er war mit ihr zum Kinderarzt gegangen, hatte im Internet nachgesehen, hatte seinen äußerst erfahrenen Vater gefragt und ES GAB EINFACH NICHTS, DAS HALF.

Ihr neuerliches Weinen drohte seine Trommelfelle zu zerreißen. Er setzte sie in der Küche ab, nahm einen Eiswürfel aus dem Gefrierschrank und wickelte ihn in einen Waschlappen. Dann nahm er sie wieder auf den Arm und drückte ihn ihr auf die Lippen. „Hier, du wirst sehen, dass dein Zahnfleisch weniger weh tut. Tu es dahin, wo es weh tut."

Sie saugte an dem Waschlappen, ließ ihn fallen und begann erneut zu weinen.

Er starrte den Waschlappen auf dem Boden der Küche an. Hier galt die Fünf-Sekunden-Regel. Schnell hob er ihn wieder auf und gab ihn ihr erneut. „Hier. Halt ihn darauf, wo deine Backenzähne durchkommen."

Ihr Zahnfleisch war angeschwollen, und im Oberkiefer sah man schon ein kleines bisschen Weiß durchblitzen. Die unteren Backenzähne hatte sie völlig ohne Schwierigkeiten bekommen. Er half ihr dabei, das Eis an der richtigen Stelle zu platzieren, wo die Schwellung am schlimmsten war, und sie beruhigte sich. Er entspannte sich ein klein wenig und betrachtete ihre runden Wangen, die nun von Rotz und Tränen gerötet waren. Ihr hellbraunes Haar war unordentlich, und wahrscheinlich würde es schwer zu kämmen sein. Das stellte einen weiteren Kampf dar, auf den er sich jetzt nicht einlassen wollte. Ihre großen, braunen Augen sahen ihn schläfrig an.

Er ließ sich auf einen Küchenstuhl sinken, setzte Vivian auf seinen Schoß und sah zur Uhr der Mikrowelle. Es war erst 18:00 Uhr. Er freute sich wirklich nicht auf eine weitere lange, schlaflose Nacht, in der er alle zwei Stunden aufstehen musste, um zu versuchen, die weinende, übel gelaunte Ausgeburt des Teufels zu trösten. Moment, dann war er ja der Teufel. Dabei war er in diesem Szenario ein verdammter Heiliger.

Es klingelte an der Tür. Hurra! Er hatte seinen älteren Bruder Josh gebeten, ihm etwas zu essen aus dem Restaurant, das er leitete, dem Garner's Sports Bar & Grill, vorbeizubringen. Alex hatte einfach nicht die Energie, das Abendessen selbst vorzubereiten. Er hatte sowieso schon kaum noch Reserven übrig, hinkte mit seiner Arbeit hinterher und wünschte sich verzweifelt eine Pause und etwas Erleichterung für seine kleine Tochter und sich selbst.

„Das Abendessen ist da", erzählte er Vivian und eilte mit ihr auf dem Arm zur Tür. Wenn er sie nicht auf dem Arm behielt, bekam sie einen Wutanfall. Und er hatte erst erfahren, was ein Wutanfall wirklich bedeutete, als die Backenzähne sein süßes kleines Mädchen in Chuckie, die Mörderpuppe, verwandelt hatten.

Auf dem Weg zur Tür ließ sie aus Versehen den Waschlappen fallen, und ihr wütendes Weinen war daraufhin so laut, dass ihm davon einen Moment lang die Ohren klingelten. Er öffnete die Tür, und vor ihm stand Josh. Er war genauso alt wie Alex und ähnlich gebaut, allerdings war Joshs dunkelbraunes Haar unordentlich frisiert, wie es Mode war, und er hatte keine dunklen Ringe unter den Augen. Er war sauber rasiert, und sein schwarzes T-Shirt und die verwaschene Jeans hatte keine Flecken. Alex fiel auf, dass Dinge wie ein gepflegtes Äußeres, nun, da er sich in der Hölle befand, wirklich Luxus waren. Und was noch wichtiger war, Josh sah erholt aus und nicht so, als befände er sich am Rande eines Nervenzusammenbruchs. Er war wie der Rettungsring für einen Ertrinkenden.

„Komm rein!", rief Alex laut genug, um Vivians Geschrei zu übertönen. „Vielen Dank, dass du gekommen bist."

Josh trat ins Haus, sah Vivian, Alex und das unordentliche Haus an und erklärte dann: „Ihr wisst wirklich, wie man es krachen lässt."

Alex lachte bellend und erklärte ihm dann schnell, wie die Situation war, und dass bei seiner Zweijährigen die Backenzähne kamen.

„Ich habe dir dein Lieblingsessen mitgebracht, Vivian", sagte Josh, wuschelte ihr durchs Haar und hielt eine Tüte mit Essen hoch.

Sie wandte den Blick ihrer vom Weinen roten Augen ihrem Onkel zu, und es entstand ein dringend benötigter Moment der Ruhe. „Würmer?"

Josh lachte leise. „Ja, Würmer und Schmutzbällchen." Spaghetti und Fleischbällchen. Er gab ihr ein High Five und ging dann hinüber zu ihrem kleinen, viereckigen Küchentisch.

Es gab also noch einen kleinen Funken Hoffnung. Vielleicht würden die Spaghetti und Fleischbällchen tatsächlich funktionieren. Um sie zu bitten, war eine Verzweiflungstat gewesen. Sie hatte seine Version davon probiert, aber das Essen bei Garner's war um einiges besser. Außerdem handelte es sich hierbei um Onkel Josh, den Vivian anbetete. Wahrscheinlich, weil Josh entspannt und locker war, genau wie er selbst es auch gewesen war, bevor er die enorme Verantwortung kennengelernt hatte, die es mit sich brachte, wenn man allein für einen anderen Menschen verantwortlich war, der völlig von einem abhängig war. Vivians Mama, Tammy, war während der Geburt an dem Kaiserschnitt gestorben. Alex war alles, was Vivian noch geblieben war, ein Vater, der sich überhaupt nicht mit Kleinkindern auskannte und plötzlich ins kalte Wasser geworfen worden war.

Er setzte sie in ihren Hochstuhl, band ihr ein Lätzchen um und stellte einen Teller mit dem Abendessen und einer Plastikgabel vor sie hin. Er war noch nicht mal fertig damit, ihr das Abendessen zu servieren, als die Gabel auf dem Tisch von einem frustrierten Schrei erschüttert wurde. Daraufhin folgte herzzerreißendes Schluchzen. Sein Kopf tat weh, und er hatte unglaubliches Mitleid mit ihr. Er konnte sie verstehen. Es war nicht nur der Schmerz, sondern auch die Tatsache, dass sie nicht mal ihr Lieblings-essen genießen konnte. Sie hatte den Mund weit aufgerissen, und Stücke von Nudeln hingen ihr an den Lippen und am Kinn. Er wischte sie ihr schnell mit dem Lätzchen ab und hätte am liebsten mit ihr geweint. Allerdings konnte er sich einen Nervenzusammenbruch nicht leisten. Stattdessen starrte er sie an und versuchte, sich etwas zu überlegen, das ihren Schmerz lindern würde.

Josh meldete sich zu Wort. „Hast du ihr die Kinder-medizin gegeben?"

„Die kommt sofort wieder hoch. Ich habe ein Gel, das ihr Zahnfleisch betäubt, aber der Arzt hat gesagt, ich soll es sparsam verwenden. Deswegen hebe ich es für abends auf, sodass sie wenigstens ein wenig schlafen kann."

Alex wühlte sich durch verschiedene Küchenschränke. Vielleicht hatte er irgendwo noch ein paar Gläschen mit Babybrei herumstehen. Das Zeug schmeckte zwar nicht besonders, aber immerhin würde sie nicht kauen müssen. Nein, nichts mehr da. Er brauchte dringend einen Mixer. Er fügte ihn seiner Liste im Kopf hinzu und hoffte, sich später daran zu erinnern. Dann ging er zum Kühlschrank, holte etwas Milch heraus, goss sie in ihre pink-grüne Lieblingstasse und steckte einen Trinkhalm hinein. Sie nahm sie, saugte an dem Trinkhalm und begann zu husten.

Er hob ihre Händchen in die Luft. „Tor." Sie hielt die Hände hoch, während er ihr auf den Rücken klopfte. Nachdem der Husten vorbei war, begann sie erneut zu trinken.

Er ließ sich auf seinen Stuhl sinken, viel zu müde, um zu essen. Er würde sowieso in ein paar Minuten mit dem Essen aufhören müssen, sobald Vivian mit ihrer Milch fertig war.

Josh starrte ihn an. „Du siehst völlig fertig aus."

Alex fuhr sich mit der Hand über das müde Gesicht. „Ich weiß." Er hatte sich nicht rasiert, hatte dunkle Ringe und Tränensäcke unter den Augen und wusste nicht mal mehr, wann er das letzte Mal geduscht hatte. Wann war sein Vater das letzte Mal hier gewesen?

„Schläfst du genug?"

„Sie wacht alle zwei Stunden auf. Es ist sogar schlimmer als damals, als sie noch ein Baby war. Alles regt sie auf— Tag und Nacht."

„Und was hat Dad dazu gesagt?"

„Mom hat sich darum gekümmert."

Joshs Lippen wurden schmal. Ihre Mutter war ein Tabuthema. „Aber was hat Dad mit Mad gemacht?" Ihr Vater hatte ihre jüngere Schwester Mad, seit sie ein Jahr alt war, allein großgezogen. Damals hatte ihre Mutter, die unter schlimmer Wochenbettdepression litt, ihre sechs Kinder zurückgelassen. Und war niemals zurückgekehrt. Alex hasste seine Mutter dafür, doch in der letzten Zeit hatte er einen kleinen Einblick darin gewonnen, wie die totale Verzweiflung eine Mutter dazu bringen konnte, fliehen zu wollen. Das hieß natürlich nicht, dass er jemals vorhatte, Vivian im Stich zu lassen. Sie war alles, was ihm noch geblieben war, und er war alles, was sie noch hatte.

„Mad hat nie geweint, als sie Zähne bekommen hat", sagte Alex.

„Iss was", befahl Josh ihm.

Alex schaufelte sich etwas Essen in den Mund, weil es wahrscheinlich eine gute Idee war, etwas Energie zu bekommen. Ein paar Minuten später hörte er seinen Namen.

„Daddy", sagte Vivian und streckte die Arme nach ihm aus.

Er nahm ihr das Lätzchen ab, hob sie aus ihrem Hochstuhl und lief in der kleinen Küche mit ihr auf und ab, wobei er ihr den Rücken streichelte, genau wie damals, als sie noch ein Baby war. Vivian legte ihren Kopf an seine Brust, hob ihn dann wieder, legte sich eine Hand an die Wange und begann erneut zu weinen. Es schaukelte sie ein wenig hin und her.

„Eis?", schlug Josh vor.

„Das spuckt sie aus."

„Eiscreme?", fragte Josh.

„Eiscreme!", jubelte Vivian.

„Nein, du hattest schon welche", erklärte er ihr.

Vivian verzog ihr Gesicht, um loszuheulen, doch bevor ihr das gelungen war, unterbrach Josh. „Eis am Stiel! Das ist doch sowieso nur Fruchtsaft."

Vivian streckte die Hände nach Josh aus, und Alex war froh, sie abgeben zu können. Josh schob seinen Stuhl vom Tisch, und Vivian kniete auf seinem Schoß, legte beide Hände auf seine Wangen und starrte ihm in die Augen. „Ich will Eisamfiel."

Josh lächelte. „Okay. Onkel Josh holt dir Eis am Stiel." Er wandte sich an Alex. „Ich hole schnell welches im Laden."

„Wir kommen mit", sagte Alex, der nicht so schnell wieder mit Vivian allein sein wollte.

Josh verzog das Gesicht.

„Sie wird im Auto einschlafen", sagte Alex. „Das ist die

einzige Möglichkeit, dass ich auch mal ein bisschen meine Ruhe habe.“

Josh hob Vivian von seinem Schoß und stellte sie auf den Boden. „Okay, gehen wir.“

Vivian lief zu Alex und umschlang fest seine Beine, sodass seine Knie beinahe nachgegeben hätten. Er löste sie von seinen Beinen und hob sie hoch. „Kannst du fahren?“, bat er Josh. „Die Schlüssel liegen auf dem Tisch neben der Tür. Ich habe seit drei Wochen keine Nacht mehr durchgeschlafen. Ich glaube nicht, dass es eine gute Idee ist, wenn ich fahre.“

Josh machte große Augen. „Also warst du in den letzten drei Wochen zu Hause?“

Alex machte eine Geste, um zu gehen. „Ja, Dad ist ein paarmal mit mir zum Supermarkt und zum Kinderarzt gefahren, aber sonst war ich zu Hause.“ Er arbeitete von zu Hause aus als Grafikdesigner an verschiedenen Projekten—Buchcover, Illustrationen von Bilderbüchern, Logos und Webseiten.

Josh schüttelte den Kopf und nahm die Schlüssel von dem schmalen Zedernholztischchen, das als Schlüsselhalter und Ablagefläche für allen möglichen anderen Klimbim diente. Auf dem unteren Regal standen Vivians Schuhe—Gummistiefel, Schneestiefel und Turnschuhe. Heute zog sie ihre weißen Sandalen an, da es ein warmer Tag im Juni war.

Josh öffnete die Tür. „Gesund ist das nicht. Du lebst wie ein Eremit.“

Alex folgte ihm nach draußen. „Mein Leben gehört mir.“

Sie gingen zu Alex’ Wagen, einem silberfarbenen Honda CR-V, den er sich nicht ausgesucht hatte, weil er ihm so gut gefiel. Was die Ästhetik anging, war er eher langweilig, aber er war sicher und zuverlässig. Und seit Vivian geboren war, waren diese beiden Dinge das wichtigste in seinem Leben. Er schnallte sie in ihren

Kindersitz und stieg auf der Beifahrerseite ein.

Die Fahrt zum Supermarkt dauerte zehn Minuten. Vivian wimmerte und weinte und war fünf Minuten, nachdem sie losgefahren waren, eingeschlafen.

Doch anstatt sich über die plötzliche Stille zu freuen, verfiel Alex, wie so oft in ruhigen Momenten, in Selbstvorwürfe. Er hatte Vivian tatsächlich als kleine Dämonin bezeichnet. Aber das war sie nicht. Sie war sein kleiner Sonnenschein. Das Licht in seinem dunklen Leben. Schuldgefühle über Tammys Tod brannten in seinem Bauch, wie immer, wenn er sich als Alleinerziehender überfordert fühlte.

Alex hatte nicht aufgepasst; Tammy war schwanger geworden. Es war seine Schuld.

Sie wollte das Kind nicht; er hingegen schon. Er hatte versprochen, sie zu heiraten, um den Hauptteil der Erziehung des Kindes zu übernehmen, und dann war sie gestorben, während sie ein Baby auf die Welt brachte, das sie nicht mal haben wollte. Es war seine Schuld.

Vivian hatte einen schweren Start ins Leben gehabt und verdiente alles, das Alex ihr geben konnte. Und irgendwie schien es nie genug zu sein. Seinem kleinen Mädchen ging es schlecht. Ihm ging es schlecht. Es war seine Schuld.

Alles war seine Schuld.

Alles meine Schuld, alles meine Schuld, alles meine Schuld. Immer und immer wieder ging ihm dieser Gedanke in Endlosschleife im Kopf herum, bis der Wagen auf dem Parkplatz des Supermarktes anhielt und Vivian schreiend aufwachte. Alex hatte pochende Kopfschmerzen, und seine Ohren klingelten.

„Ich nehme sie mit rein", sagte Josh. „Bleib du hier und ruh dich aus."

Das konnte er nicht. Vivian brauchte ihn. „Ist schon in Ordnung. Ich nehme sie." Alex stieg schnell aus und versuchte, sie abzuschnallen. Vivian trat um sich, deswegen war es gar nicht so leicht. Sie war wütend, weil sie aufgewacht war, nachdem sie nur so kurz geschlafen hatte. Er musste ihr mit einer Hand die Beine festhalten und um sie herumgreifen, um den Anschnallgurt zu lösen. Er trug seine schreiende Tochter, die sich ganz steif in seinen Armen machte, über den Parkplatz.

Josh machte die Autotür hinter ihm zu und kam dann hinterher. „Hey, Vivian, willst du in einem von den Auto-Einkaufswagen fahren?"

Sie wurde still. Josh zeigte auf einen der großen Einkaufswagen, die aussahen wie ein Auto. Es hatte ein winziges Steuer. Es gab nur insgesamt zwei davon, und Alex hatte ihr nie erlaubt, eines davon zu fahren, weil er genau wusste, dass sie es dann immer wollen würde und vielleicht nicht immer eines der Autos zur Verfügung stand. Und es gab nichts Schlimmeres, als mit einem Kleinkind mit Wutanfall in den Supermarkt zu gehen, außer der Hölle vielleicht, die man zu Hause durchlebte, wenn bei einer Zweijährigen die Backenzähne kamen.

Vivian nickte durch ihre Tränen hindurch. Josh hob sie hoch, setzte sie in einen der Wagen und schnallte sie an. Sie schlug mit der flachen Hand auf die quietschende Hupe mitten auf dem Steuer.

Josh schob sie im Zickzack auf den Eingang zu. „Hey! Du musst aber schon steuern, sonst bauen wir noch einen Unfall!"

Vivian kreischte vor Freude. Vielleicht sollte sich lieber Josh um Vivian kümmern, dachte Alex düster. Warum fallen mir nie so lustige Ablenkungen ein? Wahrscheinlich lag es daran, dass er einfach überhaupt nicht mehr klar denken konnte. Er fühlte sich, als wäre er von einem Lastwagen überfahren worden, und zwar mehrmals.

Als sie es endlich mit zwei Schachteln Eis am Stiel zur Kasse schafften, „fuhr" Vivian ihren Wagen glücklich mit einer Hand und lutschte ein Erdbeereis. Alex stellte sich vor den Einkaufswagen, um zu zahlen. Er blickte hinab zu Vivian. Roter Erdbeersaft und Spucke liefen ihr über das

Kinn und ruinierten ihr hellgelbes T-Shirt, allerdings war ihm das egal, weil der Trick mit dem Eis funktionierte. Das Eis am Stiel war lang genug und schien ihr schmerzendes Zahnfleisch ein wenig zu betäuben, sodass sie ihm zumindest im Moment wie der kleine Sonnenschein vorkam, an den er sich von vor langer, langer Zeit erinnerte. Der Sonnenschein, von dem er schon befürchtet hatte, ihn für immer verloren zu haben.

Er zahlte, und sie gingen zum Wagen zurück, während Vivian weiter ihr Eis genoss. „Warten wir auf dem Parkplatz, bis sie fertig ist", sagte er zu Josh. „Sonst macht sie mir noch den ganzen Sitz im Auto damit dreckig."

Josh senkte den Kopf und legte die Einkaufstasche hinten in den Wagen, wo Alexis immer eine Kühltasche dabeihatte. Dadurch, dass er sich um Vivian kümmern musste, hatte er schnell gelernt, wie wichtig es war, gut vorbereitet zu sein. Er hatte auch immer Ersatzkleidung für sie beide und Extrawindeln in einer Notfallwindeltasche im Kofferraum. Das hatte er Kilometer von Zuhause entfernt auf die harte Tour gelernt, als sie beide voller Erbrochenem waren. Ach ja, die guten alten Zeiten.

Er legte die Ellenbogen auf dem Griff des Einkaufswagens ab und ließ den Kopf hängen, da er zu müde war, um gerade stehen zu bleiben.

„Du kannst so nicht weitermachen", sagte Josh. „Du musst dringend eine Vollzeitkraft einstellen."

Alex hob den Kopf. „Es geht uns gut. Wir brauchen niemanden."

„Und hinkst du mit der Arbeit hinterher?"

Er antwortete nicht. Er hatte in zwei Wochen Abgabetermin für die Cover einer neuen Fantasy-Buchreihe für den Kinderbuchverlag, bei dem er freiberuflich arbeitete. Er hatte erst eins der drei Cover fertig, und das war Schrott. Er war ein Künstler, der nichts kreieren konnte. Er hatte keine Eingebungen mehr. Am besten konzentrierte er sich nur noch darauf, Webseiten zu entwerfen.

Das war gut bezahlt, auch wenn es eine seelenlose Arbeit war. Und wer sorgte sich schon um seine Seele, wenn er sich ohnehin schon in der Hölle befand?

Josh schüttelte den Kopf. „Wann ist der Abgabetermin?"

„In zwei Wochen."

„Dann sage ich es jetzt noch mal, du solltest eine Vollzeitkraft einstellen, die dir hilft."

Er sah zu Vivian, die mit leuchtenden Augen und glücklichem Blick ihr Eis am Stiel lutschte. Sein Herz zog sich schmerzhaft in seiner Brust zusammen. Er glaubte nicht, dass er jemals jemanden so lieben könnte, wie er Vivian liebte. Nicht einmal ihrer Mutter war es gelungen, sein Herz so sehr zu vereinnahmen. Das einzige, was ihm wichtig war, war, Vivian glücklich zu sehen.

Er wandte sich an Josh. „Ab September geht sie in eine ganztägige Vorschule. Von neun Uhr morgens bis drei Uhr nachmittags. Bis dahin halte ich es aus." Obwohl er sich mittlerweile schon überlegte, die ganze Vorschulsache abzublasen. Vivian brauchte ihn noch immer so sehr. Er hatte sie an einer Montessori-Vorschule angemeldet, die den Kindern sehr viel Freiheit dabei gab, ihre eigenen Interessen zu erkunden, und außerdem verbrachten sie sehr viel Zeit im Freien. Sie wäre dann schon zweieinhalb Jahre alt, und sie war jetzt schon so clever, dass er sich sicher war, dass sie dazu bereit war, mehr zu lernen. Doch wer sonst würde ihr dabei helfen, den Tag zu überstehen, wenn sie eine schlimme Nacht gehabt hatte?

„Bis dahin sind es noch mehr als drei Monate", sagte Josh. „Stell einen neuen Babysitter ein."

„Das ist doch Zeitverschwendung. Entweder hasst Vivian sie oder ich. Und davon mal ganz abgesehen, wer würde es zur Zeit schon mit uns aushalten?"

„Und genau aus diesem Grund brauchst du jemanden. Du bist völlig fertig."

Er seufzte tief, weil er im Grunde genommen wusste,

dass Josh Recht hatte, allerdings hatte er momentan einfach nicht die Energie, um nach einer neuen Babysitterin zu suchen. „Ich kann zur Zeit einfach keine Entscheidungen treffen."

„Ich werde jemanden für dich finden."

Er lehnte sich erneut gegen den Einkaufswagen, legte seinen Kopf in seine Hände und schloss die Augen. „Wie du willst." Er musste wohl eingenickt sein, weil das nächste, das er mitbekam, Josh war, der ihm zurief, er solle einsteigen, während er die weinende Vivian in ihren Autositz verfrachtete.

Alex überprüfte, dass Vivian auch korrekt angeschnallt war. Ja, Josh hatte es richtig gemacht. Er setzte sich auf den Beifahrersitz und schnallte sich ebenfalls an. Kaum hatte Josh die Hauptstraße erreicht, schlief Vivian sofort ein. Und Alex war eine Minute später weg.

Er wachte auf, weil Josh ihn anstupste. Sie waren in seiner Einfahrt und glücklicherweise schlief Vivian tatsächlich noch. „Vielen Dank für deine Hilfe, du bist wirklich der Beste", sagte Alex und meinte es auch so. Immer wieder kam sein großer Bruder zu seiner Rettung.

„Bis Freitag habe ich jemanden gefunden", sagte Josh. „Ich werde mich um alles kümmern."

Alex war immer noch so verwirrt, dass er sich momentan gar nicht daran erinnerte, um was Josh sich kümmern wollte. Er war sich nicht mal sicher, welcher Wochentag heute war. „Okay."

Er nahm seine Tochter, ging ins Haus und freute sich auf ein paar Stunden Schlaf.

Josh folgte ihm kurz darauf. „Du hast das Eis vergessen."

„Verdammt. Das wäre wirklich eine Katastrophe gewesen. Ich bring sie jetzt ins Bett." Er ging den Flur entlang zu Vivians Zimmer, legte sie sanft hin und deckte sie mit einer leichten Decke zu. Er betrachtete sie einen Moment lang. Sie schlief, und ihre Lippen waren leicht geöffnet. Ihre geschwungene Oberlippe und das kleine Grübchen am Kinn hatte sie zu hundert Prozent von Tammy. Sogar ihren Namen, Vivian, hatte Tammy ausgesucht. Und unter den tragischen Umständen hatte er natürlich Tammys Wünsche respektiert. Die harte Wahrheit war nun mal, dass er immer an Tammy denken musste, wenn er ihre gemeinsame Tochter betrachtete. Und er konnte einfach nicht vergessen, was Vivian alles verloren hatte.

Er drehte sich um, ging hinüber in sein Zimmer, ließ sich aufs Bett fallen und war sogar zu müde, um sich noch unter die Decke zu legen. Er hörte, wie die Haustür ins Schloss fiel. Moment, was war Freitag noch mal los? Oder wer?

KAPITEL ZWEI

Lauren Bishop strich sich das lange, hellbraune Haar hinters Ohr und versuchte, ein interessiertes, neugieriges Gesicht zu machen, als Hailey mit ihrem dramatischen Vortrag von *Die Tochter der Kupplerin* beim Treffen des Happy End Buchclubs begann. Lauren hatte wie immer schon heimlich weitergelesen. Die süße Romanze enthielt eine ziemlich heiße Sex-Szene. Jedes Buch, das es in den Happy End Buchclub schaffte, hatte mindestens eine ziemlich heiße Szene. Selbst die Klassiker, die sie gelesen hatten – *Stolz und Vorurteil, Die Brautprinzessin, Vom Winde verweht –*, waren um einige *wunderbare* Sexszenen bereichert worden, die ein früheres Mitglied des Clubs, Julia Marino, die außerdem eine berühmte Schriftstellerin erotischer Erzählungen war, verfasst hatte. Die Szenen waren immer aus der Perspektive der Heldin geschrieben worden und verliehen dem Rest der Geschichte, zumindest für Lauren, einen erotischen Unterton, den sie vorher in den Büchern sehr vermisst hatte.

Hailey Adams, die Vorsitzende des Buchclubs und außerdem Hochzeitsplanerin, die gern Leute zusammenbrachte, warf Lauren in der Mitte des ersten Kapitels einen bedeutungsvollen Blick zu.

Lauren erwiderte Haileys Blick mit einem Lächeln, das sagte: *Ja, es ist mir aufgefallen, dass die Geschichte meinem Leben ähnelt und du sie genau deswegen ausgesucht hast* (allerdings weniger sarkastisch, denn sie versuchte immer, freundlich zu den Menschen zu sein, die es gut mit ihr meinten, selbst in ihren Gedanken).

Sie war gemeinsam mit Hailey in Clover Park, Connecticut, aufgewachsen, doch die beiden waren erst vor kurzem Freundinnen geworden. Während der gesamten Schulzeit, und ganz besonders in der Highschool, war Hailey die beliebteste, hübscheste, selbstsicherste und gepflegteste Schülerin gewesen und viel kultivierter als die meisten Mädchen in ihrem Alter, was sie sicher den Schönheitswettbewerben und dem damit verbundenen Training zu verdanken hatte. Lauren hatte damals Querflöte in der Marschkapelle gespielt. (Was wirklich großartig gewesen war, und wo sie viele Freunde gefunden hatte, nur eben nicht Hailey.) Ihre Pfade hatten sich im Privatleben erst gekreuzt, als Lauren viele Jahre später in ihre Heimatstadt zurückgekehrt war und ihr eine Broschüre für einen Buchclub für Singles aufgefallen war. Lauren hatte schnell bemerkt, dass unter Haileys etwas einschüchterndem, extrem gepflegtem Äußeren eine großzügige, liebevolle Person steckte, weshalb sich Lauren auch kürzlich zu Haileys Lass' die Liebe erblühen (TM) Plan angemeldet hatte. (Das Warenzeichen war noch nicht eingetragen, trotzdem war es wichtig, es hinzuzufügen.)

Nachdem sie vor ein paar Wochen siebenundzwanzig Jahre alt geworden war, hatte Lauren sich dazu entschieden, keine Zeit mehr für Beziehungen zu verschwenden, die nirgendwo hinführten. Drei ihrer Freundinnen aus dem Buchclub—Claire, Mad und Charlotte—befanden sich alle in glücklichen Beziehungen mit ihrem Mann fürs Leben. Und als Charlotte vor kurzem verkündet hatte, dass sie schwanger sei, tja, Lauren musste zugeben, dass sie da einen Anflug von Eifersucht verspürt hatte. Vielleicht etwas mehr als nur einen Anflug, eher einen heftigen Anfall von Sehnsucht. Sie wollte heiraten und eigene Kinder haben.

Sie hörte weiterhin geduldig zu, während die Tochter der Kupplerin eine Verabredung mit einem ausgesprochen unpassenden Mann hatte. Die Geschichte enthielt mehr als nur einige Parallelen zu Laurens Leben—das Mädchen von nebenan quält sich mehr schlecht als recht durch die Partnersuche, bis sich eine Ehestifterin ihrer annimmt—, sie bezog sich auch direkt auf Haileys Leben. Ihre Freundin war eine Ehestifterin ohne eigene Ehe. Schockierend! Jemand, der von sich selbst zugab, süchtig nach Liebe zu sein, und dafür sorgte, dass andere ein Happy End bekamen, sollte auf jeden Fall Liebe in seinem Leben haben. Lauren hatte vor, jeden einzelnen Kandidaten, den Hailey ihr zuspielte, genauestens unter die Lupe zu nehmen und erst mal zu sehen, ob es zwischen ihnen funkte, wie es sollte, doch falls das nicht geschah, würde sie ihre Analysebrille aufsetzen (zumindest metaphorisch, da sie über hundertprozentige Sehkraft verfügte) und sie als Kandidaten für ihre Freundin in Betracht ziehen. Praktisch ein Doppelangebot.

Verdammt, sollte der Plan wirklich für sie und Hailey funktionieren, würde Lauren den anderen alleinstehenden Damen des Buchclubs—Carrie, Ally, Missy, Sabrina und Lexi—auf jeden Fall dazu raten, sich für Lass die Liebe erblühen (TM) anzumelden. Hailey könnte sich dadurch ganz schön was verdienen. Lauren war ihre erste Kundin, und da sie das Versuchskaninchen war, musste sie nichts zahlen.

Hailey beendete das erste Kapitel, und die anderen Frauen hatten Tausende von Fragen.

„Handelt es sich um eine ganze Buchreihe?", fragte Carrie, eine liebenswürdige, blonde Krankenschwester mit Brille. Lauren mochte sie sehr.

„Bitte sag mir, dass in dem Buch ein paar heiße Szenen vorkommen", bat Mad und schlug ihre Beine mit den schwarzen Arbeitsstiefeln übereinander. Mad wirkte weniger liebenswürdig. Sie war hart, geradeheraus und schonungslos. Lauren war anfangs ein wenig nervös in ihrer Gegenwart gewesen, doch als sie sie und ihre Lebensumstände besser kennenlernte – Mad war das jüngste Kind der Campbell-Familie und das einzige Mädchen in einem Haus voller Brüder, und ihr Vater war Polizist –, konnte sie sie besser verstehen (und fühlte heimlich mit ihr). Lauren hatte nur eine einzige, sehr viel jüngere Schwester. Wäre sie in einem Haus mit all diesen lauten, sportlichen Brüdern und allen Freunden, die ständig im Haus herumhingen, aufgewachsen, hätte sie sich wahrscheinlich genauso entwickelt. Nun ja, einige der Campbell-Männer waren nett und gar nicht so laut, besonders Alex and Logan.

Hailey warf sich ihr rotblondes Haar über die Schulter. „Ja, es handelt sich um eine Reihe, und ja, es gibt heiße Szenen. Würde ich euch jemals etwas anderes antun?"

Mad murmelte irgendetwas über die *Brautprinzessin*.

„Vergiss nicht die Scheunen-Szene mit Julia auf dem Heuboden", rief ihr Lauren ins Gedächtnis. Das war die zusätzliche Sexszene, die ihre Freundin, die Erotik-Autorin, geschrieben hatte.

Die Frauen kicherten, und Mad wurde rot. „Ja, stimmt, die war nicht schlecht. Ich sollte sie noch mal lesen."

Hailey stand in ihrem kurzärmeligen, rosa Designerkleid mit den passenden Schuhen auf. Sie zog sich immer sehr gepflegt an. Die restlichen Frauen trugen alle Freizeitkleidung aus T-Shirt, Leggins und Shorts. „Kommt ihr alle noch mit auf einen Drink bei Garner's?"

„Ja!", riefen alle Frauen gemeinsam, außer Mad, die erwiderte: „Musst du das tatsächlich noch fragen?" Es handelte sich dabei nämlich um ihre übliche Donnerstagstradition.

„Fragen schadet nie", sagte Hailey. „Falls mal jemand nicht mitkommen möchte, würde ich sie umarmen und mich mit ihr unterhalten, um herauszufinden, ob alles in Ordnung ist."

„Wir sind startklar", sagte Mad. „Los geht's, Mädels."

Mad ging als erste aus dem Something's Brewing Café. Das Garner's lag direkt auf der anderen Straßenseite.

Lauren wollte ihr gerade folgen, als Hailey sie am Ellenbogen festhielt und sie zurückhielt. Mads Blick folgte den beiden, und Hailey bedeutete ihr, schon vorauszugehen.

Mad verdrehte die Augen und ging.

Hailey schien neben Lauren vor Aufregung fast zu platzen. „Ich habe für Samstagabend ein Abendessen mit einem vielversprechenden Kandidaten von eLoveMatch.com für dich organisiert. Er heißt Patrick McGee."

„Okay." Hailey hatte Lauren bei verschiedenen Online-Partnervermittlungen angemeldet und außerdem vor, Gruppentreffen zu arrangieren, um effizient herausfinden zu können, bei welchen geeigneten Single-Männern der Funke eventuell überspringen könnte. Das war ihre erste Verabredung, seit sie Hailey beauftragt hatte, sich um alles zu kümmern. Sie fühlte sich, was die Partnersuche anging, um einiges entspannter, jetzt, da sie wusste, dass ihr Liebesleben in Haileys fähigen Händen lag.

„Das ist alles?", fragte Hailey. „Nur okay, mehr nicht?"

„Das hört sich gut an", fügte Lauren hinzu.

„Möchtest du nicht mehr über ihn erfahren?"

„Ich vertraue dir völlig." Sie lächelte und freute sich, Hailey als Puffer zu haben, um all die Ecken und Kanten zu glätten. So brauchte sie sich keine Gedanken mehr zu machen über vage Textnachrichten. Sie musste nicht mehr darauf warten, dass das Telefon klingelte oder, was noch schlimmer war, sie bei der zweiten Verabredung versetzt wurde.

Hailey strahlte. „Wunderbar. Dann sage ich dir eben nur, dass er ziemlich gut aussieht und Tiere liebt."

„Klasse. Ich liebe Tiere auch." Sie hatte selbst zwei Katzen, ein Weibchen und einen Kater, die einander zwar hassten, sie jedoch liebten.

Hailey drückte Laurens Arm. „Ich bin so gespannt, was da auf dich zukommt!"

Lauren lächelte. „Ich auch. Ich rufe dich hinterher an

und erzähle dir alles ganz genau."

„Außer, du bleibst länger weg", sagte Hailey und stieß Lauren mit ihrer Hüfte an. „Wenn es gut läuft, bleibst du vielleicht auf einen Drink oder einen Tanz."

„Das glaube ich nicht. Ein Abendessen reicht völlig aus, um herauszufinden, ob der Funke überspringen könnte. Und sollte das tatsächlich der Fall sein, bin ich mir sicher, dass es eine zweite Verabredung geben wird. Alles zu seiner Zeit."

Sie hatte immer daran geglaubt, dass das, was geschehen sollte, auch geschah. Sie hatte zwei feste Beziehungen gehabt, die sich ganz natürlich entwickelt hatten, ohne dass sie irgendetwas hätte forcieren müssen. In ihrem letzten Jahr an der Highschool hatte sie sich in Drew verliebt und war nach dem Abschluss mit ihm mit dem Rucksack quer durch Europa gereist. Während der Reise hatten sie sich nach zwei Wochen getrennt, und sie hatte anschließend, als sie allein in Südfrankreich war, den lieben, wahnsinnig attraktiven Lucas kennengelernt, der fünf Jahre älter war als sie und seine eigene Wohnung hatte. Sie hatte den ganzen Sommer mit Lucas verbracht und bei ihm gewohnt. Diese Beziehung zu beenden, war sogar noch schwieriger gewesen, als die mit Drew zu beenden, weil Drew sie betrogen hatte, also war er ganz offensichtlich ein schlechter Kerl, aber bei Lucas, dem süßen Lucas, hatte sie das Gefühl gehabt, ihren Seelenverwandten gefunden zu haben. Als es langsam Zeit war, dass sie nach Hause zurückkehrte, gestand er ihr, dass er schwul war. Er hatte gehofft, dass ihre gemeinsame Zeit, so nah beieinander, zeigen würde, dass er sich irrte, doch nun würde er sich selbst und allen anderen um sich herum die Wahrheit eingestehen müssen. Später, als sie wieder zu Hause gewesen war und mit ihren Freunden über ihre Beziehung mit Lucas gesprochen hatte, hatte sie sich vor allem über das fehlende Sexualleben (sie hatten fast ausschließlich gekuschelt, Händchen gehalten und sich geküsst; Lucas hatte sie nicht unter Druck setzen wollen) und die Tatsache, dass sie die ganze Zeit über nur gekocht, eingekauft und lange Spaziergänge entlang der Riviera unternommen hatten, beschwert. Aber sie war so augenscheinlich glücklich gewesen, dass sie gar nicht bemerkt hatte, dass etwas nicht stimmte.

Sie bemerkte plötzlich, dass Hailey sie verwundert betrachtete. „Wenn es so sein soll, wird es geschehen", erklärte Lauren.

„Wie philosophisch!", rief Hailey.

„Wenn du meinst."

„Ich bin so froh, dass du es wagst, dich um dein eigenes Happy End zu kümmern!", sagte Hailey mit einem strahlenden Lächeln. „Er hat mir gesagt, er würde ein rosa Hemd tragen. Hut ab, wenn ein Kerl tatsächlich das Selbstvertrauen hat, Rosa zu tragen!"

„Mmm-hmm." Als sie sah, dass Hailey die Stirn runzelte, versuchte sie, ihre Stimme etwas enthusiastischer klingen zu lassen. „Ich freue mich schon darauf." Und dann sagte sie mit echter Begeisterung: „Ich bin wirklich froh, dass du dich um den ganzen Verabredungskram kümmerst und ich damit nichts mehr am Hut habe."

Hailey lächelte. „Und ich bin froh, dass du es mich machen lässt. Ich mach es wirklich gern."

Sie waren aus der Gruppe die letzten, die im Garner's ankamen, da Hailey noch Halt machte, um sich mit der Frau, die den Bücherladen führte, der an das Café angeschlossen war, zu unterhalten. Lauren kannte sie auch, also beteiligte sie sich an der Unterhaltung. Mad winkte ihnen zu und zeigte auf die Sitzplätze, die sie an der Bar für die beiden reserviert hatte.

Josh Campbell, der Barmann und Geschäftsführer des Garner's (und außerdem Mads älterer Bruder), tauchte vor ihnen auf. Wie man es auch betrachtete, er war auf jeden Fall ein äußerst attraktiver Mann. Er war um die dreißig, mit dunklem Haar, das sich ein wenig lockte, groß und muskulös, charmant und unbeschwert sexy. Tja, um ehrlich zu sein, waren alle Campbell-Männer sexy. Es war die Aura, die sie ausstrahlten, ein Selbstvertrauen, das von ihnen ausging und jedem mitteilte, dass sie das „gewisse Etwas" hatten und auch genau wussten, wie man es einsetzte. Das war einfach eine Tatsache, die jede einigermaßen sensible Frau bemerkte. Lauren hatte sich immer zu Joshs Lässigkeit hingezogen gefühlt. Leider war sich Lauren durchaus darüber im Klaren, dass er nichts für sie war, weil diejenige, die sein Blut wirklich in Wallung brachte, ob es ihr nun gefiel oder nicht, Hailey war.

Leider, allerdings sehr zur Unterhaltung aller Beteiligten, hatte Hailey eine Hassliebe zu Josh entwickelt, bei der sie einander ständig auszustechen versuchten. Ihr Kleinkrieg hatte begonnen, nachdem Josh nicht mehr als bezahlter Begleiter für die vielen Hochzeiten, die Hailey plante, arbeiten wollte, und war dann eskaliert: scharfe Peperoni in den Nachos (Joshs Streich), Gerüchte über eine Krankheit, die zur Impotenz führte (Haileys Streich), und die Tatsache, dass die Zutaten für Haileys Lieblingsmojito leider gerade aus waren und zwar *für immer* (Joshs Streich).

Josh bedachte Lauren mit seinem üblichen, charmanten Lächeln, und sie erwiderte es und wandte dann schnell den Blick ab. Josh hatte dunkle, seelenvolle Augen, die verborgenes Leid erahnen ließen. Sie verspürte immer ein wenig Mitleid mit ihm, wenn sich ihre Blicke trafen. Sie konnte seinem Blick nur standhalten, wenn er und Hailey sich mal wieder ihrem Kleinkrieg widmeten, da dann kein Leid in seinem Blick lag. Er stellte ein Glas ihres Lieblings-Chardonnays vor sie hin.

„Vielen Dank", sagte Lauren.

Josh neigte den Kopf ein wenig und beugte sich dann vor, um etwas hinter der Bar hervorzuholen. Lauren sah sich um. Alle anderen hatten bereits ein Glas Wein. Mad trank wie üblich Bier und Charlotte ein Wasser mit Zitrone, weil sie schwanger war. Also musste das nächste

Getränk für Hailey sein, was ein ziemlicher Durchbruch war, weil Josh ihr normalerweise jedes Getränk versagte, seit Hailey (auf Joshs Geheiß) das Gerücht über seine Impotenz zurückgenommen hatte und stattdessen behauptete, dass das wahre Problem seine kleine Banane war.

Hailey sah ihn misstrauisch an. Unerwarteterweise, begann Josh damit, Haileys Lieblingsmojito zu mixen. Der erste Hinweis war das Glas. Sie und Hailey wechselten einen erstaunten Blick. Als Josh schließlich ein Blatt Minze als Dekoration hinzufügte, grinste Hailey über das ganze Gesicht. All ihre Freunde beobachteten die Szene und flüsterten miteinander. Dies war wirklich ein geschichtsträchtiger Augenblick. Ein Friedensangebot in Form eines Mojitos.

„Vielen Dank, Josh!", rief Hailey, als er das Glas vor sie hinstellte.

Er behielt eine Hand am Glas und senkte seine Stimme. „Du musst mir einen Gefallen tun."

Hailey legte ihre Hand über seine auf das Glas und flüsterte voller Hoffnung: „Ist das ein Waffenstillstand?" Sie sah sich um, um sicherzustellen, dass all ihre Freundinnen zusahen.

Lauren sah Joshs Blick, frei von Leid, dafür aber mit einem Ausdruck der Entnervtheit auf dem Gesicht. Er seufzte tief und konzentrierte sich wieder auf Hailey. „Es ist ein Abkommen, Prinzessin. Du bekommst deinen Mojito und tust mir im Gegenzug einen Gefallen."

Hailey ließ ihre Hand vom Glas sinken. „Was für einen Gefallen?"

Josh deutete mit dem Kinn auf die anderen Frauen. „Du kennst viele Frauen."

Abwehrend hob Hailey beide Hände, um ihm direkt Einhalt zu gebieten. „Oh, nein. Das kannst du vergessen, dass ich eine Verabredung für dich arrangiere. Es ist schon schlimm genug, dass du jedem erzählt hast, wir wären mal zusammen gewesen."

Josh lachte leise. Hailey sah ihn böse an.

Lauren unterdrückte ein Lächeln und bejubelte insgeheim Joshs Schachzug, um das Gerücht mit der kleinen Banane zu kontern: er hatte behauptet, dass es an Haileys winzigen Trauben lag. Kleinkrieg mit Früchten par excellence!

Hmm, vielleicht sollte Lauren eingreifen und zwischen den beiden Frieden stiften. Wenn sie nur lange genug damit aufhörten, sich zu bekriegen, würden sie vielleicht eher zu würdigen wissen, was der andere zu bieten hatte. Sie waren wie Yin und Yang, Gegensätze auf fast allen Gebieten, doch das konnte durchaus funktionieren. Hailey war hell und stand gern im Mittelpunkt, sie war ehrgeizig und engagiert und immer gut angezogen. Josh hingegen war dunkel und unauffällig, lässig und ungezwungen und immer so angezogen, als hätte er sich nach dem Aufstehen einfach ein altes T-Shirt und eine Jeans geschnappt, die herumlagen. Doch unter ihrem Äußeren liebten sie beide die Herausforderung; sie gingen in ihrem jeweiligen Beruf auf. Hailey liebte ihren Beruf als Hochzeitsplanerin so sehr, dass sie ihr eigenes Liebesleben opferte, um all ihre Energie in den Aufbau ihrer Firma zu stecken. Josh sparte, um eines Tages seine eigene Bar mit großartigem Essen eröffnen zu können. Momentan war er der Geschäftsführer des Garner's, doch er hatte ehrgeizigere Pläne.

Außerdem war es schwer, die Chemie zwischen den beiden nicht zu bemerken.

Josh grinste. „Ich habe nur Maggie erzählt, dass wir früher mal zusammen waren, weil sie immer wieder mit dem Sextherapeuten anfing, den sie herschicken wollte, um mir bei meinem *nichtexistierenden* Problem zu helfen." Das war allerdings einer der unglücklichen Nebenwirkungen von Haileys Impotenz-Gerücht gewesen. Maggie O'Hare, eine ältere Großmutter, die in der Nähe lebte und echten Anteil am Schicksal all der Menschen, die in Clover Park lebten, nahm, hatte Joshs Problem sozusagen in ihre eigenen Hände genommen.

Hailey sah ihn finster an. „Da hättest du es gleich der ganzen Stadt sagen können, und das weißt du ganz genau."

Josh wurde ernst. „Es handelt sich um einen Gefallen für Alex."

Lauren beugte sich zu ihm, da sowohl sein ernster Ton als auch die Tatsache, dass er seinen Bruder erwähnte, sie beunruhigten. Alex war einer der wenigen Männer, bei denen sie sofort den gewissen Funken spüren konnte, jedes Mal, wenn sie ihn sah. Und wenn sie Funke sagte meinte sie rasende Wollust. Wie alle von Mads Brüdern war auch er groß und athletisch gebaut—mit breiten Schultern, einer muskulösen Brust und einer schmalen Taille. Er hatte dunkles Haar, dunkle Augen, volle Lippen usw. Sie versuchte, an etwas anderes zu denken. Lange, gepflegte Finger wie die eines Künstlers. Geschickt. Kunstfertig. Zumindest stellte sie sich vor, dass sie kunstfertig waren, nicht, dass sie irgendeine persönliche Erfahrung damit…ähm. Und es war nicht nur sein Aussehen, sondern auch die Tatsache, dass er seine Tochter Vivian so hingebungsvoll liebte. Für Lauren, die selbst Kinder liebte, war das eine berauschende Mischung. Sie hatte niemandem von ihrer heimlichen Begierde erzählt, oder dass sie auf der Suche nach einer Beziehung war, und er ganz offensichtlich nicht. Seine dunklen, seelenvollen Augen waren immer noch voller Schmerz und Sorge über den Verlust seiner Verlobten Tammy. Außerdem war er als alleinerziehender Vater ziemlich beschäftigt. Vivian war einmal während eines Hochzeitsempfangs auf Laurens Schoß eingeschlafen und hatte sie „thuper" genannt. Lauren war sich sicher, dass sie super gemeint hatte.

Haileys Stimmung wurde besser. „Ooh, Alex will, dass ich jemanden für ihn finde? Er ist ein wahnsinnig attraktiver, alleinerziehender Vater. Das wird ein Kinderspiel."

Lauren fand es schwer zu glauben, dass Alex auf der

Suche nach einer neuen Partnerin war. Jeder wusste, dass er sich seit Tammys Tod mit niemandem verabredet hatte.

„Nein, Prinzessin", quetschte Josh zwischen den Zähnen hervor. „Es geht nicht um eine Verabredung. Er möchte diesen Sommer ganztägig jemanden einstellen, der sich um Vivian kümmert. Im Herbst geht sie in die Vorschule, und dann hat er kein Problem mehr."

Hailey war plötzlich ungewöhnlich still. Lauren rutschte auf ihrem Stuhl hin und her. Da sie Lehrerin war, hatte sie den Sommer über frei und hätte die Stelle übernehmen können, aber sie wusste, dass Alex von Zuhause aus arbeitete (sie hatte sich einmal mit ihm über seine Arbeit unterhalten). Wenn sie sich jetzt freiwillig meldete, würde sie den ganzen Sommer in Alex' Nähe verbringen und sich insgeheim nach ihm verzehren, während sie stattdessen lieber ernsthaft nach dem Richtigen suchen sollte. Wie sollte sie jemals die wahre Liebe finden, wenn sie sich insgeheim nach ihrem nicht zur Verfügung stehenden Arbeitgeber verzehrte?

Also hielt sie den Mund. Hailey hatte viele Verbindungen in der gesamten Gemeinde. Es würde sich sicher jemand Passendes finden lassen. Vielleicht eine Großmutter, die immun war gegen Alex' Attraktivität.

„Was ist?", fragte Josh, als Hailey ihm immer noch nicht antwortete. „Willst du mir nicht helfen?"

Hailey verzog das Gesicht. „Es tut mir leid, aber Mad hat mir erzählt, dass Vivian ziemlich schwierig sei. Alex hat schon eine enorme Menge an Kindermädchen vergrault."

„Zwölf in zwölf Monaten", meldete sich Mad zu Wort.

„Das ist nicht fair", fuhr Josh sie an. „Sie ist auch nicht schwieriger als Mad in diesem Alter."

Hailey zog die Augenbrauen hoch. „Sag ich doch."

„Hey!", rief Mad. „Ich war zufällig ein ganz großartiges Kind. Genau wie Viv."

„Na, siehst du", meinte Josh nicht sonderlich überzeugend.

Lauren konnte sich nur zu gut vorstellen, wie Mad als Kleinkind gewesen sein musste. Äußerst aktiv, das stand schon mal fest, und völlig furchtlos.

„Ich würde ja aushelfen", erklärte Mad Hailey, „aber ich muss hier in diesem Sommer Doppelschichten arbeiten, um mir das College leisten zu können."

„Komm schon", bat Josh Hailey. „Du kennst doch unheimlich viele Leute."

„Okay", gab Hailey nach. „Ich werde *versuchen,* dir zu helfen und jemanden zu finden."

Josh ließ ihr Getränk los, und Hailey begann eifrig, an ihrem dünnen Trinkhalm zu saugen. „Ah! Wie sehr ich meine Mojitos vermisst habe." Hailey sah ihn voller Verehrung an. „Vielen Dank!" Sie sog noch mal am Trinkhalm.

„Ich brauche aber sofort jemanden", bat Josh inständig.

Laurens Nackenhaare stellten sich auf, und ihr Herz begann zu rasen, als sie sich bereit dazu machte, das Richtige zu tun. Alex musste dringend Hilfe nötig haben. Josh hatte sich noch nie so drängend angehört. Sie konnte Alex helfen—bevor sie Lehrerin geworden war, hatte sie während ihrer gesamten Highschool- und Collegezeit Kinder betreut—und wenn sie sich anstrengte, würde es ihr auch gelingen, ihr dämliches, einseitiges Verlangen und die Funken zu unterdrücken.

„Ich mache es", erklärte sie Josh bestimmt. „Ich bin Lehrerin und habe den Sommer über frei."

„Vielen Dank, Lauren", sagte Josh, schnappte sich Haileys Mojito und schüttete ihn in die Spüle hinter der Bar.

„Josh!", protestierte Hailey. „Ich dachte, wir hätten eine Vereinbarung."

Josh lächelte ihr boshaft zu. „So wie es aussieht, brauche ich deine Hilfe nicht."

Haileys Mund bewegte sich, doch es kam kein Ton heraus. Ihr Gesicht und Hals waren gerötet. Schließlich verkündete sie: „Entschuldigt mich, ich geh mir mal die Nase pudern."

Josh prustete los. Hailey drehte sich steif um und marschierte zur Damentoilette. Lauren folgte ihr auf wackeligen Beinen, denn beide brauchten die Ablenkung, und sie hoffte, die Wogen für ihre Freundin glätten zu können. „Warte, Hailey, du weißt doch, Frauen gehen immer zusammen auf die Toilette."

Hailey lachte, und sie gingen gemeinsam den Gang zu den Toiletten hinunter. Dort angekommen, öffnete Hailey ihre Handtasche und puderte sich tatsächlich die Nase. Und auch den Rest ihres Gesichts, bevor sie erneut rosa Lippenstift auflegte.

„Hailey", sagte Lauren sanft.

„Mmm-hmm", machte diese, während sie ihre Lippen aneinander rieb und sich selbst im Spiegel zulächelte, wahrscheinlich um nachzusehen, ob sie Lippenstift auf ihren strahlend weißen Zähnen hatte.

„Mir ist etwas für dich und Josh eingefallen."

Hailey sah Lauren im Spiegel an, und ihre Augen verengten sich zu Schlitzen. „So etwas wie mich und Josh gibt es nicht."

Lauren sprach schnell weiter. „Ich glaube, wenn du dich großzügig verhältst, du weißt schon, besonders nett zu ihm bist, wird er es dir gleichtun."

„Ha! Du hast keine Ahnung, wie Josh tickt. Er ist wirklich hinterhältig. Hast du gesehen, wie er mir mein Getränk wieder abgenommen hat?" Sie warf ihren Lippenstift in die Tasche. „Entschuldige mich. Ich sehe dich gleich draußen." Sie ging in eine der Kabinen.

Lauren ging zurück zur Bar, wo ein leckeres Glas Chardonnay neben Haileys leerem Platz, auf dem niemals ein Getränk stehen würde, auf sie wartete. „Josh?", rief sie.

Er kam sofort zu ihr. „Ja, Ma'am", sagte er mit einem Lächeln und zwinkerte ihr zu. Er war jetzt besonders charmant, weil sie sich freiwillig dazu gemeldet hatte, Alex zu helfen.

„Mir ist etwas für dich und Hailey eingefallen."

„Das kannst du dir sparen", murmelte er.

Doch sie sprach weiter, weil sie unbedingt die Wogen glätten wollte, bevor noch jemand zu Schaden kam. „Ich glaube, wenn du dich großzügig verhältst, du weißt schon, besonders nett zu ihr bist, wird sie es dir gleichtun."

Seine dunklen Augen leuchteten auf. „Oder sie hätte keine Ahnung, was los ist. Es würde sie in den Wahnsinn treiben, nicht zu wissen, was ich vorhabe. Du bist brillant!"

Sie hielt abwehrend eine Hand hoch. „So meinte ich das nicht. Ich glaube wirklich—"

„Brilliant", murmelte Josh lächelnd, während er ein weiteres Mojito-Glas holte.

Oh je. Lauren nippte an ihrem Wein und fühlte sich unwohl bei dem Gedanken, was sie da wohl angerichtet haben könnte. Sie sah sich um, um nachzusehen, ob sonst noch jemand zugehört hatte, doch ihre Freundinnen unterhielten sich ahnungslos weiter. Tja, nun konnte sie nichts weiter tun als abzuwarten, wie die Dinge sich entwickelten, und einzugreifen, falls es nötig werden sollte.

Hailey kam zu ihrem Platz zurück. Josh servierte ihr augenblicklich einen frisch gemixten Mojito.

Hailey machte große Augen. „Was soll das?"

Josh grinste. „Ich bin großzügig. Der Mojito geht aufs Haus." Den letzten Teil sagte er laut genug, dass alle ihre Freundinnen es hören konnten.

Die Frauen hoben neugierig die Köpfe wegen dieser überraschend freundlichen Geste von Josh. Lauren gratulierte sich ein wenig dazu, wenigstens den Weg für den Frieden geebnet zu haben.

Hailey sah sich um und bemerkte all die interessierten Blicke und wandte sich dann wieder Josh zu. „Ich zahle das Doppelte, sodass du eine ordentliche Stange verdienst."

Josh prustete los.

Hailey verzog das Gesicht. „Eine richtig dicke,

ordentliche Stange.“

„Das hat sie jetzt echt gesagt“, witzelte Mad. Josh und Mad lachten sich schlapp.

Hailey sah Mad scharf an. „Auf wessen Seite stehst du eigentlich?“

Lauren sprang für sie in die Bresche. „Es gibt keine Seiten mehr. Wir sind jetzt alle Freunde. Genießen wir doch einfach den Frieden und die Harmonie.“ Sie hob ihr Glas, um einen Toast auszusprechen. Alle stießen mit ihr an.

Hailey weigerte sich jedoch. „Du hättest echt Hippie werden sollen.“

Lauren drückte sanft Haileys Schulter. „Ich mag es eben einfach lieber, wenn sich alle verstehen. Ist das nicht so viel besser?“

Hailey knurrte missbilligend.

„Ich mag es auch lieber, wenn wir uns alle verstehen“, sagte Josh mit aalglatter Stimme.

Hailey sah Josh misstrauisch an. Er lachte leise und bösartig, bevor er sich wieder Lauren zuwandte. „Kannst du dich am Samstag mit Alex zum Mittagessen treffen, um so eine Art Vorstellungsgespräch zu führen?“

„Das sollte kein Problem sein.“ Schließlich hatte sie bis zu ihrer Verabredung an jenem Abend nichts weiter vor.

„Ein Vorstellungsgespräch?“, rief Hailey aufgebracht. „Er kann froh sein, sie zu bekommen. Sie ist Schullehrerin und hat eine engelsgleiche Geduld.“

„Es macht mir nichts aus“, sagte Lauren. „Es ist auf jeden Fall immer eine gute Idee, die Person zu kennen, die auf das eigene Kind aufpassen soll.“

Josh machte eine Geste in Laurens Richtung, die bedeuten sollte *recht hat sie.* „Lauren, du hast erneut deine Genialität unter Beweis gestellt.“

Laurens Wangen röteten sich, und sie schob sich ihr langes Haar hinter die Ohren. „Danke.“

Hailey sah argwöhnisch zwischen den beiden hin und

her und ging dann ans andere Ende der Bar, wo sie sich mit ihren anderen Freundinnen unterhielt.

Josh lehnte sich über die Bar zu Lauren und sagte mit gesenkter Stimme: „Lass dich bitte nicht von Alex' Erscheinungsbild aus der Bahn werfen. Ich bin mir nicht sicher, ob er überhaupt regelmäßig duscht, aber ich denke, dass er bald wieder alles im Griff hat."

Ihr Herz zog sich zusammen. Alex musste ziemlich verzweifelt sein. Er *brauchte* sie. Genau wie Vivian.

„Mach dir keine Sorgen", sagte sie zuversichtlich. „Ich kümmere mich darum, dass er regelmäßig duscht." Sie spürte, wie sie rot wurde, als sie sich plötzlich Alex nackt unter einer dampfenden Dusche vorstellte. Vielleicht hatte er ja sogar eine Tätowierung. Er schien ziemlich trendig zu sein, wenn er sich nicht gerade auf Vivian konzentrierte.

„Dann ist ja gut", sagte Josh, und in seiner Stimme lag ein Lächeln.

Schnell wollte sie es ihm erklären. „Ich meine, ich werde natürlich nicht dabei sein, wenn er es macht, so nach dem Motto—", sie wedelte mit ihrem Finger, „—geh' jetzt sofort duschen, Alex!" *O mein Gott, halt jetzt am besten einfach die Klappe.*

Josh starrte sie einfach nur an, also begann sie damit, ihm zu erklären, was sie *wirklich* meinte, bevor sie sich Alex wieder nackt in der Dusche vorstellte.

„Was ich meine ist, dass ich auf Vivian aufpasse, sodass er sich alleine ausziehen … äh, waschen kann, meine ich! Nicht um …" Sie hörte auf zu reden, weil Josh sie mittlerweile angrinste. „Ich brauche noch einen Drink", murmelte sie und trank ihr Glas Wein mit einem Zug aus.

„O-kay", sagte Josh kopfschüttelnd und schenkte ihr nach.

Sie nahm einen Schluck Wein und befahl sich selbst, sich zusammenzureißen. Alex benötigte jemanden, der sich professionell verhielt, und genau das würde er bekommen. Sie hatte die Sache im Griff.

Josh lockte sie mit dem Finger zu sich, und sie überlegte, ob sie sich tatsächlich zu ihm beugen sollte. Er hatte einen teuflischen Ausdruck in den Augen, und sie war sich nicht sicher, ob sie damit umgehen konnte, noch mehr in Verlegenheit zu geraten. Er gab ihr nicht die Gelegenheit, noch länger zu debattieren, sondern lehnte sich zu ihr und flüsterte: „Alex hat seit zwei Jahren mit niemandem mehr geschlafen."

Erschrocken sprang sie zurück. „Ich weiß gar nicht, warum du mir das erzählst. Das ist eine Privatangelegenheit." Sie griff nach ihrem Wein und stieß ihn prompt um. „Oh! Entschuldige!"

„Deswegen erzähle ich es dir", erwiderte Josh, nahm sich eine Handvoll Küchentücher und beseitigte das Malheur.

„Danke, dass du das sauber gemacht hast", sagte sie und wandte sich verlegen von ihm ab. Plötzlich war sie irgendwie glücklich, doch sie versuchte, das Gefühl zu unterdrücken. Sie durfte *nicht* glücklich darüber sein, dass Alex mit niemandem schlief. Schließlich waren es sein Leid und seine Sorge, die ihn zu dem machten, was er jetzt war. Er brauchte Zeit, um alles zu verarbeiten. Genau das war ihre Aufgabe. Ihre Mission in diesem Sommer bestand darin, sich um Vivian zu kümmern, sodass Alex genügend Freiraum hatte, um sich um all seine Angelegenheiten zu kümmern.

Sie beschloss schnell, dass sie *dankbar* dafür war und nicht glücklich darüber, dass er niemanden hatte, weil es ihr dadurch leichter fiel, offen zu sein für Haileys Lass die Liebe erblühen (TM)- Plan und die geeigneten Single-Männer. Und damit hatte es sich. Ganz bestimmt.

Kapitel Drei

Lauren trug ihr liebstes dunkelblaues Sommerkleid mit weißen Punkten und schmalen Trägern, die über ihren Schultern festgebunden waren, als sie die Main Street entlangging, um sich mit Alex im Something's Brewing Café zum Mittagessen zu treffen. Es war ein sonniger Junitag, nicht zu heiß und mit einer leichten Brise, die sich auf ihren nackten Schultern und ihrem Rücken gut anfühlte. Sie sah ihn draußen an einem Eisentisch mit Sonnenschirm sitzen.

Sie winkte ihm zu. Er trug ein T-Shirt in demselben Blau wie ihr Kleid, schwarze Basketball-Shorts und Sneakers. Sofort war der *Funke* wieder da! Sie atmete tief durch, bevor sie sich ihm näherte, und betrachtete objektiv sein Äußeres, einfach nur, um zu sehen, ob er so schlecht in Form war, wie Josh behauptet hatte. Sein dunkles Haar war an den Seiten wahnsinnig kurz geschnitten und oben nur ein klein wenig länger. Er hatte sich nicht rasiert und würde in ein paar Tagen wahrscheinlich einen Vollbart haben. Schnell entschied sie sich, dass Joshs Vorwarnung wohl etwas übertrieben war. So schlimm war es gar nicht, er war nur ein klein wenig ungepflegt. Seine Augen hatte er hinter einer Piloten-Sonnenbrille versteckt, und sie war für diese Tatsache unheimlich dankbar. Seine dunklen, seelenvollen Augen ließen sie immer einen kleinen Stich Mitleid verspüren, da sie das Leid darin sehen konnte, und sie hatte vor, während des Gesprächs eine fröhliche Note anzuschlagen und diese auch beizubehalten.

Am Tisch angekommen, lächelte sie und sagte: „Hallo.“

„Hi, Lauren. Danke, dass du dich mit mir triffst.“ Er ging auf ihre Seite hinüber und rückte den Stuhl für sie zurecht. Seine zuvorkommende Art überraschte sie. Die meisten Männer heutzutage machten sich nicht mehr die Mühe. Noch dazu roch er fantastisch. Als käme er frisch aus der Dusche, was ihr absoluter Lieblingsduft war.

„Vielen Dank“, sagte sie und setzte sich auf den dargebotenen Stuhl. Er half ihr dabei, den Stuhl an den Tisch heranzurücken.

„Gern geschehen“, murmelte er, bevor er sich ihr gegenüber hinsetzte.

„Wir passen zueinander“, sagte sie und zeigte erst auf ihr Kleid und dann auf sein T-Shirt.

Er schenkte ihr ein kleines Lächeln. „Hast du vielleicht Vivian angerufen, um herauszufinden, was ich anhabe?“ Seine zweijährige Tochter schleppte ein Spielzeug-Handy überall mit hin, um so zu sein wie ihr Vater.

„Ja, sie hat gesagt, du würdest etwas Blaues anziehen und dass es wichtig sei, dass ich ein blaues Kleid trage, um einen guten Eindruck zu machen.“

Er lachte leise. „Mit solchen Sachen kennt sie sich aus.“ Er zeigte auf die Speisekarte vor ihr. „Wirf mal einen Blick darein, sag mir, was du möchtest, und ich gehe und bestelle es für dich.“ Dies war ein Café mit Selbstbedienung.

Sie warf einen schnellen Blick auf die Karte und legte sie dann wieder hin. „Ich nehme immer den Wrap mit Hühnchen und sonnengetrockneten Tomaten.“

Er stand auf. „Möchtest du etwas trinken?“

„Limonade.“

„Keinen Kaffee?“

Sie schüttelte den Kopf. „Ich habe heute Morgen schon welchen getrunken. Das reicht mir.“

„Hast du ein Glück. Ich muss den ganzen Tag über

Kaffee trinken. Ich bin sofort wieder da."

Während Lauren wartete, beobachtete sie den nicht enden wollenden Strom von Menschen, die den wunderschönen Sommertag in örtlichen Geschäften und Restaurants genossen. Auf der anderen Straßenseite befand sich Shane's Scoops, wo es das beste Eis des ganzen Planeten gab, und ein wenig die Straße hinunter war das Garner's Sports Bar & Grill, wo sie sich oft mit ihren Freunden traf. Direkt neben dem Café befand sich ein Buchladen mit Namen Book It, und sie bemühte sich immer, alle Bücher, die sie benötigte, dort zu kaufen, auch die Bücher für ihre Zweitklässler. Es war wichtig, die kleinen Geschäfte vor Ort zu unterstützen, damit sie nicht verschwanden. Sie war in Clover Park aufgewachsen und liebte es. Es war sogar so, dass ihre Kollegin, die Lehrerin der Drittklässler, Liz O'Hare, früher ihr Babysitter gewesen war. Jetzt waren sie gute Freundinnen, die oft gemeinsam im Lehrerzimmer miteinander zu Mittag aßen. Liz war es auch gewesen, die Lauren als geeignete Kandidatin für den Lehrerjob empfohlen hatte.

Alex tauchte wenig später wieder auf, die Arme voll mit zwei Wraps, einer großen Packung Kartoffelchips, ihrer Limonade und einem Eiskaffee.

Sie sprang von ihrem Stuhl auf und nahm ihm die Getränke ab. „Ich hätte dir doch dabei geholfen, all das zu tragen."

„Ist schon in Ordnung", sagte er. „Ich bin es gewohnt, mehrere Dinge auf einmal zu jonglieren."

Sie half ihm dabei, den Tisch vorzubereiten, und dann aßen sie und unterhielten sich dabei über gemeinsame Bekannte. Sie kannte einen Großteil seiner Familie, außer ein paar wenigen, die Mad ihre Blutsbrüder nannte, nämlich all die Jungs, die ihr Vater unter seine Fittiche genommen hatte, als sie noch Kinder waren.

„Kaum zu glauben, dass so viele Mitglieder unserer Familie mittlerweile im Showbusiness tätig sind", sagte

Alex.

„Ja, erstaunlich, nicht wahr? Na ja, Claire Jordan ist in Hollywood schon lange der Durchbruch gelungen, aber jetzt auch noch Jake, Ty und Park." Jake Campbell war Claires Ehemann und der Produzent der Reality TV-Show, in der Ty und Park Oldtimer restaurierten und dann verkauften. Ty war auch ein echter Campbell; Park ein Wahl-Campbell.

Alex schauderte. „Für mich wäre das nichts."

„Für mich auch nicht. Es sieht vielleicht glamourös aus, ist aber in Wirklichkeit ziemlich langweilig. Meine Freundinnen und ich haben als Statisten in Claires Film *Heftiges Verlangen* mitgespielt." Sie verzog das Gesicht. „Die Arbeit ist so monoton. Stundenlang mussten wir immer dasselbe tun, bis der perfekte Schuss im Kasten war."

Er nickte. „So ähnlich ist es, sich um sein Kind zu kümmern, man macht stundenlang immer dasselbe. Und dabei weiß man noch nicht mal, was dabei herauskommt, bis das Kind erwachsen ist. Und dann ist es sowieso zu spät, um noch etwas zu ändern."

Sie spürte, dass er sich Sorgen machte, und beeilte sich deswegen, ihn zu beruhigen. „Vivian ist toll."

Als sie Vivian erwähnte, bedachte er sie mit einem strahlenden Lächeln. „Ja, sie ist wirklich ein großartiges Kind. Allerdings bin ich mir nicht sicher, wie viel davon sie mir zu verdanken hat."

„Ich habe gesehen, wie du mit ihr umgehst. Du machst das großartig."

Er senkte seinen Blick auf das Mittagessen vor sich, murmelte einen schnellen Dank und widmete sich dann wieder seinem Essen.

Nachdem sie mit dem Essen fertig waren, nahm Alex seine Sonnenbrille ab und legte sie auf den Tisch. „Ist es dir recht, wenn ich dir einige Fragen stelle?" Er sah sie direkt an. Er hatte dunkle Ringe unter seinen dunkelbraunen Augen und diese Augen—ihr Herz zog sich zusammen—, sie waren so tragisch. Sie an seiner Stelle wäre am Boden zerstört. Am liebsten hätte sie für ihn alles wieder gut gemacht, aber zumindest konnte sie ihm eine Bürde abnehmen, indem sie ihm mit Vivian half. Sie hätte ihn gern umarmt, kannte ihn dafür jedoch nicht gut genug.

„Lauren?"

„Oh. Entschuldigung." Sie lächelte. „Natürlich, stell mir deine Fragen."

„Wieso fangen wir nicht damit an, welche Erfahrung du mit Kindern hast?"

Sie hielt einen Finger hoch und schnappte sich ihre Tasche, die am Boden zu ihren Füßen gestanden hatte. „Ich liebe Kinder." Sie öffnete ihre Tasche, nahm ihren Lebenslauf heraus, den sie sorgfältig gefaltet hatte, und gab ihn ihm. Während er ihn las, sprach sie weiter und erwähnte dabei die wichtigsten Punkte. „Ich bin Lehrerin in der zweiten Klasse an der Clover Park Grundschule. Als Kind habe ich häufig auf meine kleine Schwester aufgepasst, die zehn Jahre jünger ist als ich, und während meiner gesamten Highschool- und Collegezeit habe ich die Sommer über für Familien hier vor Ort als Kindermädchen gearbeitet."

Alex las laut aus ihrem Lebenslauf vor. „Master of Education, mit Kinderpsychologie als Nebenfach und Ausbildung in Erster Hilfe und Herz-Lungen-Wiederbelebung für Kinder." Er sah sie an. „Als diplomierte Lehrerin bist du für diesen Job auf jeden Fall überqualifiziert. Was hast du denn normalerweise den Sommer über gemacht, nach dem College?"

„Ich habe an der Graduate School gearbeitet, doch damit bin ich jetzt fertig. Ich wollte es diesen Sommer eigentlich ruhig angehen lassen."

Er zog die Augenbrauen hoch. „Wenn du für mich arbeitest, lässt du es diesen Sommer aber nicht ruhig angehen. Warum willst du das machen?"

„Du brauchst mich."

Er neigte fragend den Kopf. „Es stimmt, dass ich Hilfe brauche."

„Nein, du brauchst *mich*. Ich kann dir mit Vivian helfen, sodass dir genügend Zeit zur Verfügung steht, um mit deinem Leben klarzukommen."

Er legte ihren Lebenslauf weg und sah sie durchdringend an. „Was meinst du mit *mit meinem Leben klarkommen?*"

Deine Augen, dachte sie. Sie sind so voller Leid und Sorge. Als sie sprach, wählte sie ihre Worte mit Bedacht, da sie nicht vorhatte, ihn bei ihrem ersten Treffen zu verärgern. Sie hatten noch nie zuvor zusammengesessen und sich richtig unterhalten, nur sie beide. „Was ich meine ist, dass dir in relativ kurzer Zeit sehr viel widerfahren ist und du eine Atempause verdient hast."

Er lehnte sich auf seinem Stuhl zurück. „Du weißt über Tammy Bescheid." Es handelte sich nicht um eine Frage, also erwiderte sie nichts, sondern gab ihm die Zeit, die er brauchte, um mit seiner Trauer umzugehen. Er blickte in die Ferne. „Es geht mir gut. Das Ganze ist jetzt zwei Jahre her. Im Moment ist meine größte Sorge der Schlafmangel."

Sie stimmte ihm zwar nicht zu, dass das seine größte Sorge war, war sich aber sicher, dass der Schlafmangel sein Übriges tat. „Okay."

Er schwieg, die Zähne fest zusammengebissen.

„Das stand mir nicht zu", platzte sie heraus. „Es tut mir leid. Ich bin eben nur eine äußerst mitfühlende Person und kann den Menschen ihre Gefühle an den Augen ablesen. Nicht allen Menschen. Nur einigen Menschen, die über das verfügen, was ich seelenvolle Augen nenne. Wie Josh zum Beispiel. Manchmal tut es mir weh, ihn anzusehen, weil ich seinen Schmerz so sehr mitfühlen kann."

Alex sagte so lange gar nichts, dass sie schon befürchtete, sie würde anfangen, über seine seelenvollen Augen zu reden, also beschäftigte sie sich damit, einen Schluck Limonade mit dem Trinkhalm zu trinken. Alex starrte ihren Mund an, während sie am Trinkhalm saugte, bis er schließlich wieder zu sprechen begann. „Josh hatte eine Zeitlang mit PTBS zu kämpfen, aber mittlerweile geht es ihm wieder gut." Er sah sie an—und Leid, Sorge und Müdigkeit stürzten auf sie ein. Es schmerzte sie, ihn so zu sehen.

Sie stellte ihr Getränk ab. „Mad hat einmal erwähnt, dass er als Fallschirmjäger in der Armee gedient hat."

„Ja. Ziemlich harte Sachen an vorderster Front. Mann gegen Mann Kämpfe mit feindlichen Soldaten." Er starrte sie wieder eine Zeitlang an, bevor er fragte: „Habe ich seelenvolle Augen?"

Sie nickte.

„Sind sie wie Joshs?"

„Nein." Sie dachte darüber nach, ihm zu erzählen, dass sie die Müdigkeit in seinen Augen sehen konnte, etwas, das er leicht eine gewisse Zeit lang verdrängen konnte, was ihm aber auf lange Sicht nicht helfen würde. „Ich kann in deinen Augen Schmerz und Leid lesen", sagte sie ernst.

Schnell griff er nach seiner Sonnenbrille und setzte sie wieder auf. „Das könnte jeder, der über Tammy Bescheid weiß, behaupten."

Sie schluckte das Mitleid, das sie für ihn empfand, hinunter. „Du hast natürlich recht. Jedenfalls würde ich gerne helfen, und ich würde mich sehr darüber freuen, mehr Zeit mit Vivian verbringen zu dürfen. Sie ist ein Engel." Dabei war ihr klar, dass die Tatsache, dass sie Vivian erwähnte, seine Stimmung verbessern würde.

Seine Mundwinkel verzogen sich ein wenig. „Sie ist wahrlich kein Engel. Ich fühle mich dazu verpflichtet, dich vorzuwarnen, dass die Backenzähne sie in einen Teufelsbraten verwandelt haben."

Sie winkte ab. „Aber nur für eine gewisse Zeit! Sie ist auf jeden Fall immer noch ein Engel. Weißt du noch, wie sie auf meinem Schoß eingenickt ist, auf dem Hochzeitsempfang von Claire und Jake?"

„Das ist die schlafende Vivian." Er schwieg lange. „Bist du sicher, dass du den Job haben willst? Ich könnte gut verstehen, wenn du den Sommer über frei haben möchtest."

Er gab ihr die Möglichkeit, Nein zu sagen, allerdings hatte sie ihre Entscheidung bereits getroffen. Sie würde ihm helfen, und das würde auf lange Sicht auch Vivian helfen. Jede Frau, die Augen im Kopf hatte, konnte sehen, dass Alex trotz seines zugegebenermaßen attraktiven Gesichts und des fantastischen Körperbaus emotional noch nicht für eine Beziehung bereit war. Das alles konnte man ihm ganz einfach von seinen seelenvollen Augen ablesen. Und während sie älter wurde, würden die Ansprüche seiner Tochter an ihn noch wachsen.

„Ich würde meine Zeit hier nicht verschwenden, wenn ich mir nicht bereits sicher wäre", sagte sie. „Ich helfe gern. Und ich bin gut darin."

Er nickte. „Okay, wann hast du Zeit?"

„Ich bin recht flexibel. Seit gestern ist keine Schule mehr. Wann brauchst du mich?"

„Ständig, Tag und Nacht."

Sie lachte.

Er grinste. „Du glaubst wohl, ich mache Scherze? Es war wirklich die Hölle—ständig, Tag und Nacht. Vivian macht genug Arbeit für zwei Leute, vielleicht sogar drei oder vier."

Sie hob die Handflächen. „Aber ich bin allein."

Er wurde ernst. „Ich kümmere mich nachts um sie. Aber könntest du dich von montags bis freitags von neun bis fünf Uhr um sie kümmern?" Er sagte ihr auch, wie viel sie verdienen würde, womit sie einverstanden war. Sie hätte es auch umsonst getan. Das war ihre einzige Mission in diesem Sommer—ihm und Vivian zu helfen. (Und außerdem den Richtigen zu finden, aber das war jetzt Haileys Mission.)

„Ich bin mit allem einverstanden. Ich kann am Montag anfangen und bis zum letzten Wochenende im August bleiben. Dann muss ich wieder arbeiten."

„Das hört sich gut an." Er drehte ihren Lebenslauf um. „Dann machen wir es offiziell. Hast du einen Stift?"

Sie wühlte in ihrer Tasche herum und gab ihm dann einen. Alex schrieb schnell und dafür recht ordentlich und schob ihr dann das Blatt Papier zu. Er hatte ihre Arbeitsbedingungen aufgeschrieben—die Daten, Arbeitszeiten, den Arbeitsplatz (sein Haus) und den Verdienst.

„So formell", neckte sie ihn.

Er verschränkte die Arme. „Ich habe die Erfahrung gemacht, dass man am besten alles genau aufschreibt."

Natürlich fragte sie sich jetzt, was wohl mit all den anderen Kindermädchen geschehen war, bei denen es schiefgegangen war. Vielleicht waren die Dinge ohne formelle Vereinbarung aus dem Ruder gelaufen, wie ein Korb voller hungriger Welpen, wo jeder nach dem anderen schnappte und bellte.

„Soll ich unterschreiben?", fragte sie.

„Natürlich."

Sie nahm den Stift vom Tisch und unterschrieb schwungvoll. Er faltete ihren Lebenslauf, der nun ihr formeller Vertrag war, und steckte ihn in die Tasche seiner Shorts. Dann hielt er ihr die Hand hin.

Sie schlug ein und genoss ihre Stärke und Wärme. Natürlich nur, weil er ein guter Mensch war und ihr gute Menschen besonders gefielen. „Darf ich dich etwas fragen?"

Er hielt ihre Hand weiterhin fest und starrte sie aus irgendeinem Grund an. „Was?"

Sie entzog ihre Hand seinem Griff.

Er schüttelte den Kopf. „Bitte entschuldige. Das ist der Schlafmangel und ich … Was wolltest du mich fragen?"

„Warum hattest du so große Schwierigkeiten damit, eines der Kindermädchen zu halten?" Als er nicht gleich antwortete, sprach sie schnell weiter. „Ich habe gehört, du hättest zwölf Kindermädchen in zwölf Monaten gehabt. Und ich frage nur, damit ich die gleichen Fehler vermeiden kann." Sie wickelte sich ihr langes Haar um die Hand, bevor sie zugab: „Außerdem interessiert es mich."

„Es ist nicht Vivians Schuld."

„Oh nein, ich würde nie auf die Idee kommen, einem Kind die Schuld zu geben."

Er runzelte die Stirn. „Meine Schuld ist es allerdings auch nicht."

„Also habt ihr einfach die ganze Zeit Pech mit schlechten Kindermädchen gehabt?"

Er lachte laut auf. „Nein. Na ja, einige von ihnen waren schlecht. Aber ich habe mir für Vivians erstes Lebensjahr frei genommen. Ich wollte, dass sie wenigstens das hat, nachdem …" Er schluckte und atmete tief durch. „Jedenfalls musste ich in dem Jahr, in dem sie zwei wurde, wieder arbeiten. Jake hat uns das erste Jahr finanziert und uns in dem Haus untergebracht, in dem wir jetzt leben. Er hat die Anzahlung geleistet, und ich zahle die monatlichen Raten. Ich wollte ihm einfach nicht mehr auf der Tasche liegen—"

„Einem Familienmitglied, das einen liebt, liegt man nicht auf der Tasche." Jake war sein älterer Bruder, der es durch seine eigene Hightechfirma zu Wohlstand gebracht hatte und mittlerweile mit einem reichen Filmstar verheiratet war.

„Ich wollte mir einfach meinen eigenen Lebensunterhalt verdienen", sagte er ernst. „Jedenfalls haben Vivian und ich uns aneinander gewöhnt. Sie mag keine Kindermädchen. Sie ignoriert sie einfach. Ich arbeite von zu Hause aus—ich bin Grafiker—, also weiß ich, was los ist. Einige der Kindermädchen haben voreilig aus Wut gekündigt."

„Und die anderen?"

„Denen habe ich gekündigt, weil sie sich nicht genug Mühe gegeben haben, an sie heranzukommen. Diese Kindermädchen haben einfach nur ferngesehen oder mit ihren Handys gespielt, während Vivian irgendwelchen Blödsinn angestellt hat. Sie hätten wenigstens versuchen können, zu ihr durchzudringen. Schließlich hat sie es sowieso schon schwer, weil sie nur mich hat.“

„Ich bezweifele, dass sie das genauso sieht. Sie ist verrückt nach dir.“

Er sagte nichts und schien in Gedanken versunken zu sein.

Sie unterbrach das Schweigen. „Also habt ihr mehr als zwölf Kindermädchen in einem Jahr verbraucht, und keine davon war der Aufgabe gewachsen?“

„Zwei waren ganz in Ordnung, aber sie haben sich an mich herangemacht, also habe ich sie gefeuert.“

„Oha!“, platzte sie heraus und wurde rot. Hatte sie sich etwa irgendwie verraten, und er wusste, dass auch sie ihn begehrte? Warnte er sie etwa?

Er versteifte sich. „Du scheinst wohl nicht zu denken, dass irgendjemand sich an mich heranmachen könnte?“

„Nein, das ist es nicht.“ Sie trank einen Schluck Limonade, um sich wieder unter Kontrolle zu bringen. „Entschuldige. Ich war einfach nur überrascht, weil du wirklich nicht für eine Beziehung offen zu sein scheinst, und das auch ausstrahlst.“

Er runzelte die Stirn. „Das liegt daran, dass ich nicht für eine Beziehung offen bin. Momentan habe ich kein Interesse daran, mit irgendwem zusammen zu sein. Diese Kindermädchen haben es kompliziert gemacht, also habe ich sie entlassen.“

Wenn das kein klares Zeichen dafür war, professionell zu bleiben, wusste sie auch nicht. Und trotzdem konnte sie ihren Mund nicht halten. „Waren sie in deinem Alter? Wollten sie Kinder?“

„Sie waren nicht auf Vivian aus …“ Er hielt inne. „Wie alt glaubst du, bin ich?“

Sie nahm an, dass er fünfunddreißig war, behielt das aber lieber für sich, falls es zu hoch angesetzt war. Schließlich wollte sie ihn nicht beleidigen, obwohl sie befürchtete, das bereits getan zu haben.

Sie zuckte mit den Achseln. „Jedenfalls jünger als Josh." Sie wusste, dass Josh und Jake, die Zwillinge, die ältesten Brüder des Campbell-Clans waren. Allerdings wusste sie nicht, wie alt Josh war. Irgendwas mit dreißig.

„Ich bin dreißig", sagte Alex gepresst.

Gut, dass ich nicht geschätzt habe!

Er sprach weiter. „Jedenfalls war eines der Kindermädchen, die sich an mich herangemacht haben, achtzehn."

Lauren atmete zischend aus. Das war wirklich viel zu jung, um sich an einen älteren Mann heranzumachen.

„Genau", sagte er. „So ähnlich habe ich auch reagiert."

„Und wie alt war die andere?"

„Fünfundfünfzig."

Wie merkwürdig, dass er Frauen von beiden Enden des Altersspektrums anzog. Natürlich kannte sie deren Geschichte nicht. Vielleicht hatten sie bemerkt, wie sie selbst auch, dass Alex extrem attraktiv war, was die Tatsache, dass er nicht offen war für eine Beziehung, völlig überschattete. Oder vielleicht wollten sie ihn auch einfach nur zur Befriedigung ihrer niederen Gelüste. Da stand sie drüber. Schließlich hatte sie eine *Mission*.

Er schien darauf zu warten, dass sie etwas sagte.

Sie beeilte sich, ihn zu beruhigen. „Jedenfalls hast du von mir keine unerwünschten Avancen zu befürchten."

„Unerwünscht", wiederholte er, und ein kleines Lächeln umspielte seine Mundwinkel. Er nahm die Sonnenbrille ab, und sein warmer Blick ruhte auf ihr. Gott sei Dank. Es fiel ihr nämlich unheimlich schwer, seinen Schmerz zu spüren und nichts dagegen tun zu können. Wie ihn zum Beispiel zu umarmen.

Sie wickelte sich eine Locke um den Finger. „Mmm-hmm. Ich bin nämlich ganz offiziell nicht mehr auf dem Markt für unerwünschte Avancen."

Alex beugte sich über den Tisch zu ihr, noch immer ein wenig lächelnd. „Du hast also einen festen Freund?"

„Oh!" Sie winkte ein wenig ab. „Ha! Das hat sich wohl

so angehört, was? Aber nein. Das soll heißen, noch nicht."

Er sah sie noch immer an, also sprach sie weiter.

„Was ich meine, ist, dass ich wohl bald einen haben werde." Sie lachte ein wenig. „Das ist zumindest der Plan."

Er zog eine Augenbraue hoch. „Du hast einen Plan?"

Ihre Wangen begannen zu glühen. Warum hatte sie nur gesagt, dass sie einen Plan hatte? Sie wollte ihm keinesfalls erklären, welche Pläne Hailey in diesem Sommer für Lauren hatte. „Es handelt sich dabei nicht um *meinen* Plan."

Er lächelte, und sein breites, weißes Lächeln bildete einen scharfen Kontrast zu den dunklen Haaren auf seinem Kinn. Er sah dadurch jünger aus und unglaublich heiß. „Wessen Plan ist es denn dann?"

„Oh, hm." *Sieh ihn nicht an, sieh ihn nicht an.* Doch das konnte sie nicht. Selbst als sie versuchte, nicht mit ihm darüber zu reden, dass sie auf Partnersuche war, konnte sie nicht umhin, seine Attraktivität in sich aufzunehmen. Sie schluckte. „Ich sollte besser nicht darüber reden."

Er lachte leise. „Ich nehme doch mal stark an, dass Hailey etwas mit deinem Plan zu tun hat?"

„Woher weißt du das?"

„Weil sie alles dafür getan hat, um Mad dabei zu helfen, mit Park zusammenzukommen. Und sie hat euch alle zu einer romantischen Quiznacht mit den Jungs zusammengetrommelt." An jenem Abend hatte Hailey versucht, mehr über die Vorstellung von Junggesellen von Romantik zu erfahren, während sie gleichzeitig Singles zusammenbrachte. Alex war mit seinen Jungs da gewesen, hatte sich aber geweigert, etwas über Romantik zu sagen. Niemand hatte ihn gedrängt, da alle wussten, dass er trauerte.

Sie senkte die Stimme, beugte sich zu ihm und flüsterte: „Hailey hat mir eine Garantie bis zum Ende des Sommers gegeben. Ich lege mein Liebesleben in ihre Hände."

Er lehnte sich näher zu ihr, sodass ihre Gesichter sich beinahe berührten, und fragte mit heiserer Stimme: „Und wie macht sie das?" Seine Stimme war wie tiefer Samt und trieb ihr das Blut in die Wangen, den Hals und einige weitere Stellen etwas weiter unten. Sie war wie warme Schokolade, die auf ihrer Zunge schmolz, während ihr Körper in eine weiche Decke eingewickelt wurde. Herrlich sinnlich.

Schnell richtete sie sich auf. „Oh, das ist ziemlich kompliziert. Sie ist wahnsinnig genau. Ich musste eine ganze Menge Fragen über die Persönlichkeit und meine Erwartungen an eine Beziehung beantworten. Solche Sachen eben. Sie hat mich auch bei einer Online-Partnervermittlung angemeldet, bei der sie die Männer, die sich melden, vorsortiert, und außerdem gehe ich zu einigen Gruppenveranstaltungen, auf denen man alleinstehende Männer treffen kann. Das ist gar nicht merkwürdig. Und das ist das Wichtigste." Sie runzelte die Stirn und dachte darüber nach. Hailey hatte versprochen, dass alles so leicht und komfortabel wie möglich vonstattengehen würde, doch dessen konnte sich Lauren nicht sicher sein, weil sie sich bisher noch mit niemandem getroffen hatte. „Ich muss nur zu den Verabredungen erscheinen und hinterher Hailey Bericht erstatten, ob es einen Funken der Anziehung gegeben hat." Sie lächelte kurz und beendete ihre Erklärung mit: „Es ist alles ganz einfach und zivilisiert. So bin ich vor den Verabredungen um einiges weniger nervös, und dafür bin ich dankbar."

Er schien zu schmunzeln. Es war kein richtiges Lächeln. Nur einer seiner Mundwinkel hob sich. Sie rutschte ein wenig auf dem Sitz hin und her und hoffte, dass sie sich nicht so merkwürdig angehört hatte. Sie war wirklich dankbar dafür, dass sie sich um all den schrecklich unbeholfenen, chaotischen Verabredungskram nicht mehr zu kümmern brauchte.

„Was ist?", fragte sie schließlich.

Noch immer halb schmunzelnd, halb lächelnd, schüttelte er den Kopf. „Und wie läuft es bis jetzt?"

„Ich habe heute meine erste Verabredung von der Online-Partnervermittlung. Nächsten Samstag findet die Gruppenveranstaltung statt."

„Aha. Und was springt für Hailey dabei heraus? Bezahlst du sie?"

„Oh, nein. Es kostet nichts. Ich muss anschließend nur einen Erfahrungsbericht über ihren *Lass die Liebe erblühen Service* abgeben—" Sie hielt inne und verengte die Augen zu Schlitzen. Lachte er etwa? Er hielt sich die Serviette vor den Mund, doch seine Schultern zuckten verdächtig. „Sie hat sogar ein Warenzeichen angemeldet", sagte sie eingeschnappt. „Es ist also kein Humbug."

Er ließ die Serviette sinken und presste seine Lippen einen Moment lang aufeinander. „Sprich bitte weiter." Er lächelte nicht, doch in seinem Blick lag eine Spur Erheiterung.

„Und außerdem habe ich zugesagt, dass ich in all ihren Marketingunterlagen als glückliche Braut erscheinen werde", endete sie, etwas verstimmt, aufgrund seiner kaum unterdrückten Erheiterung auf ihre Kosten. Es handelte sich hier um ein ernstes Thema.

Das musste mittlerweile auch ihm aufgefallen sein, weil er plötzlich ernst wurde und seinen Blick über ihr Haar, ihre Augen, ihre Nase, ihren Mund und ihren Hals bis zu ihrer nackten Schulter gleiten ließ, wo er innehielt. Seine Stimme war tief und weich als er sagte: „Aber du bist keine Braut."

„Noch nicht", erwiderte sie. Und ihre eigene Stimme hörte sich in ihren Ohren etwas fremd an, als säße eine andere Person hier und redete über ihre Zukunft als Braut, während sie sich in seiner tiefen, samtigen Stimme verlor. „Und es wird schon bald soweit sein", fügte sie hinzu, obwohl er gar nichts Gegenteiliges behauptet hatte. „Dass ich eine Braut bin, meine ich."

„Trotzdem verstehe ich nicht, warum du sie deinen zukünftigen Partner aussuchen lässt." Seine Stimme wurde hart. „Hast du schlechte Erfahrungen gemacht? Bist du verletzt worden?"

Sie beeilte sich, ihn zu beruhigen. „Das würde ich nicht behaupten." Sie wusste, dass alle Campbell-Brüder über einen ausgesprochen ausgeprägten Beschützerinstinkt verfügten. Mad als Nesthäkchen beschwerte sich häufig darüber. „Nur die üblichen Sachen, die Männer nun mal tun. Du weißt schon, sie finden mich nicht so toll, rücken aber nicht mit der Sprache heraus, sodass ich vergeblich warte und versuche zu verstehen, was es mit den merkwürdigen Textnachrichten und Telefonanrufen mitten in der Nacht, die zu nichts führen, auf sich hat."

„Du meinst einen Anruf für Gelegenheitssex?"

Sie spürte ein erregtes Ziehen in ihrem Unterleib, weil Alex Gelegenheitssex gesagt hatte. Mehr bedurfte es nämlich nicht, um ihr Verlangen zu entfachen. Zwei Jahre ohne Sex. Er musste völlig *ausgehungert* sein. All ihre Exfreunde hatten eher zum gemächlichen Typ gehört. Ein schwerfälliger Schritt nach dem andern bis zum Ziel. Und das war auch völlig in Ordnung. Wer wollte schon die Kontrolle verlieren, um sich einem ausgehungerten Mann hinzugeben?

Würde sie überhaupt damit umgehen können?

O mein Gott. Jetzt reiß dich aber mal zusammen. Er hat keinerlei Anzeichen dafür gegeben, dass er irgendetwas an seiner jetzigen Situation verändern wollte.

Er sah sie wieder mit diesem halben Grinsen an. Warum war das eigentlich so ausgesprochen sexy?

Sie blickte auf den Tisch. „Es ist nicht gerade schmeichelhaft, wenn ein Kerl nur deswegen anruft." Besonders, nachdem er sie bei der letzten Verabredung versetzt hatte. Mal im Ernst. Leider waren es genau diese Verlierer, die sich heutzutage in der Singleszene herumtrieben.

Seine Mundwinkel hoben sich zu einem langsamen,

sexy Lächeln. „Ich würde sagen, das hängt davon ab.“

„Und wovon?“

Er senkte seine Stimme zu einem tiefen, samtigen Flüstern: „Was der Mann für dich tun kann.“

Erneut spürte sie das Ziehen im Unterleib. Flirtete er etwa mit ihr?

„Und wenn das eben so ausgemacht ist“, fügte er achselzuckend hinzu, „für manche Menschen funktioniert das gut.“

„Nicht für mich.“

Er senkte den Kopf, trank einen Schluck Eiskaffee, lehnte sich dann auf seinem Stuhl zurück und starrte sie aus unerfindlichen Gründen an. Und das war genau der Grund, warum sie Hailey brauchte. Männer waren einfach so verwirrend.

Doch zurück zur Mission.

Sie bemühte sich um einen leichten, fröhlichen Ton. „Jedenfalls wird es keinen Einfluss darauf haben, wie ich mich um Vivian kümmere. Um *Lass die Liebe blühen* kümmere ich mich ausschließlich am Wochenende.“

Er lächelte sie erneut mit halbem Grinsen an, was sie nervös machte, doch sein Blick war sanft, und seine samtige Stimme strich warm und sinnlich über sie, als er sagte: „Das hört sich gut an.“

KAPITEL VIER

An jenem Abend traf sich Lauren mit ihrer Verabredung im Lombardi's, einem netten, italienischen Restaurant im Nachbarort Eastman. Sie hatte dafür gesorgt, einen guten ersten Eindruck zu machen, und trug ihr hübsches, grünes, besticktes Sommerkleid, das zu ihren Augen passte, und komplettes Make-up. Außerdem hatte sie ihr langes, hellbraunes Haar, das von der Sonne Strähnen bekommen hatte, mit einer Haarkur behandelt. Sie hatte sich sogar neue Schuhe gegönnt—sexy, schwarze Highheels mit Riemchen—, was wirklich selten war. Sie setzte große Hoffnungen in ihr *Lass die Liebe erblühen* (TM) Unternehmen in diesem Sommer. Seit sie Hailey an ihrer Seite hatte, war plötzlich alles so einfach. Sie hatte sie instruiert, nach einem etwa dreißigjährigen Mann mit dunklem Haar Ausschau zu halten, der ein rosa Hemd trug.

Er saß im Außenbereich und war ihr augenblicklich aufgefallen. Genauso wie die riesige gelbe Schlange, die er um den Hals trug. Ein unfreiwilliges Quietschen entfuhr ihr. Sie blieb augenblicklich stehen, und ihr Herz raste. Es war ja nicht so, als hätte sie Angst vor Schlangen, aber, okay, sie musste zugeben, sie hatte doch Angst vor Schlangen. Genau wie vor Psychopathen, die eine Schlange zur ersten Verabredung mitbrachten.

Er erhob sich. „Lauren?"

Steif ging sie auf ihn zu, zwang sich, nah genug an ihn heran zu gehen, um sich höflich wieder verabschieden zu können. Allerdings beruhigte sich ihr rasendes Herz, als sie bemerkte, dass es sich bei der Schlange um ein Stofftier handelte. Keine echte Schlange. Aber trotzdem, was zum Teufel hatte er sich dabei gedacht?

„Patrick?"

Er lächelte, und es schien sich um ein ehrliches Lächeln zu handeln. „Der bin ich." Er hatte Grübchen. Und außerdem dickes, rabenschwarzes Haar und stechende, blaue Augen, die so gar nicht seelenvoll blickten. In ihnen spiegelte sich nichts wider. Sie waren völlig leer. Er war zwar sehr attraktiv, wie Hailey versprochen hatte, doch alles andere stimmte einfach ganz und gar nicht. Hier gab es keinen Funken, so viel stand schon mal fest. Sie würde den Schlangenmann nicht mal Hailey aufhalsen, allerdings würde sie sich mal *ernsthaft* mit ihr unterhalten müssen. Sie brauchten auf jeden Fall ein strengeres Auswahlverfahren.

„Ich bin Lauren", sagte sie und dachte über einen Weg nach, wie sie sich am schnellsten wieder verabschieden konnte, ohne dass er es ihr übelnahm.

„Ich weiß. Du siehst genauso aus wie auf deinem Bild. Das passiert nicht oft."

Sie kannte das Foto nicht, sondern vertraute Hailey einfach, dass sie die Männer für sie aussuchte. Das war wirklich eine massive Fehleinschätzung.

Sie räusperte sich. „Ja, und ich habe dich an deinem, äh, rosa Hemd erkannt." *Soll ich ihn fragen, was es mit der Schlange auf sich hat?* Sie starrte sie an. Die Schlange war lang, einmal um seinen Hals gewickelt und ihre beiden Enden gingen auf seine Brust hinab. Sie sah sich auf der ziemlich vollen Terrasse um, ob sonst noch jemandem der merkwürdige Anblick, dem sie sich gegenübersah, aufgefallen war. Ja, war es.

„Setz dich doch", bat Patrick. „Ich dachte, wir könnten etwas trinken und uns hier draußen unterhalten, bevor wir hineingehen und zu Abend essen."

Sofort hatte sie das Gefühl, eine nette Abfuhr zu

bekommen. Er hatte nicht vor, für das Abendessen zu zahlen, wenn es zwischen ihnen nicht klickte, doch sie war alles andere als unglücklich deswegen. Sie setzte sich und wollte ihm höflich erklären, dass sie nicht lange bleiben konnte.

„Magst du Schlangen, Lauren?", lautete seine erste Frage.

„Nicht sonderlich."

„Ah."

„Trägst du deswegen eine Schlange um den Hals? Ist das so eine Art Test?"

Er neigte den Kopf und rieb seine Wange an der Schlange. „Du bist ja ganz schön aufgeregt. In deinem Profil hast du angegeben, dass du Tiere liebst."

Sie konzentrierte sich auf seine leeren, kalten, blauen Augen. Genau wie die einer Schlange. „Ich liebe Tiere, die ein Fell haben, wie zum Beispiel Katzen und Hunde."

Er lebte auf. „Oh, ich habe auch einige Tiere mit Fell— Ratten. Mit denen füttere ich Jeffrey. Das ist mein Dunkler Tigerpython. Er ist drei Meter lang, kann aber bis zu sechs Meter groß werden. Natürlich müsste jede Partnerin, mit der ich zusammen bin, akzeptieren, dass Jeffrey zur Familie gehört."

Ihr Magen überschlug sich. Ratten. Python. Nein, nein, nein. Der Fall hatte sich erledigt! Komischerweise war sie irgendwie froh, dass er sie sofort auf seine merkwürdige Schlangenobsession hingewiesen hatte. Hätte sie ihn ohne die Stoffschlange um den Hals kennengelernt, hätte sie sich vielleicht durch sein gutes Aussehen verführen lassen und wäre dann völlig außer sich gewesen, wenn sie plötzlich in seiner Wohnung einen Python anstarrte. Jetzt bestand allerdings keine Chance, dass das jemals geschehen würde.

Sie stand auf und beschloss, genauso ehrlich und geradeheraus zu sein wie er. „Es war schön, dich kennen zu lernen, Patrick. Es tut mir leid, aber mit Schlangen oder Ratten habe ich nichts am Hut." Sie unterdrückte ein

Schaudern.

Er neigte den Kopf. „Es ist jedenfalls gut, das gleich zu wissen."

„Ja." Sie wich langsam zurück. „Lass' dir deine Schlange, ich meine, dein Abendessen, schmecken."

„Das werde ich auf jeden Fall." Er winkte den Ober heran.

Sie wandte sich zum Gehen und eilte auf den Parkplatz hinter dem Restaurant zu. Sie stieg in ihren uralten, roten Toyota, ließ den Motor an und riss ihr Handy aus der Tasche. Sie musste Hailey sofort anrufen. Das war eine ziemlich merkwürdige Verabredung gewesen. Und zwar für jeden, nicht nur für jemanden, der so empfindlich war wie sie. Kaum hatte Hailey den Hörer abgenommen, fuhr Lauren sie an: „Kein Funke! Er hat eine Schlange als Haustier und Ratten!"

„Lauren?"

„Wer sonst?" Sie drehte das Gebläse der Klimaanlage in ihre Richtung, da sie jetzt im Nachhinein verärgert und von der merkwürdigen Erfahrung erhitzt war.

„Warum bist du nicht beim Abendessen?"

„Patrick ist mit einer Stoffschlange um den Hals aufgetaucht. Sie war riesig und gelb, und er hat mit ihr gekuschelt! Ich habe den Test nicht bestanden, Hailey! Ich tauge nicht als Freundin für Patrick. Das hat er mir versichert, aber du kannst mir glauben, dass das von dem Moment an sonnenklar war, an dem ich ihn gesehen habe."

„Sah er gut aus?"

„Ja, er sah gut aus! Aber er war außerdem ein Psychopath! Falls dieses Ding funktionieren soll, brauchen wir ein sehr viel strengeres Auswahlverfahren. Hast du überhaupt mit ihm gesprochen oder dir einfach nur sein Profil angesehen?"

„Äh …"

„Ist auch egal!" Sie gestikulierte wild, obwohl Hailey sie nicht sehen konnte. „Ich weiß, dass du das nicht hast, sonst hätte er dir nämlich direkt von Jeffrey erzählt. So heißt sein Python nämlich!"

„Also, Lauren, bitte beruhige dich."

„Ein Familienmitglied!"

„Ich möchte nicht, dass du dich nach nur einer Verabredung verunsichern lässt. Du musst einige Frösche küssen, bevor ein Prinz dabei ist."

„Habe ich die Ratten schon erwähnt?" Sie war so aufgebracht, dass ihre Stimme brach. „Die verfüttert er nämlich an seine Schlange!"

Hailey sprach beruhigend auf sie ein. „Mit meiner Hilfe stehen deine Chancen gut."

„Ich will nichts von guten Chancen hören. Was ich will ist jemand, bei dem ich während der ersten Verabredung nicht *würgen* muss."

„Am nächsten Samstag wird es besser. Da gibt es eine Gruppenveranstaltung mit passenden Singles in Marcus' Bar in der Stadt. Ich werde da sein, um dir zu helfen, und wir machen eine schnelle Runde, um herauszufinden, ob du bei irgendwem Funken spürst, okay? Und falls es keine Funken gibt, hast du immer noch mich."

„Gibt es sonst noch jemanden?" Ups. Damit hatte sie eigentlich nicht gleich herausplatzen wollen. Aber mal im Ernst … Schlangen und Ratten. Bei dem Gedanken daran, wie viele Ratten er wohl in seinem Haus hielt, erschauderte sie. Wahrscheinlich war das ganze Haus voll davon. Und die Schlange fraß sie ganz.

Hailey blieb unbeeindruckt. „Ja, ich habe ein paar Leute aus dem Buchclub für Singles eingeladen. Es wird wie ein entspannter Mädelsabend mit dem Potential für mehr."

Sie beruhigte sich ein wenig. „Ja, das hört sich gar nicht so schlecht an."

„Es wird toll werden. Marcus freut sich, die Veranstaltung für uns auszurichten. Er ist ein netter Kerl und sieht gut aus."

Die Frau war wirklich gemein. Sie wusste genau, wie

sehr Lauren nette Menschen mochte. Marcus war einer von Mads Ehrenbrüdern. Lauren hatte bis jetzt außer einer knappen Begrüßung auf Claires Hochzeit und der romantischen Quiznacht noch kein Wort mit ihm gewechselt. Ty war der Einzige an jenem Abend gewesen, der offen für Romantik war. Und, man glaubt es kaum, er eroberte das Herz der abgebrühten, harten Charlotte im Sturm. Lauren wollte, dass jemand auch ihr Herz im Sturm eroberte.

Sie atmete tief durch und war bereit, dem Ganzen noch eine Chance zu geben, falls es tatsächlich die Möglichkeit gab, umgehauen zu werden oder zumindest jemandem unbeholfen in die Arme zu taumeln. „Kenne ich die anderen Männer?" Sie machte sich keine allzu großen Hoffnungen, falls Hailey die gleichen Männer eingeladen hatte, die auch zur Quiznacht dagewesen waren und die mit Romantik nichts am Hut hatten.

„Ich habe Ethan, Ben und Marcus eingeladen. Die anderen hatten keine Zeit."

Das waren definitiv die gleichen Romantikmuffel wie zuvor. Die „adoptierten" Brüder der Campbell-Familie. Sie hatte nicht sonderlich viel Zeit mit ihnen verbracht. Sie wusste nur, dass Ethan Polizist war und Marcus eine Bar hatte. Über Ben wusste sie nichts und fragte auch nicht. So langsam verlor sie den Glauben an das Lass die Liebe erblühen (TM) Projekt.

„Okay?", fragte Hailey. „Wir ziehen das zusammen durch, und diesmal enttäusche ich dich nicht."

Lauren seufzte. „Wissen die Jungs, aus welchem Grund du sie eingeladen hast?"

„Ich habe behauptet, ich hätte Geburtstag."

„Hailey! Bis dahin dauert es noch einen Monat." Und das Lustige daran war noch, dass Lauren und ihre Freunde eine Überraschungsgeburtstagsparty für sie geplant hatten. Das war wahrscheinlich der Grund dafür, warum viele der Jungs nicht kamen. Sie waren alle zu Haileys Geburtstagsparty eingeladen, also musste ihnen klar sein, dass irgendetwas nicht stimmte, was dieses verfrühte Treffen in Marcus' Bar anging. Wahrscheinlich dachten sie, es handele sich um einen weiteren Verkupplungsversuch. Und damit hatten sie ja auch recht.

„Das ist schon in Ordnung", sagte Hailey. „Ein Monat vorher macht keinen Unterschied."

„Und was haben sie zu deiner Geburtstagsparty gesagt? Waren sie überrascht?"

„Natürlich waren sie überrascht. Sie wissen ja nicht, wann ich Geburtstag habe."

„Und was, wenn sie dir Geschenke mitbringen?"

„Dann bedanke ich mich."

Sie grinste, weil sie irgendwie glücklich darüber war, ein Geheimnis vor Hailey zu haben, besonders, weil es sich um ein Geheimnis handelte, über das sie sich freuen würde, wenn sie es schließlich herausfand. „Okay. Ich freu mich schon drauf." Lauren sprach mit ihrer strengen Lehrerstimme. „Aber von nun an bitte keine Einzelverabredungen mehr, ohne dass du den Kerl ganz genau überprüft hast. Du musst die ganzen merkwürdigen Typen vorher aussortieren."

„Ich verspreche dir hoch und heilig, keine merkwürdigen Typen mehr. Es tut mir leid, Lauren."

Und da ihre Entschuldigung ehrlich klang, vergab sie ihr sofort. „Ist schon in Ordnung."

„Und wie lief dein Gespräch mit Alex?"

„Super. Ich fange am Montag an."

„Er ist süß."

„Er sieht Josh ziemlich ähnlich, stimmt's?", fragte sie mit gemeinem Lächeln. Glücklicherweise konnte Hailey sie nicht sehen.

„Ich mache jetzt besser Schluss. Ich habe ziemlich viel zu tun. Tschüss!"

„Tschüss." Sie legte lächelnd auf. Wäre es nicht toll, Hailey mit Josh zu verkuppeln? Besonders, wenn keiner von beiden wusste, dass sie verkuppelt wurden. Dazu musste sie einfach nur Haileys Techniken, die diese auf Lauren anwendete, umkehren. Was wäre das Gegenteil von *Lass die Liebe erblühen* (TM)? Vielleicht der *Explosives Liebemachen Plan*. Oh je! Es wäre ziemlich peinlich, dieses Markenzeichen eintragen zu lassen. Sie würde es geheim halten müssen.

Kapitel Fünf

Alex konnte es immer noch nicht fassen, dass die überqualifizierte, süße Lauren so bereitwillig zugestimmt hatte, ihren ganzen Sommer ausschließlich Vivian zu widmen. Er nahm an, dass sie einfach noch nicht verstanden hatte, wie schlimm die Situation in seinem Haus tatsächlich war, also rief er sie am Sonntag an und sagte ihr, dass der erste Tag so eine Art Probezeit sein konnte, bevor sie sich endgültig entschied. Sie hatte geantwortet: „Es macht mir nichts aus, am ersten Tag erst mal nur zuzusehen, damit ich eure Routine kennenlernen kann, aber ich weiß jetzt schon, dass ich sie in mein Herz schließen werde, ich gehöre also bis Ende August ganz euch."

Ein rettender Engel, der gekommen war, um ihn von seiner persönlichen Hölle zu erretten.

Natürlich erinnerte er sich noch an Lauren von Jakes und Claires Hochzeit. Auch damals war sie wie ein Engel plötzlich aufgetaucht und hatte ihm angeboten, sich der schlafenden Vivian anzunehmen, sodass er sich entspannen und die Feier genießen konnte.

Jetzt wünschte er sich beinahe, er hätte sie gebeten, einzuziehen und rund um die Uhr als Vollzeit-Kindermädchen zu arbeiten. Aber natürlich war das nicht möglich. Sein Bungalow mit drei Zimmern war einfach nicht groß genug. Er und Vivian hatten jeder ein Zimmer, und das dritte Schlafzimmer diente als sein Arbeitszimmer. Außerdem wollte er nicht, dass Vivian sich zu sehr an sie gewöhnte, nur um dann festzustellen, dass sie sie am Ende des Sommers wieder verlassen würde. Er war einfach nur so verdammt dankbar für Laurens ruhiges, süßes Verhalten und den Einfluss auf ihr Leben. Und dabei hatte sie noch nicht einmal angefangen.

Er hatte sich für Montagmorgen fest vorgenommen, sie nicht gleich wieder zu vergraulen. Er hatte sich den Mixer seines Vaters geliehen und Vivian einen Bananensmoothie zum Frühstück gemacht. Es war der zweite Tag mit Smoothies, und so weit, so gut. Sie füllten ihren kleinen Bauch, ohne ihr dabei im Mund weh zu tun. Nach dem Frühstück steckte er Vivian in ihr blaues Lieblings-T-Shirt mit Dinosaurier und in blaurot gestreifte Leggings. Dann putzte er ihre Zähne und rieb ihr Zahnfleisch mit ein bisschen Dentinox ein, sodass sie zumindest am Anfang, für eine Stunde oder so, einen guten Eindruck machte. Sie stand auf ihrem Plastiktreppchen vor dem Waschbecken im Badezimmer.

„Miss Lauren kommt heute vorbei, um mit uns zu spielen", sagte er, während er nach der Bürste griff, um ihr hellbraunes, gewelltes Haar zu bürsten. Es reichte ihr gerade bis zu den Schultern. Er hatte es gestern Abend gewaschen und danach mit dem Babyconditioner ausgebürstet, sodass es jetzt leicht zu kämmen war. „Vielleicht bleibt sie sogar den ganzen Sommer lang, um mit dir zu spielen."

Vivian sah neugierig und interessiert aus. „Alte Frau?" Alte Frauen übten eine besondere Faszination auf sie aus, weil es in einem ihrer Lieblingsbücher um eine grauhaarige Großmutter ging. Sie war sich sicher, dass jede grauhaarige Frau, die sie traf, eine Großmutter war. Sie selbst hatte nämlich keine Großmutter. Tammys Eltern hatten sich von ihrer Tochter losgesagt – sie passten auch wirklich nicht zueinander –, Tammy war ein freiheitsliebender Wildfang und ihre Eltern Hardcore-Puritaner. Alex hatte Tammys Eltern auf ihrer Beerdigung ein Foto der neugeborenen Vivian gezeigt. Sie hatten eine große Summe Geld geschickt, damit für Vivian gesorgt war, wollten jedoch ansonsten nichts mit ihrer Enkelin zu tun haben. Auf der Karte, die in dem Umschlag mit dem Scheck dabei gewesen war, hatte gestanden: „Wir haben unsere Schulden beglichen. Erwarte nicht auch nur einen weiteren Cent von uns." Und verdammt noch mal, natürlich hatte er das Geld genommen. Schließlich stand dieses Geld Vivian zu, egal, ob für den Unterhalt, Kunstunterricht oder Studiengebühren. Er hatte ihr ein eigenes Konto eingerichtet. Mit diesem Geld und den Ersparnissen, die er noch hatte, weil er für einige große Firmen an den Webseiten gearbeitet hatte, kamen sie gut über die Runden, obwohl er momentan nicht regelmäßig arbeiten konnte. Seine eigene Mutter spielte in ihrem Leben keine Rolle mehr, seit sie abgehauen war und ihre sechs Kinder einfach zurückgelassen hatte.

„Keine alte Frau", sagte er. „Wahrscheinlich eher so alt wie Tante Mad. Sechsundzwanzig, oder so. Das ist noch nicht alt. Und jetzt halt still." Er machte ihr einen Mittelscheitel und dann Zöpfchen zu beiden Seiten des Kopfes. Mit Zöpfen sah sie noch niedlicher aus, und sie konnten jede Hilfe brauchen, die sie kriegen konnten.

Vivian verzog das Gesicht. „Babysitter?" Schlaues Mädchen. Sie wusste, dass nicht viele Leute zum Spielen kamen, außer sie waren Babysitter. Ansonsten eigentlich nur die Familie. Seit ihrer Geburt hatte er kein nennenswertes Sozialleben mehr. Er wollte es so. Er konnte sich nicht über einen Mangel an Angeboten beklagen, hatte aber weder Lust noch Energie für eine Beziehung.

Er befestigte das Haargummi an einem der Zöpfe und wickelte sich das Haar so um den Finger, dass es eine Korkenzieherlocke ergab. „Sie ist viel besser als ein Babysitter. Sie ist ein Engel."

Vivian machte große Augen. Verdammt. Sie hatte vor kurzem von Engeln und dem Himmel erfahren. „Das ist nur so ein Ausdruck", sagte er schnell. „Sie ist kein Engel.

Nur ein sehr netter *Mensch*."

Sie wurde unruhig, weil sie nicht mehr stillstehen wollte, und er hielt sie fest, als sie gerade abhauen wollte. „Wir müssen noch den Zopf auf der anderen Seite machen." Hastig band er ihr Haar zusammen, diesmal ohne es durchzubürsten. Sie begann zu zappeln, bevor er fertig war, und zog sich so selbst am Haar.

„Aua!", rief sie und sah ihn vorwurfsvoll an.

„Ich habe dir doch gesagt, du sollst stillhalten." Er war gerade fertig geworden, und hatte auch die andere Korkenzieherlocke fast hinbekommen, als sie davon flitzte. Das musste reichen.

Vivian rannte in ihr Zimmer und kam mit einer Frankensteinmaske auf dem Gesicht zurück. Na toll! Das war nämlich ihre *Bleib' mir bloß vom Hals, ich bin ziemlich furchteinflößend*-Taktik.

„Räum' sofort die Maske weg", sagte er. „Sie wird dir gefallen."

Vivian schüttelte den Kopf. Ihre Zöpfe flogen über der Maske hin und her. Sie sah immer noch ziemlich niedlich aus. Es handelte sich um eine dieser Plastikmasken mit einem dünnen Gummiband auf der Rückseite. Sie hatte sich an Halloween darin verliebt.

Es klingelte an der Tür. Er atmete tief durch und ging, um zu öffnen. Lauren stand davor und sah jung und ausgeruht aus; ihr langes, hellbraunes Haar lag auf ihren Schultern, ihre grünen Augen glänzten, und ihr Mund war rosig und süß. Nein, nicht süß, nur rosig. Er ließ seine Augen über ihre bloße Haut bis zu ihrem Tanktop wandern, das ein wenig ausgeschnitten war. Sie trug weiße Shorts, die hoch an ihren Oberschenkeln endeten. Ihre Beine waren lang, athletisch und gebräunt. Sein Blick wanderte wieder zurück ihre langen Beine hinauf, als ihm klar wurde, dass sie mit ihm sprach.

Schnell riss er sich zusammen. „Hi, komm doch rein."

Lauren lächelte und hatte nur Augen für Vivian, die

sich hinter seinem Bein versteckt hatte, sich an seiner Jeans festhielt und zu Lauren hochblickte. „Hi, Frankenstein", sagte Lauren. „Ich freue mich, dich zu sehen."

Vivian knurrte.

„Vivian", sagte er warnend, „begrüße bitte Miss Lauren."

Vivian ließ seine Jeans los und machte einige Schritte auf Lauren zu, wobei sie die Hände zu Klauen geformt hatte und bösartig knurrte.

Er seufzte. Eigentlich wusste sie es. Er wollte ihr gerade sagen, sie sollte nett sein, als Lauren sich vor Vivian hinhockte, sodass sie auf Augenhöhe waren. „Morgen bringe ich auch meine Frankensteinmaske mit, auch wenn deine um einiges gruseliger ist."

Vivian drehte sich um und lief weg, sprang auf den Wohnzimmertisch und tanzte stampfend mit ihren bloßen Füßen darauf herum. Es war nur eine Frage der Zeit, bis etwas passierte.

„Runter vom Tisch!", rief Alex.

Vivian sprang aufs Sofa und hüpfte darauf herum.

„Du darfst nicht auf dem Sofa hüpfen!" Alex eilte zu ihr, um sie davon abzuhalten, doch bevor er bei ihr ankam, war Vivian schon darauf geklettert, hatte sich auf dem Rücken hingelegt und ihre Hände über ihrem Bauch gefaltet. Alex verzog das Gesicht und wich wieder zurück.

Lauren stellte sich neben ihn und fragte laut: „Spielt sie Dornröschen?"

Vivian schüttelte den Kopf und legte sich dann wieder hin.

Alex lehnte sich zu Lauren und flüsterte: „Sie stellt sich tot."

Sie drehte rasch den Kopf zu ihm um. „Warum?"

Er neigte den Kopf ein wenig, um ihr zu bedeuten, ihm ein Stück weit weg zu folgen. Vivian spielte weiter tot. Ganz auf der anderen Seite des Raumes angekommen, senkte er die Stimme und erklärte ihr: „Ihr ist aufgefallen, dass ich auf dem Spielplatz der einzige Papa unter lauter Mamas bin. Du weißt schon, tagsüber, während der Arbeitszeit. Also musste ich ihr erklären, wo ihre Mutter ist. Ich habe ihr gesagt, sie sei tot und würde mit den Engeln im Himmel schlafen." Er starrte seine Frankensteintochter an. „Ich weiß, es sieht ziemlich morbide aus, aber ich nehme an, dass sie auf diese Weise mit der Situation umgeht und ich mir ein paar Minuten lang keine Sorgen darüber machen muss, was sie jetzt wieder anstellt."

„Es ist schon okay", sagte Lauren freundlich. „Solange es ihr gut tut." Ihre Stimme klang melodisch, geduldig und verständnisvoll. Sie roch nach Blumen und Gewürzen. *Zucker und Gewürze und alles Schöne.* Das war so ganz und gar nicht der Typ Frau, den er normalerweise mochte—damals, als es ihm noch etwas bedeutete, Frauen zu erobern, mochte er wilde, ungewöhnliche Frauen—,aber für Vivian war sie perfekt.

„Wach!", rief Vivian, rollte herum und ließ sich auf die Kissen auf dem Boden fallen.

Er und Lauren stürzten gleichzeitig auf sie zu, für den Fall, dass Vivian über den Holzfußboden rollte und sich am Wohnzimmertisch anstieß. Stattdessen setzte Vivian sich hin, hielt sich die Wange unter der Maske und begann zu weinen.

„Hast du dir weh getan?", fragte Lauren. Vivian weinte weiter, doch es hörte sich eher wie Jammern an.

„Es sind ihre Zähne." Er hob sie hoch und rieb ihren Rücken. „Sie bekommt gerade ihre ersten Backenzähne im Oberkiefer. Ihr Zahnfleisch ist ganz angeschwollen." Er versuchte, ihr die Maske abzunehmen, da sie von ihren Tränen ganz feucht war, doch Vivian zog sie sich wieder vors Gesicht.

„Hast du es schon mit Ibuprofen für Kinder probiert?", fragte Lauren. „Es sollte gegen die Schmerzen und die Schwellung helfen."

„Sie spuckt es aus."

„Welche Geschmacksrichtung nehmt ihr?"

„Ich weiß nicht. Es ist rot."

Lauren streckte ihre Zunge aus dem Mund. „Rot ist ekelig. Probieren wir es doch mit Trauben- oder Kaugummigeschmack." Er hatte nicht einmal gewusst, dass es andere Geschmacksrichtungen gab. Aber natürlich war er auch mit einer übel gelaunten Vivian direkt nach ihrem Arzttermin, bei dem sie sich alles andere als kooperativ verhalten hatte, in der Apotheke gewesen, und hatte möglichst schnell wieder verschwinden wollen.

Vivian wand sich, weil sie von seinem Arm herunterwollte, und er setzte sie auf den Boden. Sie raste davon, die Arme vor sich ausgestreckt und machte Frankensteingeräusche. „Grr, grr, grr."

Lauren schob den Wohnzimmertisch weiter vom Sofa weg. „So ist es sicherer."

„Ich weiß", sagte er. „Sie schiebt den Tisch immer wieder zurück an seinen Platz. Sie hat eine ganz genaue Vorstellung davon, wo die Dinge sein sollen."

Vivian lief im Kreis und begann dann damit, sich um die eigene Achse zu drehen—mit weit ausgebreiteten Armen—, bis sie das Gleichgewicht verlor und auf ihrem dicken Windelpopo landete.

„Hast du schon damit begonnen, sie daran zu gewöhnen, aufs Töpfchen zu gehen?", fragte Lauren.

Er seufzte. Lauren schien nichts zu entgehen, und es würde nicht allzu lange dauern, bevor sie bemerkte, wie viel Arbeit Vivian machte. „Ich habe es in den letzten Monaten immer wieder versucht. Wir haben das Töpfchenbuch gelesen, ich habe sogar ein Töpfchen gekauft, das eine Melodie spielt, wenn man auf die Toilette geht, aber ihr ist das alles völlig egal."

Lauren nickte. „Bis zum Ende des Sommers kriegen wir das hin. Dann hat sie es in der Vorschule leichter."

Er zog überrascht die Augenbrauen hoch. „Du kannst es ja probieren." Er senkte die Stimme. „Das Hauptproblem besteht darin, dass sie beim Pinkeln stehen möchte, genau wie ich. Und außerdem hat sie nicht die Geduld, lang sitzen zu bleiben."

Vivian stand auf und ging zu ihrem Zimmer. Er und Lauren folgten ihr und sahen dabei zu, wie Vivian ihren Korb mit dem Spielzeug durchwühlte.

Lauren sagte selbstbewusst: „Ich habe dabei geholfen, meine Schwester und noch ein paar andere Kinder, auf die ich aufgepasst habe, windelfrei zu bekommen. Man muss nur die richtige Motivation finden. Ich werde herausfinden, was bei ihr funktioniert. Betrachte es als erledigt."

Ihm gefiel ihr Selbstbewusstsein, allerdings hatte er ernsthafte Zweifel. Schließlich wusste sie ja nicht, wie stur Vivian manchmal sein konnte. „Okay, danke."

Lauren drehte sich zu ihm um und sah ihn an, und er stellte fest, dass er ihr viel zu nah und die Luft zwischen ihnen elektrisch aufgeladen war, als würde er gleich ihre süßen, rosigen Lippen küssen, was völlig *lächerlich* war. Er trat einen Schritt von ihr weg und konzentrierte sich auf Vivian. Er würde sich darum bemühen müssen, Abstand zu bewahren. Lauren war nur wenige Zentimeter kleiner als er.

Eine Plüschkatze und eine Puppe mit abgeschnittenem gelben Haar flogen in hohem Bogen aus der Spielzeugkiste und landeten neben dem anderen Spielzeug auf dem Boden. Vivian suchte etwas ganz Bestimmtes.

„Und wann arbeitest du?", wollte Lauren wissen.

Er warf ihr einen kurzen Blick zu. „Wenn Vivian schläft."

„Macht sie lange Mittagsschläfchen?"

„Nein, kurz nachdem sie zwei geworden war, hat sie damit aufgehört. Sie schläft nur ein paar Minuten im Auto. Ich arbeite nachts."

„Also passt du den ganzen Tag auf sie auf und schläfst dann nachts nicht, um zu arbeiten?"

„Ja, so ungefähr, wenigstens die halbe Nacht. Zumindest habe ich das vorher so gemacht. In den letzten Wochen wacht sie nach ein paar Stunden auf, weil sie Schmerzen von ihren Zähnen hat, also habe ich kaum gearbeitet.“

„Oh, Alex, das ist aber nicht sonderlich gesund“, sagte Lauren mit so viel Mitgefühl, dass er einen Kloß im Hals bekam. Es war nämlich wirklich schlimm, und dass jemand diese Tatsache nachempfinden konnte, machte ihn plötzlich aus irgendeinem Grund ganz glücklich, als wäre er plötzlich nicht mehr alleine in seiner privaten Hölle eingesperrt.

„Ja“, presste er hervor.

„Okay, wie wäre es damit? Da ich von neun bis um fünf arbeite, verlegen wir nach und nach deine Arbeitszeit auf tagsüber.“

„Das könnte funktionieren, wenn es mir gelingt, ein wenig zu schlafen.“

Sie nickte einmal. „Mal sehen, was wir diesbezüglich machen können.“

Vivian tauchte mit einer Gummischlange in der Hand aus ihrer Spielzeugkiste auf. Sie lief hinüber und wedelte damit vor Lauren herum.

Lauren hockte sich vor Vivian hin, damit sie auf gleicher Augenhöhe waren. „Ooh, Schlangen mag ich besonders gern. Wusstest du eigentlich, dass Schlangen mit ihrer Zunge riechen?“ Sie steckte die Zunge heraus und bewegte sie hin und her. Alex wandte schnell den Blick ab und konzentriert sich stattdessen auf Vivian.

Überraschenderweise nahm Vivian die Frankenstein-maske ab, warf sie achtlos hinter sich und machte Lauren nach, indem sie die Zunge herausstreckte und sie hin und her bewegte.

„Genau so“, sagte Lauren. „Du wärst wirklich eine tolle Schlange. Komm, wir räumen schnell das Spielzeug auf und dann schlängeln wir herum wie Schlangen.“

Alex sah voller Verwunderung dabei zu, wie Lauren ein „Spielzeug-aufräumen-Lied“ sang, das mit „damit wir Schlangen sein können“ endete und das Vivian dazu brachte, ihr eifrig beim Aufräumen zu helfen. Lauren sah zu ihm hoch und lächelte ihn an, während sie sang, wobei ihr fast ein Heiligenschein über dem Kopf zu schweben schien. Mit einer Geste ihrer Hand jagte sie ihn aus dem Zimmer.

Unglaublich dankbar ging er. Lauren bemühte sich um Vivian, wie es nie zuvor ein Kindermädchen getan hatte. Er wischte sich die Tränen aus den Augen; anscheinend beeinflusste ihn die Müdigkeit doch sehr. Er war zu müde, um zu arbeiten, also setzte er sich auf die Couch im Wohnzimmer, falls er benötigt wurde. Er schloss seine brennenden Augen und schickte ein stummes Dankgebet an denjenigen, der ihm und Vivian einen Engel geschickt hatte.

~ ~ ~

Alex musste wohl eingenickt sein, als er nämlich aufwachte, spielte Vivian mittlerweile mit Bauklötzchen und ließ sie klappernd auf den hölzernen Wohnzimmertisch fallen.

„Wir haben mit den Bauklötzchen Pyramiden gebaut", sagte Lauren. „Sie wollte sie dir zeigen, und ich habe mir gedacht, dass du genügend geschlafen hast."

Vivian fing sofort an.

Er richtete sich auf, sah auf seinem Handy nach, wie spät es war, und war überrascht darüber, dass es bereits 11:30 Uhr war. Was ihn so erstaunte war die Tatsache, dass es Lauren gelungen war, Vivian den ganzen Morgen über zu beschäftigen, ohne dass diese ihn aufgeweckt hatte, um ihm etwas zu zeigen.

Vivian arbeitete eifrig an ihrer Pyramide. Er wollte gerade ein Foto mit seinem Handy machen. Doch es war zu spät—sie holte aus und stieß die ganze Pyramide um, dass die Bauklötze nur so flogen.

„Ich hatte vor, sie nach dem Mittagessen auf den Spielplatz mitzunehmen", sagte Lauren, nachdem sie gemeinsam mit Vivian die Bauklötzchen wieder aufgeräumt hatte.

„Schaukeln!", rief Vivian.

„Sie ist es nicht gewöhnt, nicht mit mir zusammen zu sein", sagte er. „Ich kann sie normalerweise nur mit meinem Vater allein lassen."

„Ich wollte sie nur beschäftigen, während du ein wenig arbeitest oder dich ausruhst. Auf welchen Spielplatz geht ihr normalerweise?"

Er war noch nicht dazu bereit, Vivian allein zu lassen. „Nach dem Mittagessen gehen wir alle zusammen."

Doch während des Mittagessens begann Vivian zu jammern. Sie konnte nicht einmal Erdbeeren essen, weil es ihr so wehtat.

„Ooh, ich kann schon ein Stückchen Zahn erkennen, das oben aus dem Zahnfleisch kommt", sagte Lauren. Es war auch wahrlich kaum zu übersehen, so weit wie Vivian den Mund aufgerissen hatte. „Am besten gehen wir mit ihr in den Baldwin Park drüben in Clover Park. Die Fahrt dauert zwar etwas länger von hier aus, dafür ist der Spielplatz umzäunt, und in der Nähe befindet sich eine Apotheke. Wir können erst ihre Medizin holen und dann mit ihr zum Spielplatz laufen."

„Okay, ich muss nur noch schnell ihre Windeln wechseln und dann gehen wir."

Sie sah ihn komisch an. „Das kann ich doch machen. Dafür bin ich ja schließlich da."

„Ich mach das schon." Er wusste, dass Vivian in ihrem jetzigen Zustand schwierig sein konnte. Er hob sie aus ihrem Babystuhl, brachte sie in ihr Zimmer, wo er sie schnell auf dem Bett wickelte, während er sie mit ihrem Teddybären ablenkte, der ihren Hals küsste. Sie kicherte, und für einen Augenblick vergaß sie ihre Schmerzen. Als er fertig war, zog er ihr die Leggins an und streifte ihr Socken über, während sie ihren Teddy in den Bauch boxte.

„Okay", sagte er. „Jetzt fehlen nur noch die Schuhe."

Vivian rannte aus dem Zimmer. Er folgte ihr in die

Küche, wo sie neben Lauren auf und ab sprang und „Schaukeln! Schaukeln!" rief.

Er wusch seine Hände in der Spüle in der Küche, trocknete sie ab und drehte sich um. Lauren war noch nicht mit dem Mittagessen fertig. „Wir können gerne auf dich warten", sagte er und übertönte dabei Vivians Geplapper über den Spielplatz.

Lauren verschloss ihre Salatschüssel mit dem Deckel und sagte an Vivian gewandt: „Ich kann später weiter essen, wenn du deine Medizin genommen hast und dich besser fühlst." An ihn gewandt sagte sie: „Können wir gehen?"

Ein Engel. Ihr waren Vivians Bedürfnisse wichtiger als ihre eigenen. Er nickte kurz, erneut voller Dankbarkeit.

Vivian lief zur Eingangstür. Er zog ihr ihre Turnschuhe an, hob sie hoch und wandte sich dann an Lauren. „Würdest du fahren? Ich halte es für eine gute Idee, dass du dich an meinen Wagen gewöhnst, nur für den Fall, dass du sie irgendwohin bringen musst."

„Na klar."

Er gab ihr seine Schlüssel und folgte ihr aus der Tür.

„In dein Auto passt der Kindersitz sowieso besser", sagte Lauren, als sie bei seinem Wagen ankamen. „Meines ist ziemlich kompakt."

Er warf einen Blick auf ihren winzigen Toyota und dann auf ihre langen Beine. Sie musste den Fahrersitz höchstwahrscheinlich ziemlich weit nach hinten schieben, um einigermaßen bequem hinein zu passen, er sagte allerdings nichts, da er ihre Beine ja gar nicht hätte bemerken dürfen, obwohl sie wirklich ziemlich kurze Shorts trug.

Wie immer war Vivian nach fünf Minuten im Wagen eingeschlafen. Er fühlte sich nach seinem Mittagsschlaf frisch und ausgeruht.

„Würde es dir etwas ausmachen, wenn wir ihr eine Tüte M&Ms kaufen?", fragte Lauren. „Ich würde ihr gern eins davon als Belohnung geben, wenn sie ihre Medizin genommen hat. Und wenn sie sie wirklich gern hat, auch, wenn sie ins Töpfchen gemacht hat."

Normalerweise dürfte Vivian keine Süßigkeiten essen, einmal abgesehen von genau drei Stück an Halloween, aber in diesen harten Zeiten war ihm jedes Mittel recht, und bis jetzt hatte Lauren mit ihren Instinkten, was Vivian betraf, recht gehabt. „Okay."

„Okay, gut."

Während er fuhr, betrachtete er ihr Profil. Hohe Wangenknochen, eine schmale Stupsnase, die wie eine Skipiste aussah, und ein kleines, spitzes Kinn. Am liebsten hätte er jetzt seinen Zeichenblock dagehabt.

Sie sah zu ihm hinüber. „Alles in Ordnung?"

Ein herzförmiges Gesicht. Das war es, was ihn dazu brachte, plötzlich unbedingt zeichnen zu wollen, obwohl er seit Wochen nicht mehr gezeichnet hatte. Er wollte es unbedingt einfangen—die Winkel und Kurven, die Schattierungen unter ihren Wangenknochen.

„Alex?"

„Ja. Alles in Ordnung. Entschuldige, ich war wohl kurz abgelenkt." Etwas zu spät fielen ihm seine Manieren wieder ein. „Wie geht es dir? Hattest du ein aufregendes Wochenende?"

Sie verdrehte die Augen. „Nicht sonderlich aufregend. Ich habe es mit meiner Verabredung nicht einmal zum Abendessen geschafft."

Er lachte leise, weil ihm plötzlich wieder eingefallen war, dass Hailey sich in Liebesdingen um Lauren kümmerte. Das brachte ihn zum Lachen. „Also ist die Liebe nicht erblüht?" Er verkniff sich ein Lachen. „Eingetragenes Warenzeichen", fügte er hinzu.

„Es heißt Lass' die Liebe erblühen (TM)", sagte sie schmallippig. „Und nein, sie ist nicht erblüht."

Plötzlich fühlte er sich schlecht, weil er sie geneckt hatte. „Entschuldige."

„Ist schon in Ordnung", sagte sie. „Er sah extrem gut

aus, genau wie Hailey versprochen hatte, allerdings hatte sie ihn nicht genau genug überprüft. Er besaß einen Python, den er als Familienmitglied betrachtete. Jeffrey. Und Ratten, um seinen Python zu füttern."

„Ziemlich gruselig."

„Was sogar noch gruseliger ist, ist die Tatsache, dass er eine Stoffschlange um den Hals trug, als wir uns vor dem Restaurant getroffen haben, um zu überprüfen, wie ich wohl auf Jeffrey reagieren würde." Sie runzelte die Stirn. „Anscheinend bin ich wohl durch den Jeffrey-Test gefallen. Es war wirklich extrem merkwürdig."

„Oh verdammt, und dann ist Vivian auch noch mit der Schlange aufgetaucht." Er lachte. „Du bist wirklich großartig, dass du so getan hast, als würde sie dir gefallen."

Sie lächelte. „Na ja, schließlich wusste sie es nicht."

Er schüttelte den Kopf. „Musste er deswegen gleich eine Stoffschlange zum Abendessen mitbringen? Er hätte es dir ja auch einfach sagen können?"

Sie schlug mit der flachen Hand aufs Lenkrad. „Genau meine Meinung, vielen Dank!"

Er lächelte. „Also hat Hailey dir versprochen, dass der Nächste besser wird?"

„Eigentlich sollte es das. Es ist eine Gruppenveranstaltung in Marcus' Bar drüben in der Stadt."

Sein Lächeln erstarb. „Marcus Shepard?"

„Ja, und Ethan und Ben. Mehr konnten nicht kommen."

Das tat weh. Es wusste zwar jeder, wie beschäftigt er mit Vivian war, aber er hatte nicht gewusst, dass seine Freunde sich mittlerweile nicht einmal mehr die Mühe machten, ihn einzuladen. Nicht, dass er Zeit gehabt hätte, hinzugehen, trotzdem wäre es schön gewesen, wenigstens eingeladen zu werden. Nur weil er ein Kind hatte, bedeutete das längst noch nicht, dass er plötzlich unauffindbar war.

„Und welcher von den Jungs ist für dich?", fragte er.

Sie machte eine lässige Handbewegung. „Wir machen einen Schnelldurchlauf, um zu sehen, ob bei irgendwem die Funken sprühen.“

„Funken?“

„Oh, ja. Das ist ausgesprochen wichtig. Ohne Funken gibt es auch keine Chance auf …“ Sie hielt inne. „Ist doch egal. Du wirst mich sowieso nur auslachen.“

„Ich würde dich doch niemals auslachen.“

„Doch, das würdest du. Ich habe gesehen, wie du grinst und belustigt aussiehst, also … vergiss es.“

„Inwiefern sehe ich belustigt aus?“

„Weiß ich auch nicht. Du tust es einfach.“

Er dachte darüber nach. Es stimmte, dass ihm das Ganze etwas komisch vorkam, doch er wollte auch unbedingt mehr darüber erfahren. Aus irgendeinem Grund war ihm wichtig, mit wem Lauren zusammen war, selbst nach der kurzen Zeit, die sie gemeinsam verbracht hatten. Er war der Meinung, dass sie es verdiente, jemanden zu haben, der sie auf Händen trug. Marcus wäre überhaupt nicht gut für sie. Er hatte momentan nämlich drei Freundinnen. Alle drei wussten über ihre offene Beziehung Bescheid, aber Lauren verdiente einfach etwas Besseres. Er dachte darüber nach, sie vor Marcus zu warnen. Andererseits war Marcus ein echt netter Kerl, klug, lustig, selbständig, und vielleicht würde er ja die anderen Frauen aufgeben, wenn mit Lauren alles glatt lief. Er fragte sich, was besser wäre, etwas zu sagen oder den Dingen einfach ihren Lauf zu lassen, wie Hailey es geplant hatte. Dann ging er im Geist jeden Bekannten durch, den er mit Hailey gemeinsam hatte, und dachte darüber nach, ob sie zu Lauren passen würden. Ob sie sie so behandeln würden, wie sie es verdiente.

Er wachte erst wieder aus seinen Gedanken auf, als Lauren auf dem Parkplatz zwischen der Apotheke und dem Spielplatz parkte. Plötzlich wurde ihm klar, dass er sich in den letzten zehn Minuten ausschließlich über Laurens

Liebesleben Gedanken gemacht hatte und so unhöflich gewesen war, sie völlig zu ignorieren. Sie hatte auch geschwiegen, um ihn nicht in seinen Gedanken zu stören. Tammy hatte ständig geredet.

„Du bist so still", sagte er.

Sie lächelte. „Ich dachte, du könntest etwas Stille gebrauchen. Ich kann mir vorstellen, dass du nicht gerade viel davon bekommst." Sie stellte den Motor des Wagens ab, und wie auf Knopfdruck begann Vivian wütend zu weinen.

„Volltreffer", sagte er.

Lauren sprach laut, um das Weinen zu übertönen. „Gehen wir mit Vivian in den Laden, damit sie die Süßigkeiten sehen kann—", ihre Stimme wurde sogar noch lauter, als sie Süßigkeiten sagte, „—die wir kaufen werden."

Vivian hörte auf zu weinen. „Süßigkeiten?"

Lauren wandte sich mit süßem Lächeln an Vivian. Jedes Lächeln von ihr war süß. „Wir holen dir jetzt ein bisschen Medizin mit Traubengeschmack, damit dir dein Zahnfleisch nicht so weh tut. Und wenn du es brav genommen hast, kannst du ein M&M haben."

„Daddy", sagte Vivian drängend, „ab." Es gelang ihr noch nicht, mit ihren kleinen Fingern selbst den Sicherheitsgurt zu öffnen. Glücklicherweise.

Als sie im Laden waren, machte Lauren ein großes Tohuwabohu daraus, die Medizin zu kaufen. „Oh, Alex!", rief sie. „Diese Traubenmedizin funktioniert hervorragend bei Zweijährigen!"

„Das ist ja toll!", sagte er genauso enthusiastisch.

Vivian lauschte andächtig.

Als sie wieder aus dem Laden kamen, nachdem Lauren großes Aufhebens darum gemacht hatte, wie gut die Medizin funktionierte und dass die M&Ms nur dafür waren, dass man sie nach der Medizin nahm, konnte Vivian es kaum erwarten.

Und es war unglaublich, wie Vivian Laurens

Anweisungen genau folgte, die Medizin ohne Probleme einnahm und dann das M&M auf ihrer Zunge schmelzen ließ, damit sie nicht kauen musste. Vivian sah doch tatsächlich äußerst zufrieden mit sich selbst aus. Aber warum spuckte sie die andere Medizin dann immer aus? Oder vielleicht musste sie auch würgen. Jedenfalls war sie nicht dringeblieben.

„Schmeckte denn all die leckere Schokolade?", wollte Lauren wissen.

Vivian streckte ihre Zunge heraus, die ganz grün und braun und von der Medizin auch ein bisschen lila war. Ekelig.

„Lecker!", rief Lauren. „Möchtest du jetzt schaukeln?"

Vivian nickte, nahm Laurens Hand und ging mit ihr zum Spielplatz, ohne sich noch einmal umzusehen. Er musste schwer schlucken, als er sie gehen sah. Sie sahen einander so ähnlich, mit ihrem hellbraunen Haar und dem Glück, das von ihnen ausging, dass es verdammt noch mal so aussah, als hätte Vivian eine Mutter.

Vivian hielt plötzlich inne und drehte sich um. „Daddy!"

Er setzte sich in Bewegung und schloss zu ihnen auf. „Hier bin ich schon."

Vivian griff mit ihrer freien Hand nach seiner, und gemeinsam zogen sie los. Sein Herz schmerzte, als er zu dem glücklichen kleinen Mädchen hinabsah, weil es sich zum ersten Mal tatsächlich so anfühlte, als hätte Vivian eine wirkliche Familie.

KAPITEL SECHS

Lauren hatte einen wundervollen ersten Tag mit Vivian und Alex. Vivian war genauso süß und liebenswert, wie sie sie in Erinnerung hatte, und Alex störte nicht weiter. Die beiden hatten keinen festen Stundenplan, sondern eher so eine Art lockere Routine. Der einzige Fixpunkt, den es gab, war eine Trainingsstunde am Nachmittag. Als die Zeit dazu langsam näherkam, schien Vivian es zu spüren, denn sie sah ihren Vater an, hob die Arme und sagte: „Tanzparty.“

Alex sah Lauren an, und eine gewisse Röte schlich sich in sein Gesicht. Es war wirklich süß! Ein Mann, der rot wurde. „Lass uns das nach dem Abendessen machen“, sagte Alex zu Vivian.

„Oh, ist schon okay“, versicherte Lauren ihm. „Macht einfach das, was ihr sonst auch macht.“ Sie wandte sich an Vivian, die schon erwartungsvoll auf und ab hüpfte. So unglaublich süß. „Kann ich auch mitmachen? Ich liebe Tanzpartys.“

„Kei-Kei!“, rief Vivian.

„Kei-Kei?“, fragte Lauren. „Das kenne ich gar nicht. Ist das ein neuer Cartoon?“

„Es ist ein Film“, erklärte Alex.

„Ah. Den muss ich wohl verpasst haben.“

Alex rieb sich den Nacken und murmelte: „Er ist im letzten Sommer erschienen. Wir haben ihn auf DVD.“

„Und wer ist Kei-Kei?“, fragte Lauren Vivian. „Ist sie eine starke Superheldin?“ Sie hob die Arme und zeigte ihre

Muskeln.

„Nein!", sagte Vivian durch ihr Gelächter hindurch.

„Ist sie eine mächtige Zauberin mit lauter magischen Zaubersprüchen?", wollte Lauren wissen und schwenkte ihren imaginären Zauberstab.

„Nein!", rief Vivian und schien hocherfreut darüber, etwas zu wissen, das Lauren nicht wusste.

Lauren hob resignierend die Hände. „Was ist sie dann?"

„Eine Prinzessin!", rief Vivian.

„Oh, eine Prinzessin. Wie edel."

Vivian nickte. „Daddy?" Sie hob die Arme.

Alex sah Lauren an, und die Röte kroch nun auch in ihre Wangen. „Würdest du nicht gern eine Pause machen?", fragte er Lauren. „Etwas frische Luft schnappen?"

Sie verkniff sich ein Lächeln und wusste, dass es ihm schwer fiel, seine Tochter ihre Prinzessin Kei-Kei vorzuenthalten. „Nein, danke."

Er sah sie scharf an, bevor er mit den Lippen formte: „Wehe, du lachst."

Sie schüttelte den Kopf und kniff die Lippen zusammen, um nicht zu lächeln.

Er hob warnend den Finger. Ein kleines Lächeln entschlüpfte ihr. Ihr gefiel es unheimlich gut, dass es ihm nichts ausmachte, sich für seine Tochter lächerlich zu machen.

„Kei-Kei", drängte Vivian.

Alex seufzte. „Alles klar." Er schob den Wohnzimmertisch aus dem Weg, holte eine blaue Gymnastikmatte aus dem Schrank im Flur, legte sie auf den Holzboden und ließ das Lied auf seinem Handy laufen. Die Musik ertönte aus kleinen Lautsprechern, die in den Ecken des Raumes aufgehängt waren und die sie vorher nicht bemerkt hatte.

Eine niedliche, klingende Melodie ertönte. Lauren legte den Kopf schief und hörte zu. Dann zog eine Bewegung ihre Aufmerksamkeit auf sich. Sie drehte sich um und sah, dass Alex auf der Matte stand und Armbeugen mit Vivian, die als Gewicht auf seinen Unterarmen lag, machte. Bis jetzt konnte sie noch nichts besonders Peinliches feststellen. Er sah eher ausgesprochen männlich aus.

„Und so tanzt ihr?", fragte Lauren.

„Das kommt später", sagte Alex und machte noch eine weitere Vivian-Beuge. Sein Bizeps trat hervor, und darauf kamen einige Adern zum Vorschein. Es sprach direkt ihre Urinstinkte an und war ausgesprochen heiß, zugleich aber auch rührend, weil er ja seine eigene Tochter stemmte. Vor Rührung traten ihr die Tränen in die Augen, und sie wandte den Blick ab und konzentrierte sich stattdessen auf die Musik. Gerade war wieder der fröhliche Refrain dran: „Jupieju, wir sind Elfen." Das Wort „Elfen" wurde lang und gedehnt gesungen.

Sie lächelte und zog bei so viel Niedlichkeit die Nase kraus. „Elfen?"

Alex machte noch eine weitere Vivian-Beuge. „Ja. *Prinzessin Kei-Kei und die Elfen.*"

„Hoch!", rief Vivian.

Alex verlagerte Vivian und stemmte sie wie eine Langhantel.

„Juchu!", rief Vivian.

Lauren lachte.

Alex warf ihr einen bösen Blick zu.

„Oh, ich lache dich nicht *aus*", versicherte Lauren ihm. „Ich lache *mit* euch."

„Sonst lacht aber niemand", sagte er und stemmte sie erneut hoch.

Sie presste die Lippen zusammen und versuchte, ihr Lachen zu unterdrücken.

„Es wird noch schlimmer", sagte Alex grimmig und brachte Vivian auf Brusthöhe.

„Jipie!", rief Vivian, als ihr Vater sie schnell wieder nach oben stemmte.

„Das sieht ja toll aus", sagte Lauren. „Ich wünschte, jemand würde solche Übungen mit mir machen."

„Tanzen!", rief Vivian aus.

Vivian dachte also, die Übungen ihres Vaters seien ein Tanz. Es schien so, als fänden das beide toll.

Als nächstes ließ Alex sich auf die Matte fallen und begann, Liegestütze zu machen und zwar mit Vivian auf dem Rücken, die ihre kleinen Arme um seinen Hals geschlungen hatte. Sie hoffte, dass er einigermaßen atmen konnte. Jedes Mal, wenn er sich nach oben drückte, jauchzte Vivian vor Freude. Ihr fiel nichts ein, was eine bessere Motivation sein könnte, um mehr Liegestütze zu machen.

Sie machte einige Liegestütze neben ihnen mit, allerdings hauptsächlich, um sich so nicht ständig die fantastischen Muskeln ihres Arbeitgebers ansehen zu müssen.

Alex sah kurz zu ihr hinüber, bevor er mit den Liegestützen weitermachte. Vivian musste auch schon daran gewöhnt sein, denn Alex schaffte ziemlich viele Wiederholungen. Lauren schaffte nur zehn.

Als nächstes kamen die Bauchmuskelübungen. Alex legte sich Vivian auf die Füße und begann mit den Bauchpressen. Lauren machte auch mit, musste aber schon bald aufhören, weil der Boden etwas zu hart für sie war und ihr am Rücken wehtat. Schnell setzte sie sich aufs Sofa, von wo aus sie einen sehr guten Blick auf die beiden hatte.

Nachdem Vivian bis zehn gezählt hatte, nicht unbedingt in der richtigen Reihenfolge, bat Alex sie, erneut zu zählen. Dann sagte er zu Vivian, sie solle sich an seine abgewinkelten Beine hängen. Sie tat wie geheißen und schlang ihre kleinen Arme um seine Unterschenkel. Und dann hob und senkte er sie dort. Wow, das war wirklich ein ziemlich gutes Training.

Vivian kreischte bei jeder Wiederholung vor Vergnügen. „Pferdchen!"

Alex war mit seinem Training fertig und lag schwer atmend auf dem Boden. Vivian sprang von ihm herunter und begann, wie verrückt zu tanzen. Sie warf ihre kleinen

Arme in die Luft und stampfte wie wild mit ihren kleinen Füßen.

Lauren sprang von der Couch. „Fängt jetzt die Tanzparty an?"

„Ja!", rief Vivian.

Alex stand langsam vom Boden auf, er schwitzte von seinem Training.

Lauren begann mit Vivian zu tanzen und machte ihre Bewegungen nach, was Vivian wirklich toll fand und sie zum Lachen brachte. Auch Alex lachte. Er hoffte, dass es ihm jetzt, da sie sich ebenfalls zusammen mit seiner Tochter lächerlich machte, nicht mehr ganz so peinlich war.

„Daddy, tanz! Sing!"

„Oh, hier in den Wäldern lauert die Gefahr", sang Alex in einem tiefen Bariton.

„Gefahr, die doppelt so schlimm war!", sang Vivian laut.

Die nächste Zeile sangen sie gemeinsam, wobei Alex mit den Händen Karateschläge ausführte und Vivian mit gefährlichem Gesichtsausdruck von einer Seite auf die andere hüpfte. „Deshalb kämpfen wir mit aller Macht und all unseren Kräften!"

Lauren grinste und machte auch ein paar Karateschläge. Sie kannte den Text nicht, aber das war ihr egal. Sie war einfach glücklich, dass sie Zeuge dieses wunderschönen Vater-Tochter-Moments sein durfte.

~ ~ ~

In dieser Nacht schlief Vivian bis vier Uhr morgens—das war das erste Mal, dass sie einigermaßen durchgeschlafen hatte, seit sie zahnte. Sie weckte Alex, indem sie sich neben sein Bett stellte und an seiner Hand zog. „Traubenmedizin", sagte sie.

„Ich hole sie." Er holte schnell die Medizin aus dem Badezimmerschrank und verabreichte sie ihr schnell und ohne M&M und hoffte, dass sie wieder einschlief, wenn er sich beeilte.

„Gute Nacht." Sie legte sich auf den Boden neben seinem Bett und schlief wieder ein.

Er fragte sich, ob sie wohl aufwachen würde, wenn er sie in ihr Bett brachte. Schließlich konnte er es nicht ertragen, ihr kleines Gesicht auf dem gleichen Boden zu sehen, auf den er regelmäßig seine Füße stellte. Er hob sie hoch und brachte sie, so vorsichtig er konnte, zurück in ihr Bettchen.

In dem Moment, als ihr kleines Gesichtchen auf das Kissen traf, sagte sie: „So lecker."

Er lächelte. Wahrscheinlich träumte sie von M&Ms.

Er ging auch wieder ins Bett und fiel in einen tiefen Schlaf.

„Wach auf!", befahl eine kleine Stimme. Jetzt, da Vivian ein Bett für große Mädchen hatte, konnte sie sich viel freier bewegen. Er hatte das Babybett schon vor Monaten abgeschafft, weil sie immer über die Stäbe kletterte und sich auf den Boden fallen ließ. Aus diesem Grund war das gesamte Haus jetzt auch babysicher mit Steckdosenschutz, Kindersicherungen für Schränke und Schubladen und einer Vorrichtung, dass die Türen nur von Erwachsenen geöffnet werden konnten. Er ließ die Tür zu seinem Schlafzimmer immer offen, damit sie zu ihm kommen konnte.

Er streckte sich und öffnete die Augen. Es war fast sieben, und er fühlte sich zur Abwechslung mal nicht wie ein lebender Toter. „Hey, mein Schatz."

„Hunger."

„Wie wäre es denn mit: Würdest du mir bitte Frühstück machen?"

„Bitte!"

„Würdest du mir bitte Frühstück machen?"

Sie verzog verwirrt das Gesicht. „Daddy, mach."

Er insistierte nicht weiter. „Ja, okay. Erst wechseln wir

deine Windel, dann machen wir Frühstück."

Nachdem er Vivian fertiggemacht und eine Tasse Kaffee getrunken hatte, fühlte er sich tatsächlich gut. Es war ein Wunder. Und er wusste ganz genau, wem er das zu verdanken hatte.

Er war Lauren mehr als nur dankbar für ihre Hilfe und dass sie da war, um sie durch die Hölle der Backenzähne zu führen. Zum ersten Mal seit einer Ewigkeit spürte er Hoffnung in sich aufsteigen. Heute würde er wirklich Einiges schaffen können. Er hatte die Möglichkeit, kreativ zu werden und endlich an den Motiven für die Einbände der Fantasy-Bücher zu arbeiten, was ihm wirklich Spaß machte, wenn er die Energie dazu hatte. Er konnte sogar die Tür zu seinem Arbeitszimmer schließen, da Vivian sich mit Lauren wohlzufühlen schien.

Vielleicht sogar zu wohl.

Denn Vivian fühlte sich so wohl, dass sie ihr übliches, schreckliches Verhalten an den Tag legte.

~ ~ ~

Lauren klingelte an Alex' Tür, mit einer großen Tasche voller Kleinkinder-Spielzeuge für draußen. Sie war fest entschlossen, Alex heute ein wenig freie Zeit zu verschaffen, damit er in Ruhe arbeiten konnte. Die Tür öffnete sich, und vor ihr stand ein lächelnder Alex. Sie starrte ihn an, fasziniert von der Veränderung, die sein strahlendes Lächeln bewirkte. Er sah lebendig, glücklich und voller Energie aus. Der Blick seiner braunen Augen war warm und ohne Schmerz. Er war glattrasiert und seine markanten Gesichtszüge waren unglaublich attraktiv. Wow. War das ihr Verdienst?

„Guten Morgen", sagte er fröhlich.

„Guten Morgen", erwiderte sie. „Du siehst … gut aus."

„Danke. Ich fühle mich auch gut. Vivian und ich haben beide gut geschlafen. Danke, dass du uns mit der Medizin geholfen hast."

„Gern geschehen."

„Das nehme ich." Er hob die Tasche mit dem Spielzeug auf. „Die ist sicher schwer."

Sie trat ins Haus. „Das ist die Tasche mit meinen Überraschungen für Vivian. Wo ist die süße Maus denn?"

Er drehte sich um. „Vor einer Minute war sie noch da." Dann rief er lauter: „Vivian!"

Vivian erschien, sie hatte offene Haare, war barfuß und trug ein kurzärmeliges, rotweiß-gestreiftes T-Shirt und Leggins mit pink- und orangefarbenen Punkten. *Da hat sich wohl heute jemand selbst angezogen.* Sie kam angelaufen und umarmte kurz Laurens Beine, bevor sie den Inhalt der Tasche inspizierte.

Lauren hob die Tasche hoch und hängte sie sich um die Schulter. „Lass mich erst dein Haar richten. Wenn du möchtest, mache ich dir einen Zopf, wie ich ihn habe." Sie drehte sich um, um ihr ihren Zopf zu zeigen. „Heute haben wir viel vor, denn wir wollen mit all den Sachen hier spielen."

Vivian starrte fasziniert die Tasche an.

Alex meldete sich zu Wort. „Ich hatte gedacht, ich könnte vielleicht ein wenig arbeiten, da Vivian sich so wohl mit dir fühlt."

Lauren lächelte. „Natürlich. Dazu bin ich ja da."

Alex starrte sie an, bevor er sich an Vivian wandte. „Du musst heute Miss Lauren gehorchen."

„Tschüss, Daddy." Vivian winkte nachlässig.

„Du hast sie gehört", sagte Lauren lachend.

Alex trat von einem Fuß auf den anderen, weil er sich nicht dazu durchringen konnte, tatsächlich zu gehen. „Ich bin am Ende des Flurs in meinem Arbeitszimmer. Ich werde die Tür schließen und die Musik anmachen. Falls du mich brauchst, komm einfach rein."

„Alles klar", sagte Lauren.

„Alles klar", machte Vivian sie nach.

Alex starrte Vivian an und sagte dann an Lauren gewandt: „Die Tür hat eine Kindersicherung. Weißt du, wie man die öffnet?"

Sie nickte. „Ja, weiß ich. Sie sind mir gestern aufgefallen."

Alex legte seine Hände wie zum Gebet zusammen und zeigte auf sie. „Danke, danke, danke."

Sie schüttelte den Kopf. „Überhaupt kein Problem. Vivian und ich werden unglaublich viel Spaß haben."

Er wandte sich an Vivian. „Bis zum Mittagessen, mein superstarkes Mädchen." Er hielt die Hand für ein High Five hin.

Vivian reagierte erst gar nicht darauf, sondern hob ihre Haare hoch und drehte sie in dem Versuch, sich einen Zopf zu machen. „Haare."

Alex starrte sie lange an und sah von Vivian zu Lauren und umgekehrt, fast so, als fiele es ihm schwer, sich von ihr zu trennen. Lauren scheuchte ihn aus dem Zimmer.

„Danke", formte er mit den Lippen und ging dann. So süß.

Sie wandte sich an Vivian. Und noch so eine Süße. Sie war froh darüber, die Möglichkeit zu haben, Alex und Vivian zu helfen. Sie würden einen fantastischen Tag haben.

Soweit die Theorie. Das dauerte ganze fünf Minuten.

Es war ja nicht so, als wäre Vivian *böse*. Sie war eher … neugierig, voller Energie und … waghalsig. Lauren konnte sie keine fünf Minuten aus den Augen lassen. Als es Zeit für das Mittagessen war, war Lauren peinlich erschöpft. Sie wollte ihn nicht unter Druck setzen, hatte aber das dringende Bedürfnis, mit Vivian auf einen Spielplatz oder in ein Kinderschwimmbad zu gehen, damit sich Vivian so richtig austoben konnte. Sie würde das Thema vorsichtig ansprechen müssen.

KAPITEL SIEBEN

Alex befand sich in einem wunderbaren Zustand, in dem er vor Kreativität nur so sprühte, die seine Hand führte, während er ein kompliziertes, ineinander verschlungenes Bild malte, das einen Drachen, eine Burg, einen Schild und den Schatten zweier laufender Kinder zeigte. Er hatte das Gefühl, dass nur Minuten vergangen waren, als er seinen Namen hörte.

„Daddy!"

Er legte den Stift beiseite, drehte die Lautstärke der Musik runter, stand auf und öffnete weit seine Arme. Vivian lief zu ihm und umarmte schwungvoll seine Beine. Er hob sie hoch und küsste sie auf die Schläfe.

Lauren trat in sein Arbeitszimmer. „Entschuldige bitte, dass wir dich stören. Sie hat Hunger, und ich dachte, du würdest gern mit uns zu Mittag essen. Falls du zu viel zu tun hast—"

„Nein, nein." Sein Blick fiel auf Vivians Haar. „Schöner Zopf." Er wusste nicht, wie man Zöpfe flocht, also war sie wahrscheinlich ziemlich glücklich darüber, dass sie jetzt einen hatte.

Vivian begann zu zappeln, um heruntergelassen zu werden. Er setzte sie auf den Boden, und sie warf sich mit den Händen auf den Hüften in Pose und schwang ihren Pferdeschwanz über ihre Schulter vor und zurück. Er lachte und wandte sich an Lauren. „Wo hat sie denn gelernt, so zu posieren?"

„Erwischt", erwiderte sie.

Er bedeutete ihr mit einer Geste, zu gehen. „Okay, Miss Vivian, dann wollen wir mal was essen."

Vivian raste in die Küche. Lauren sah sich in seinem Arbeitszimmer um. „Hier wirkst du also deine Wunder."

Er sah sich um. Das Zimmer war ein einziges Chaos. „Na ja, es ist nicht gerade toll." Er hatte einen Tisch vor dem Fenster, an dem er seine Zeichnungen entwarf. Die Jalousien waren nicht ganz geschlossen, um etwas Tageslicht einzulassen. Daneben befanden sich ein schwarzes Futonbett aus seiner Junggesellenwohnung und ein kleines Bücherregal mit einigen Kunstbüchern. Dem Fenster gegenüber befand sich der Tisch mit dem Computer und einem großen Bildschirm, an dem er einen Großteil seiner Arbeit verrichtete. Er nutzte dazu Photoshop und ein digitales Zeichen-Tablet. An zwei langen Drähten, die weit oben an der Wand angebracht waren, hatte er seine unfertigen Skizzen aufgehängt—Konzepte für Cover-Zeichnungen und ab und zu eine Bilderbuch-Illustration.

Sie machte an seinem Zeichentisch Halt und begutachtete seine Arbeit. Sie drehte sich mit begeistertem Gesichtsausdruck zu ihm um. „Du bist wirklich ein sehr talentierter Künstler."

Bei ihrem Kompliment wurde er rot. „Danke. Es hat mir auch wirklich gefehlt."

„Damit verdienst du deinen Lebensunterhalt? Illustrationen für Fantasy-Bücher?"

„Nicht immer. Das ist für eine Trilogie. Die Buch-Cover. Manchmal illustriere ich auch Kinderbücher. Aber das mache ich nur gelegentlich. Hauptsächlich verdiene ich mein Geld mit Grafikdesign oder dem Programmieren von Webseiten. Davon kann ich eher leben und regelmäßig die Rechnungen bezahlen."

Sie wandte sich wieder dem Cover zu, an dem er zuletzt gearbeitet hatte, und dann den anderen beiden. Er hatte doch tatsächlich alle drei in Rekordzeit geschafft, berauscht von seiner Kreativität, die er so vermisst hatte, war ihm die Arbeit leicht von der Hand gegangen. Natürlich handelte es sich dabei erst um vorläufige Skizzen. Er würde die endgültigen Arbeiten noch mit kräftigeren Linien zeichnen und dann in Photoshop hochladen müssen, wo er die Farbbearbeitung vornahm. Trotzdem war er stolz auf das, was er geschaffen hatte, nachdem er wochenlang zu nichts gekommen war.

Da es plötzlich so still im Haus war, vermutete er, dass Vivian etwas anstellen könnte. „Ich sehe besser mal nach Vivian."

„Natürlich", sagte Lauren mit liebem Lächeln. „Ich würde gern weitere Arbeiten von dir sehen, falls du mal Zeit dafür hast."

„Daran mangelt es leider häufig."

„Vivian!", riefen sie gemeinsam.

Dann rempelten sie aneinander, als sie gleichzeitig durch die Tür gehen wollten. „Entschuldige", sagte er. „Nach dir."

Sie lachte und sah zu ihm hoch, und ihre grünen Augen leuchteten, als sie ihn anlächelte. „Ups."

Plötzlich war er sich ihrer unglaublich bewusst—die Röte ihrer Wangen, ihr herzförmiges Gesicht, die Hitze, die von ihrem Körper ausging, und der süße, blumige Duft, der sie umhüllte und in dem noch etwas anderes lag, etwas Würzigeres. Sie schlüpfte an ihm vorbei, und ihr nackter Arm streifte seinen, und sofort bekam er an dieser Stelle tatsächlich eine Gänsehaut. Überrascht von der Reaktion seines Körpers, blieb er wie angewurzelt stehen. Er war seit Vivians Geburt nicht mehr mit einer Frau zusammen gewesen. Vielleicht holte diese Tatsache ihn langsam ein.

Als er in die Küche kam, wollte Vivian gerade auf einen der Stühle an der Küchentheke steigen, und Lauren versuchte, sie davon abzuhalten.

„Nein", sagte Alex und nahm Vivian Lauren ab. „Du darfst nicht auf die Küchentheke klettern. Das ist gefährlich. Was möchtest du denn haben?"

Vivian legte ihre Hände an seine Wangen, sah ihm fest in die Augen und sagte: „M&M. Traubenmedizin."

Alex überlegte kurz und stellte dann fest, dass es noch zu früh für die nächste Dosis war. „Jetzt noch nicht. Also, was möchtest du zum Mittagessen, Chicken Nuggets oder einen Käsetoast?"

„Käsetoast", erwiderte Vivian.

„Einen Käsetoast, bitte", verbesserte er sie.

„Bitte", sagte sie und umarmte ihn fest. „Bitte, Daddy."

Er küsste sie auf die Schläfe und setzte sie ab. „Kommt sofort."

„Möchtest du mir helfen, den Tisch zu decken?", fragte Lauren Vivian.

Und ehe er es sich versah, hatten sie einen dieser „Familienmomente". Lauren erklärte Vivian, wie man den Tisch deckte, während er am Herd stand. Er warf einen Blick zu Vivian, die stolz und pflichtbewusst drei Papierservietten auf den Tisch legte. Er war so gerührt, dass er schlucken musste. Es war das Wichtigste für ihn, dass sie glücklich war. Sein Blick wanderte zu Lauren, die sich auf einen Stuhl fallen ließ. Ihr fröhlicher Gesichtsausdruck verschwand einen Moment lang, als Vivian gerade hochkonzentriert auf Laurens Anweisung hin eine Serviette faltete. Lauren sah erschöpft aus, und, es fiel ihm nicht leicht, das zuzugeben, etwas mitgenommen. Ihr Haar hatte sich aus ihrem Zopf gelöst, ihre Knie waren ein wenig schmutzig, und sie saß mit hängenden Schultern auf ihrem Stuhl.

„Hat sie dich schon geschafft?", fragte er.

Sofort richtete sie sich auf, strich sich die losen Strähnen hinters Ohr und sagte: „Es ist alles in Ordnung. Ich bin nur hungrig."

„Was hat sie angestellt?"

„Sie hat sich wie eine ganz normale Zweijährige verhalten."

„Ja klar, allerdings kenne ich keine Zweijährige, die so viel Durchhaltevermögen hat und dabei gleichzeitig so *temperamentvoll* und neugierig ist." Er sagte temperamentvoll laut genug, dass Vivian es hörte.

Vivian hob den Blick und lächelte mit vor Stolz geschwellter Brust. „Temperamentvoll."

Er nickte, wandte sich dann wieder dem Käsetoast zu und wendete ihn in der Pfanne. So hatte das letzte Kindermädchen sie nämlich genannt, woraufhin er sie gefeuert hatte. „Was für ein temperamentvolles Mädchen", hatte die ältere Dame gesagt. „Das sollten Sie ihr besser austreiben und dafür sorgen, dass sie sich an die Vorschriften hält." Er würde einen Teufel tun und den Willen des kleinen Mädchens brechen.

„Ich finde es schön, dass sie Temperament hat", hatte er geantwortet. „Und Sie sind entlassen."

Dann hatte er dafür gesorgt, dass Vivian davon überzeugt war, dass es gut war, temperamentvoll zu sein, nur für den Fall, dass die alte Hexe versucht haben sollte, Vivian vom Gegenteil zu überzeugen.

Vivian half Lauren dabei, Teller und Gläser auf den Tisch zu stellen. Er war mit den Käsetoasts fertig und servierte sie. Da wurde ihm plötzlich klar, dass er nichts weiter zu tun brauchte. Lauren hatte sich um die Erdbeeren und die Milch gekümmert und Vivian in ihren Kinderstuhl gesetzt. Er setzte sich, erfreut darüber, dass er sein Mittagessen tatsächlich einmal warm genießen konnte.

Vivian aß zwei halbe Toast und ließ den Rand übrig, aber immerhin aß sie. Lauren fragte, ob er mit den Covern und Illustrationen für das Buch Fortschritte machte, und er versuchte es ihr zu erklären, sagte dann aber, dass es einfacher wäre, es ihr zu zeigen. Vielleicht würde er das eines Tages tatsächlich machen, wenn er mal einen Augenblick Zeit dazu hatte und Vivian beschäftigt war.

Lauren gab Vivian eine Erdbeere. Sie nahm einen Bissen, begann zu kauen und hielt sich dann weinend die

Wange.

„Lass' mich mal deine Zähne sehen", sagte er. „Sag ahh."

Sie machte ihren Mund weit auf. Vielleicht hätte er besser warten sollen, bis sie mit dem Essen fertig war. Zwischen all den ekeligen Stückchen halb gegessener Erdbeere konnte er sehen, dass die Spitzen beider Backenzähne durch das Zahnfleisch kamen. Die Schwellung war ein wenig zurückgegangen, also erfüllte das Medikament seinen Zweck. Er sah auf die Uhr. Es war okay, ihr die nächste Dosis zu verabreichen. „Ich hol dir deine Medizin. Trink ein bisschen Milch."

„M&M", sagte Vivian.

Er hielt inne. „Brauchst du deine Medizin, oder willst du nur ein M&M?"

„Medizin", sagte sie. „M&M."

Er sah Lauren fragend an. Hatten sie ihr beigebracht, nach Medizin zu verlangen, um an Süßigkeiten ranzukommen?

„Die M&Ms sind alle", sagte Lauren. „Heute gibt es nur Medizin."

„Willst du sie trotzdem nehmen?", fragte Alex.

Vivian nickte.

Er ging, hörte aber, wie Vivian laut fragte: „Wo M&M?"

„Ich weiß nicht genau", erwiderte Lauren. „Vielleicht habe ich sie zu Hause gelassen."

Später „fand" Alex dann die M&Ms und gab Vivian eins davon. Lauren half ihm dabei, die Küche aufzuräumen, und ging dann, um Vivian umzuziehen. Als sie zurückkam fragte sie: „Würde es dir etwas ausmachen, wenn ich heute Nachmittag mit Vivian auf den Spielplatz ginge? Ich glaube, es würde ihr guttun, ihren Horizont etwas zu erweitern und aus dem Haus zu kommen, weißt du? Sie ist so schlau und neugierig. Ich glaube, sie langweilt sich und stellt dann alles Mögliche an, um Spaß zu haben."

Er erstarrte. Er hatte eigentlich vor, zu arbeiten. „Bleibt bitte hier.“

Vivian lief los und rannte den Flur vom Wohnzimmer zu den Schlafzimmern auf und ab. „Sie hat einfach so viel Energie“, sagte Lauren. „Ich würde auch nicht weit mit ihr weggehen. Ich hatte vor, sie zu dem eingezäunten Spielplatz im Baldwin Park mitzunehmen.“

Er rieb sich den Nacken. „Eigentlich hatte ich vor, noch ein wenig zu arbeiten.“

„Kannst du doch auch. Ich gehe mit ihr allein.“

„Sie ist noch nicht dazu bereit, mit jemand anderem als mir das Haus zu verlassen“, sagte er irritiert. „Ich habe dir doch gesagt, dass ich sie nur mit meinem Vater allein gelassen habe.“

„Dann könnten wir vielleicht deinen Vater besuchen?“

Er seufzte, da er auch dazu noch nicht bereit war. Nicht ohne ihn. Vivian kam den Flur hinabgelaufen und hatte etwas Merkwürdiges auf dem Kopf. Verdammt. Das war seine Unterwäsche. Er zog sie ihr vom Kopf, warf sie in sein Zimmer und machte schnell die Tür zu.

Er fing Vivian mitten im Davonlaufen ab und hob sie hoch, sodass er ihr in die Augen sehen konnte. „Wir setzen uns keine Unterhosen auf den Kopf.“

Lauren kicherte, und er spürte, wie er rot wurde. Die Dinge, die er sagte, jetzt, da er Vater war. Er setzte Vivian ab und schüttelte den Kopf.

Vivian lief zur freien Fläche im Wohnzimmer und begann, sich im Kreis zu drehen.

Lauren trat neben ihn. „Siehst du, wie sie sich selbst beschäftigt? Aber es ist nicht unbedingt gut für sie, immer und immer wieder die gleichen Dinge zu tun.“

Er sah dabei zu, wie Vivian sich drehte, drehte, drehte. Viel brauchte es nicht, um sie zu amüsieren. „Sie ist erst zwei. Das ist schon in Ordnung so.“

Ich verstehe ja, dass ihr beiden euch sehr nahesteht, und das ist auch großartig, aber …“ Sie brach ab, als Vivian auf ihrem Po landete und unsicher wankte, sie fiel aber nicht um. „Ich will damit ja nur sagen, dass ich glaube, sie wäre glücklicher, wenn sie ihren Horizont ein wenig erweitern könnte.“

Wieder erstarrte er, verärgert darüber, dass Lauren ihn drängte. Schließlich war es erst ihr zweiter Tag. „Sie scheint mir ziemlich glücklich zu sein“, fuhr er sie an. „Ich tue, was ich kann“, fügte er hinzu, um sich zu rechtfertigen. Wie immer spürte er die Last, ein alleinerziehender Vater und Vivians einziger Elternteil zu sein, und hatte das Gefühl, nicht genug zu leisten.

Lauren legte ihm eine Hand auf den Arm und drückte ihn leicht. Die Berührung war sanft und beruhigend. „Ich sage ja nur, dass ein wenig mehr Freiraum ihr guttun würde.“

„Falls du der Aufgabe nicht gewachsen bist—“

„Nein, das bin ich durchaus.“ Sie lächelte verkrampft. „Bitte entschuldige. Ich wollte dich nicht zu etwas drängen, zu dem du noch nicht bereit bist. Wir spielen einfach hier. Hast du vielleicht ein paar größere Spielgeräte für draußen, so was wie ein Dreirad?“

„Es ist alles in der Garage. Du kommst von der Küche aus hinein.“

Sie drehten sich beide um, als Vivian aufstand und etwas unsicher wankte. „Boah. Swindelig.“

„Das glaube ich dir“, sagte Lauren. „Wenn man sich im Kreis dreht, wird einem *sehr* schnell schwindelig. Komm, wir holen dir was zum Spielen aus der Garage.“

„Ich bin dann in meinem Arbeitszimmer“, murmelte er.

Er verzog sich und fühlte sich verärgert, kritisiert und war immer noch nicht bereit dazu, Vivian allein mit Lauren wegzulassen. Er war ihr Beschützer, und es fiel ihm sehr schwer, jemand anderem zu vertrauen, so auf sie aufzupassen, wie er es tat. Mit Ausnahme seines Vaters; er war der Einzige, dem er vertraute. Er hatte allein sechs

Kinder großgezogen und war vielen weiteren problembehafteten Kindern ein Mentor gewesen, die dringend eine Vaterfigur in ihrem Leben benötigt hatten. Selbst Lauren, so großartig sie auch sein mochte, konnte Alex nicht ersetzen. Was, wenn Vivian sich verletzte? Was, wenn sie weinte und nach ihrem Vater verlangte, und er war nicht da? Er wollte nicht, dass Vivian auch nur einen Moment lang das Gefühl hatte, er sei nicht für sie da. An dem Tag, an dem sie geboren worden war, hatte er sich das geschworen. Er würde alles tun, um den Verlust ihrer Mutter auszugleichen, und alles für sie sein, was sie brauchte. Und diesen Schwur würde er für niemanden brechen.

Er schloss die Tür des Arbeitszimmers und schaltete die Musik ein. Diesmal ging ihm die Arbeit allerdings nicht so leicht von der Hand. Er hatte mit den detaillierteren Zeichenarbeiten begonnen, immer wieder von vorn angefangen und fühlte sich plötzlich sehr erschöpft. Und da bemerkte er, dass er vor dem Computer saß und Tammys Werke betrachtete. Er sah sie sich jeden Tag an, wie eine Sucht, die befriedigt werden musste. Genau wie er, hatte auch sie digitale Zeichnungen bevorzugt, allerdings waren ihre auf Fotos. Sie hatte überall Fotos gemacht, in der ganzen Stadt, und auf keinem davon waren Menschen zu sehen. Nur urbane Elemente—Gebäude voller Graffiti, leere Bauflächen, reparaturbedürftige Bürgersteige, Unrat. Dann hatte sie damit auf dem Computer herumgespielt, sie mit verschiedenen Effekten verändert oder sie eingefärbt.

Am meisten beschäftigte er sich mit Stücken, die sie während ihrer gemeinsamen Zeit angefertigt hatte. Ihr Unwille, ihn zu heiraten, hatte ihn an ihrer Liebe zweifeln lassen. Sie hatte ihm zwar gesagt, dass sie ihn heiraten würde, sobald das Baby geboren war, nachdem er sie mehrere Male gefragt hatte, doch als er ihr den Verlobungsring mit Rubin (ihrem Lieblingsedelstein) gegeben hatte, trug sie ihn an einer Kette um den Hals. Manchmal fragte er sich, was wohl geschehen wäre, wenn sie nicht gestorben wäre. Hätten sie geheiratet und eine richtige Familie gegründet?

Er klickte auf ihre letzte Kreation, an der sie gearbeitet hatte, als sie bereits im neunten Monat schwanger war, zwei Wochen, bevor Vivian zur Welt kam. Es handelte sich um ein Foto einer leer stehenden Baufläche, auf der eine einzelne Rose blühte. Dieses Foto hatte er zu ihren Lebzeiten nicht gesehen, wünschte sich aber, er hätte es, denn das Bild ließ ihn nicht los. Bei der Rose dachte er immer an das Baby, das in ihr wuchs, doch dann hatte sie die Blütenblätter schwarz eingefärbt. Eine tote Rose, einsam und verlassen. Hatte sie gewusst, dass sie sterben würde? Hatte sie sich gewünscht, dass das Baby starb? Oder war sie es, die sich auf einer verlassenen Fläche im Stich gelassen fühlte, während um sie herum nur Dunkelheit herrschte?

Er klickte sich weiter durch ihre Kunstwerke, auf der Suche nach etwas Bedeutsamem, fand jedoch nichts. Manchmal legte sie zwei Bilder übereinander, sodass ein normaler Alltagsgegenstand plötzlich gruselig aussah. Das Foto von einem Messer, über dem Foto eines grünen Hügels, Glasscherben neben einem süßen Hund. Es kam ihm vor, als hätte er sie erst nach ihrem Tod wirklich kennengelernt. Zu Lebzeiten war sie voller Energie gewesen, hatte nie stillgestanden. Tagsüber hatte sie als Hundesitter und stundenweise als persönliche Assistentin für eine wohlhabende, exzentrische Dame gearbeitet. Ihrer Kunst hatte sie sich nur nachts, ihrer liebsten Tageszeit, gewidmet. Erst nachdem er sich ihre Arbeit als Ganzes angesehen hatte, wurde ihm klar, dass sie auch eine dunkle Seite gehabt hatte. Diese Bilder waren das einzige, das er von ihr behalten hatte, indem er sich all ihre Arbeiten vom Laptop auf seinen Computer gezogen hatte. Er hatte noch immer unter Schock gestanden, nachdem sie so unerwartet gestorben war und er plötzlich als alleinerziehender Vater dastand, also hatte er es seinem Vater und ihren Eltern überlassen, ihre gemeinsame Wohnung aufzulösen. Er hatte seinem Vater gesagt, dass er nur ihren Laptop haben wollte. Sie hatte ihm ihr Passwort gesagt, als sie einander kennengelernt hatten: Psychobitch101.

Ihm hatten ihre direkte Art und ihre forsche, herausfordernde Persönlichkeit gefallen. Er hatte sie modern und cool gefunden. Sie trug schwarze, enge, aufreizende Kleidung und hatte sich das blonde Haar schwarz gefärbt, sodass es einen auffälligen Kontrast zu ihrer hellen Haut bildete. Sie hatte Piercings entlang ihrer Ohrläppchen, in ihrem Bauchnabel und kleine Silberringe in den Brustwarzen. Auf ihrer rechten Körperhälfte prangte ein Tattoo eines feuerspeienden Drachens. Sie hatte ihr Leben auf ihre Weise gelebt, bis die Schwangerschaft sie dazu gezwungen hatte, auch an jemand anderen zu denken. Sie hatte es gehasst, Schwangerschaftskleidung zu tragen. Ihre Gleichgültigkeit Vivian gegenüber hatte ihm Sorgen bereitet. Sie hatte das Baby einen Parasiten genannt, der ihr das Blut aussaugte. Er hatte darauf gehofft, dass sich nach Vivians Geburt die Muttergefühle in ihr regten. Nun würde er es nie erfahren.

Seine Augen waren müde. Er machte sie fest zu, schloss den Tammy Ordner, legte sich auf das Futonbett und schlief sofort ein.

Als er aufwachte, holte er sich einen Kaffee und sah dann nach Lauren und Vivian. In der Vergangenheit hatte ihm sein kleines Mädchen keine Verschnaufpause gegönnt. Und das war wahrscheinlich auch der einzige Grund gewesen, warum er in jenen ersten Tagen durchgehalten hatte. Er sah die beiden durch das große Fenster im Wohnzimmer. Lauren schob Vivian am Griff ihres roten Plastikautos am Bürgersteig entlang. Vivian sah glücklich aus. Sie lenkte den kleinen Wagen und drückte gelegentlich auf die Hupe. Er lächelte wie immer, wenn er Vivian ihr Ding machen sah.

Er trat hinaus in den heißen Junitag. Vivian saß unter dem Dach ihres kleinen Autos im Schatten, aber was war mit Lauren? War sie tatsächlich in den letzten zwei Stunden in dieser Hitze den Bürgersteig abgegangen? Er fühlte sich schuldig, weil er wusste, dass sie nur dafür sorgen wollte, dass Vivian beschäftigt war, sodass er in Ruhe arbeiten konnte.

Am Ende der Straße holte er die beiden ein. Lauren hielt an und wischte sich eine schweißnasse Strähne ihres Haares aus dem Gesicht. „Hi. Wir fahren nur ein bisschen herum."

„Weiter!", rief Vivian und drückte auf die Hupe in der Mitte des Steuers.

Er beugte sich zu Vivian hinab. Ihre Puppe, Dolly, mit den abgeschnittenen gelben Haaren, befand sich auf dem Beifahrersitz. „Du musst nur kurz tanken, während ich mich mit Miss Lauren unterhalte."

Vivian nickte und verhielt sich ruhig. Er tat so, als würde er ihren Wagen betanken. Dann wandte er sich zu Lauren, deren Gesicht von der Hitze gerötet war und aus deren Zopf sich einige weiche Strähnen gelöst hatten. Er wünschte sich plötzlich, er könne sie mit in sein Arbeitszimmer nehmen und die weichen Kurven und Linien ihres schönen Gesichts zeichnen. Sein Blick blieb an einem kleinen Schweißtropfen hängen, der ihr den Hals hinunterlief. Am liebsten hätte er ihn abgeleckt.

Er machte kurz die Augen zu, da dieser plötzliche Anfall von Verlangen so ungewohnt war. Er konzentrierte sich auf ihre grünen Augen, und ihm fiel auf, dass sie in diesem Licht kleine blaue und graue Flecke hatten. Sie zu zeichnen, würde nicht reichen, er würde auch Farbe brauchen, vielleicht sanfte Pastellfarben.

„Hast du denn viel geschafft?", wollte Lauren wissen.

„Ja", erwiderte er, da er nicht wollte, dass sie das Gefühl hatte, dass alle ihre Anstrengungen umsonst gewesen waren.

Sie strahlte, und plötzlich war seine ganze Welt von Sonne erfüllt. „Gut."

Er wandte den Blick ab und fragte sich, was zum Teufel

denn eigentlich mit ihm los war. Natürlich war seine ganze Welt von Sonne erfüllt. Schließlich war es ein sonniger Tag. „Hast du sie die letzten paar Stunden in diesem Wagen herumgeschoben?"

„Sind tatsächlich schon ein paar Stunden vergangen?", fragte sie und wischte sich die Schweißperle vom Hals.

„Allerdings. Außer, ihr habt auch noch etwas anderes gemacht."

Sie wippte auf ihren Füßen hin und her. „Kein Wunder, dass mir die Füße wehtun."

„Lauren—"

„Ist schon okay. Ich kann die Bewegung gut gebrauchen." Sie legte eine Hand auf ihren Rücken und streckte sich. Sie war groß, schlank und anmutig. Sie hatte volle Brüste, schmale Hüften und lange, lange Beine. Er hätte am liebsten mehr getan, als sie nur zu zeichnen. Er wollte sie berühren.

„Ich bin mir aber gar nicht so sicher, dass du die Bewegung gut gebrauchen kannst", murmelte er leise. Sein Blick wanderte wieder zu ihrem Gesicht. „Du hättest doch ins Haus kommen können."

Sie richtete sich auf, die Hände auf den Hüften. „Ich wollte dich in Ruhe arbeiten lassen."

„Das habe ich. Und anschließend habe ich ein Nickerchen gemacht. Du hättest wieder hereinkommen sollen. Du solltest dich nicht zu sehr verausgaben."

„Allerdings hätte ich dich nicht bei deinem Nickerchen stören wollen."

Vivian drückte dreimal auf die Hupe. Er beugte sich zu Vivian hinab, hielt die Hand auf und sagte: „Fünfzig Dollar für das Benzin, bitte." Sie drückte ihm das unsichtbare Geld in die Hand.

Lauren sprach weiter. „Außerdem hat Vivian eine Zeitlang das Auto geschoben, mit Dolly als Fahrer, also hat sie auch etwas Bewegung bekommen."

Er war sich absolut sicher, dass Lauren dabei die ganze

Zeit neben ihr hergelaufen war. Er richtete sich auf und zog sein Handy aus der Tasche. „Warte. Lass mich mal sehen, ob mein Vater zu Hause ist." Er rief seinen Vater an, holte sich dessen Einverständnis und legte dann auf. „Mein Vater lebt auf der anderen Seite der Stadt. Wir werden ihn jetzt einmal gemeinsam besuchen, und wenn du dich dort wohl fühlst, kannst du ihn, wann immer du willst, mit Vivian allein besuchen."

„Ich bin mir sicher, dass ich mich dort wohl fühlen werde", erwiderte Lauren. „Ich kenne deinen Vater noch von damals, als Mad noch zu Hause wohnte. Ich bin ein paarmal dort gewesen."

Zwanzig Minuten später fuhr er in die Auffahrt seines Vaters. Lauren holte Vivian aus ihrem Kindersitz und ging Hand in Hand mit ihr zur Tür.

Sein Vater, der groß und für seine vierundfünfzig Jahre noch immer ausgesprochen fit war und dunkles, graumeliertes Haar hatte, öffnete mit einem Lächeln, sodass sich Lachfältchen um seine braunen Augen herum bildeten. „Da ist ja meine Lieblingsenkelin!", rief er an Vivian gewandt.

Lauren hob Vivian hoch und gab sie seinem Vater, so wie Alex es auch getan hätte, damit sein Vater sich nicht zu ihr hinab beugen musste.

Alex' Vater lächelte Lauren an, als sie ins Haus traten. „Schön, dich wiederzusehen, Lauren. Ich habe gehört, dass du uns den Sommer über hilfst."

„Ich freue mich auch, Sie wiederzusehen, Mr. Campbell." Lauren schenkte ihm ein süßes Lächeln. „Ich freue mich, helfen zu können. Vivian ist einfach großartig." Sie sang das letzte Wort und gab Vivian ein High Five.

Sein Vater musterte Lauren einen Moment lang. Alex war sich sicher, dass er die gleichen wunderbaren Eigenschaften an ihr bemerkte, die auch ihm aufgefallen waren. „Nenn mich doch bitte Joe."

„Okay", sagte Lauren. „Wenn es Ihnen nichts ausmacht."

„Ich bestehe darauf", erwiderte sein Vater. Er drehte sich um und sah Alex mit seinem scharfen Polizistenblick an. „Du siehst um einiges besser aus als das letzte Mal, das ich dich gesehen habe. Sind die Backenzähne endlich draußen?"

„Fast", sagte Alex. „Dank Lauren konnte ich letzte Nacht zum ersten Mal seit einer Ewigkeit wieder durchschlafen."

Lauren wurde rot, und ihm wurde plötzlich klar, dass man das auch zweideutig auslegen konnte. Er hatte damit nicht sagen wollen, dass Lauren ihm mit irgendetwas in seinem Bett geholfen hatte. Doch bevor er das klarstellen konnte, meldete Lauren sich zu Wort.

„Ich musste gar nicht viel tun", sagte sie. „Ich habe nur mit der Medizin geholfen."

„M&M", erklärte Vivian seinem Vater.

„Oh, so nennt man Medizin also heutzutage?", fragte sein Vater.

„Traubenmedizin, dann M&M", erklärte Lauren.

„Ja, das hilft", bestätigte sein Vater.

Schließlich blieben sie zum Abendessen. Sein Vater bestellte Pizza. Vivian aß zwar nur den Käse, war aber ausgesprochen glücklich darüber, so viele Erwachsene zu haben, die sich um sie kümmerten. Sein Vater beobachtete Lauren und sah, wie gut sie mit Vivian umging. Man konnte nicht umhin, die Verbindung zwischen den beiden zu bemerken, die sich wirklich rasend schnell gebildet hatte. In dem Moment, als Lauren sich entschuldigte, um auf die Toilette zu gehen, wandte sich sein Vater sofort zu ihm. „Pass gut auf die auf. Die solltest du behalten."

Alex schüttelte den Kopf. „Sie bleibt nur den Sommer über. Sonst unterrichtet sie die zweite Klasse." Er warf einen Blick auf Vivian, die mit einem kleinen regenbogenfarbenen Slinky spielte, den Lauren in ihrer Handtasche hatte.

Lauren hatte ihn Vivian gegeben, als diese mit dem Essen fertig gewesen war, damit die Erwachsenen in Ruhe fertig essen konnten.

„Wirklich schade, dass sie nicht das ganze Jahr über mit Vivian zusammen sein kann", sagte sein Vater. „Sie ist wirklich großartig mit ihr."

Er neigte leicht den Kopf. „Da habe ich wirklich großes Glück gehabt. Sie ist als Kindermädchen völlig überqualifiziert." Er ratterte ihren beeindruckenden Lebenslauf herunter.

„Sie ist Single?"

Er wurde rot. Im Ernst? Das war es, was seinen Vater interessierte? Dann erinnerte er sich daran, dass Lauren sich für Haileys unsinniges Projekt zur Partnervermittlung eingetragen hatte. Der Gedanke, dass die süße Lauren mit Idioten wie diesem Typen mit den Schlangen und Ratten ausging, gefiel ihm überhaupt nicht.

„Ich weiß es nicht", erwiderte Alex bissig. „Und es geht mich auch nichts an."

„Ach so."

Er stand auf und beschäftigte sich damit, Vivian das verschmierte Gesicht und ihre Hände mit einer nassen Serviette sauber zu machen, während sie in ihrem Hochstuhl saß. Den Slinky musste er auch saubermachen.

Lauren kam zurück.

„Alex hat mir erzählt, dass du noch Single bist", sagte sein Vater.

Alex erstarrte.

Lauren wurde ganz rot und warf Alex einen fragenden Blick zu. Alex schüttelte nur den Kopf. Schließlich setzte sie sich und antwortete: „Ich nehme an, er hat Ihnen von *Lass die Liebe blühen* erzählt?"

Alex versuchte, sie mit einer Geste aufzuhalten, doch Lauren bemerkte es nicht. Sie hatte den Blick auf seinen hinterlistigen Vater gerichtet.

Sein Vater lächelte breit. „Erzähl mir mehr darüber. Ist

es wieder eine von Haileys merkwürdigen Ideen zur Partnervermittlung?"

Lauren fing an, ihm alles zu erklären, und begann mit der Tatsache, dass es sich um einen seriösen Service handelte, der sogar eingetragen war und alles, als Alex sich räusperte. Sie hielt inne und drehte sich zu ihm um. „Was ist?"

„Wir sollten besser gehen. Ich möchte nicht, dass es schon so spät ist, wenn ich mit der ganzen Bett-und-Bad-Routine anfange. Ich versuche gerade, Vivian daran zu gewöhnen, früher ins Bett zu gehen."

Lauren stand auf. „Oh, selbstverständlich." Dann sagte sie zu seinem Vater gewandt: „Vielen Dank für das leckere Abendessen, Joe."

„Kein Problem", sagte sein Vater und lächelte dabei, als hätte er in der Lotterie gewonnen. „Kommt doch einfach morgen kurz vorbei. Dann zeige ich dir einige von Vivians Lieblingsspielen."

„Football!", rief Vivian aus ihrem Hochstuhl. Dann warf sie den Slinky wie einen Football. Er flog nicht sonderlich gerade und krachte irgendwo mitten im Wohnzimmer auf den Boden. Sie konnte wirklich gut werfen.

Sein Vater gab Vivian ein High Five und strich ihr übers Haar. „Das ist mein Mädchen. Wir bringen Lauren all die tollen Sachen bei."

„Okay, dann bis morgen", sagte Lauren fröhlich und hob Vivian aus ihrem Hochstuhl. Sie setzte sich Vivian auf ihre Hüfte.

„Bye-bye!", sagte Vivian.

Sein Vater beugte sich vor, und Vivian gab ihm einen geräuschvollen Kuss auf die Wange.

„Vielen Dank fürs Abendessen, Dad", sagte Alex, hielt dann jedoch inne, als er sah, dass Vivian sich den Daumen in den Mund steckte und ihren Kopf an Laurens Schulter lehnte. Sie wollte gar nicht zu ihrem Daddy? Sie rief nicht nach ihm? Lauren ging zur Tür.

Sein Vater schlug ihm mit der Hand auf die Schulter, und er schreckte hoch. „Schön, euch alle zu sehen. Wirklich schön."

„Ja, Tschüss." Er folgte ihnen zur Tür hinaus, konnte sich aber immer noch nicht daran gewöhnen, dass Vivian sich bei Lauren so schnell so wohl fühlte. Wahrscheinlich waren bei Lauren alle Kinder so. Vielleicht war sie so etwas wie ein Superkindermädchen, oder so.

Am Auto angekommen, wartete er, bis Lauren Vivian in ihren Kindersitz gepackt hatte, um nochmals zu kontrollieren, ob sie sie auch richtig angeschnallt hatte. Sie drehte sich um und krachte mit einem erschreckten Aufschrei in ihn hinein. Er legte ihr einen Arm um die Taille, um sie aufzufangen, und spürte plötzlich allzu deutlich, wie sich ihre Brüste gegen seinen Oberkörper drückten. Sie hob den Kopf, und der sanfte Blick ihrer grünen Augen traf auf seinen.

„Entschuldige", sagte er flüsternd, weil sie ihm so nah war. „Ich wollte dich nicht erschrecken."

„Ist schon okay", antwortete sie, ebenfalls flüsternd.

Sein Arm schloss sich fester um ihre Taille, obwohl er sich selbst befahl, sie loszulassen. „Ich wollte nur noch mal nach dem Sicherheitsgurt sehen."

Sie nickte, und ihr Gesicht war seinem so nahe, dass ihre Lippen sich fast berührten. Er spürte ihren sanften Atem, und sein Blick wanderte zu ihrem leicht geöffneten Mund. Er spürte, wie er langsam den Kopf senkte, da er ihr einfach nicht widerstehen konnte. Ihr Atem verfing sich, und das Blut rauschte in seinen Adern und weckte ein längst verdrängtes Verlangen.

„Will gehen!", krähte da eine kleine Stimme hinter ihm und weckte ihn aus seiner Trance.

Erschreckt wich er zurück und ließ Lauren los, die schnell um ihn herumhuschte und in den Wagen tauchte. Was zum Teufel tat er da? Beinahe hätte er Lauren geküsst.

Er überprüfte Vivians Sicherheitsgurt, und alles war in Ordnung. Vivian nuckelte an ihrem Daumen, rollte sich ihr Haar um den Finger und war schon fast eingeschlafen. Leise machte er die Tür zu.

Er atmete tief durch, um sich zu beruhigen. Er konnte nicht einfach alles ruinieren, indem er mehr von seinem Kindermädchen wollte. Sie ging großartig mit Vivian um. Und auch er war dabei, wieder auf die Füße zu kommen— und alles dank Lauren.

Er stieg ein und wandte sich zu Lauren um, die stur geradeaus starrte und nicht einmal blinzelte. Er öffnete den Mund, wusste aber nicht, was er sagen sollte, und ließ stattdessen den Motor an, um aus der Einfahrt zu fahren.

Vivian schlief fast augenblicklich ein. Lauren war so still, dass er schon befürchtete, er wäre zu weit gegangen.

Er sah zu ihr hinüber. „Alles in Ordnung?"

Sie nickte und lächelte verkrampft.

Er ließ es auf sich beruhen. Und sagte sich selbst, dass es schließlich nie wieder passieren würde. „Du hast wirklich ganze Arbeit geleistet. Vivian ist total müde."

„Ich tue mein Bestes. Um ehrlich zu sein, bin ich selbst auch ziemlich müde."

Er fühlte sich schuldig, weil sie sich so wahnsinnig verausgabt hatte, nur um ihm zu ermöglichen, ein wenig zu arbeiten und ein Nickerchen zu halten. „Es ist schon spät", sagte er. „Und du machst schon seit zwei Stunden Überstunden. Du kannst dann einfach einmal später kommen oder früher gehen."

„Ach Blödsinn. Schließlich habe ich dafür umsonst zu Abend gegessen. Das ist schon in Ordnung so."

„So langsam glaube ich wirklich, dass du Superkräfte als Kindermädchen hast", sagte er, nur halb im Spaß.

Sie lachte. „Ich liebe eben Kinder. Und anscheinend lieben sie mich auch."

Er machte an einem Stoppschild halt und wandte sich zu ihr um. „Vivian liebt dich jedenfalls."

Sie erwiderte seinen Blick. „Das ist ein Grund dafür, warum ich in diesem Sommer meinen Mr. Right finden möchte. Schließlich brauche ich erst mal einen Ehemann, bevor ich Kinder bekomme."

Nein. Die Stimme in seinem Kopf war klar und deutlich. Allerdings sagte er es nicht laut. Schließlich hatte er kein Recht dazu ihr zu sagen, sie solle sich nicht auf die Suche nach ihrem Mr. Right machen.

Sie sah ihn lange an und beobachtete seinen Gesichtsausdruck, als wartete sie darauf, dass er noch etwas sagte, doch dann gab sie auf und wandte sich wieder nach vorn. „Du hältst es wahrscheinlich für bescheuert, einen Plan zu haben, aber—"

„Nicht, wenn es das ist, was du willst", sagte er rau. Dann trat er aufs Gas. Es war ja nicht so, dass er nicht wollte, dass sie einen Ehemann und Kinder hatte. Das hatte sie schließlich verdient. Was er besonders schlimm fand war, dass er genau wusste, dass sie genau das finden würde. Jeder Blinde konnte sehen, dass sie eine fantastische Mutter abgeben würde—sie war freundlich, schlau, geduldig und, auch wenn er sich wünschte, es nicht zu bemerken, auf gesunde und engelsgleiche Art schön. Das war nie der Typ Frau gewesen, den er mochte, und er fragte sich, warum er sie plötzlich so attraktiv fand. Lag es vielleicht daran, dass sie Vivian genauso zu lieben schien, wie er es tat?

Er hatte jetzt schon Angst vor dem Ende des Sommers, wenn sein kleines Mädchen Lauren verlieren würde. Ihm war klar, dass es nicht fair war, Lauren zu bitten zu bleiben. Er hatte ihr nichts zu bieten. Es kam für ihn einfach nicht in Frage, jemand anderen zu lieben als seine Tochter.

KAPITEL ACHT

Am nächsten Nachmittag musste Lauren Alex zurechtweisen, als sie Vivian anzog, um sie mit zu Joe zu nehmen. Er hatte angefangen zu staubsaugen, anstatt zu arbeiten oder sich auszuruhen, was er jetzt, da sie im Haus war, tun sollte. „Alex", sagte sie sanft, „das mache ich später."

Sie nahm ihm die Windeltasche ab und hängte sie sich über die Schulter.

„Ruf mich an, egal aus welchem Grund", sagte Alex nervös. „Du hast meine Nummer, oder?"

„Die hast du mir schon an dem Tag gegeben, als ich mich vorgestellt habe." Sie legte ihm beruhigend die Hand auf den Arm und spürte, wie sich seine Muskeln anspannten, bevor er schnell den Arm wegzog.

Sie fühlte sich dadurch verletzt und versuchte, dieses Gefühl zu verdrängen. Gestern hätte er sie beinahe geküsst, dessen war sie sich ganz sicher. Er wusste ja, dass sie einen Partner für eine feste Beziehung suchte, aber er war offensichtlich nicht für eine Beziehung bereit. Sie würden also Freunde bleiben. Kollegen für einen Sommer. Für ihn schien das die beste Lösung zu sein, da er sich sehr bemüht hatte, eine gewisse Distanz zu wahren, seit sie heute Morgen angekommen war.

Sie musste schlucken und zwang sich zu einem Lächeln. „Es ist ja nur für ein paar Stunden. Du weißt doch, dass ich eine Ausbildung für Erste Hilfe und Herz-Lungen-Wiederbelebung für Kinder habe."

Er verzog den Mund zu einem kleinen Lächeln. „Ja, das weiß ich."

„Komm, Vivian", sagte sie, „los geht's."

„Los!", rief Vivian. „Tschüss, Daddy!" Sie blickte sich nicht einmal mehr um.

Lauren warf einen verstohlenen Blick zurück. Alex sah erstaunt aus und dann ein wenig verletzt. Dieser kleine Ausflug bedeutete ihm sehr viel. Es war das erste Mal, dass Vivian ohne ihn aus dem Haus ging.

Schnell beugte sie sich zu Vivian. „Geh zu Daddy und umarme ihn zum Abschied."

Vivian rannte zurück und umarmte Alex' Beine.

Er strich ihr über das Haar. „Viel Spaß, mein Schatz."

„Tschüss!" Vivian hopste zurück zu Lauren.

Langsam zog Alex sich zurück.

Lauren nahm Vivians Hand und zwinkerte Alex zu. „Wir sehen dich später, wenn du deinen langweiligen Mittagsschlaf gehalten hast." Sie dachte, es wäre vielleicht besser, wenn Vivian glaubte, dass in ihrer Abwesenheit nichts Spannendes zu Hause los war.

„Tschüss", sagte er und hörte sich sehr verloren an.

Lauren fühlte sich beinahe schuldig, aber es handelte sich schließlich nur um einen kurzen Besuch bei Vivians Großvater. Damit würde Alex fertig werden müssen. Sie wollte es ihm ermöglichen, wieder etwas Freiraum zu bekommen, um sein Leben in den Griff zu kriegen, egal, ob er Arbeit, Schlaf oder sonst etwas benötigte.

Sie war gerade dabei, Vivian in ihrem Kindersitz anzuschnallen, als hinter ihr eine Männerstimme erklang und sie sich vor Schreck den Kopf am Türrahmen stieß.

„Ich wollte nur nachsehen, ob du auch an ihre Decke gedacht hast", sagte Alex.

Lauren rieb sich ihren schmerzenden Hinterkopf und drehte sich zu ihm um. „Sie ist in der Windeltasche, nicht wahr?" Sie klopfte auf die Tasche, die über ihrer Schulter hing.

Er warf einen Blick hinein. „Ja.“

Lauren ließ die Autotür offen, bis sie die Klimaanlage angestellt hatte. „Es wird ihr gut gehen. Ich verspreche es.“ Sie machte ein kleines Kreuz über ihrem Herzen.

Er starrte auf ihr Herz. „Sie ist mein Ein und Alles“, sagte er leise.

„Und du bist ihres, aber das bedeutet nicht, dass es nicht noch Platz für andere Menschen in eurem Leben gibt, oder?“ Ihre Blicke trafen sich, und wieder sah sie das alte Leid und die Sorge in seinen Augen. „Ich meine es gut, Alex, du musst ihr ein wenig Freiraum geben. Nur ein bisschen.“

Er kniff seinen Nasenrücken. „Ja, okay.“ Er senkte die Hand und beugte sich zu Vivian. „Viel Spaß mit Lauren.“

„Mami“, sagte Vivian, laut und deutlich.

Lauren erstarrte und sah Alex erschrocken an.

„Nein“, sagte Alex mit gepresster Stimme, „sie ist nicht deine Mami. Deine Mami schläft im Himmel, bei den Engeln.“

„Mami“, sagte Vivian unbeirrt.

Alex wurde blass.

Lauren schüttelte den Kopf und lächelte Vivian an. „Du nennst mich Super L und ich nenne dich Prinzessin Kei-Kei, wie findest du das?“ Sie gab der Kleinen einen leichten Stupser auf die Nase.

Vivian strahlte. „Kei-Kei!“

Lauren warf Alex einen mitleidigen Blick zu. Sie wusste, wie sehr er um Tammy trauerte. Allerdings war sein Blick nicht traurig, wie sie es erwartet hatte. In seinen Augen lag etwas wie eine Mischung aus Schock und Erstaunen. Er trat einen Schritt zurück.

Lauren schloss fröhlich die Autotür, nachdem sie sich vergewissert hatte, dass Vivian nicht in letzter Sekunde noch einen Arm oder ein Bein ausgestreckt hatte. Sie wandte sich zu Alex um. „Manchmal nennen meine Schüler mich auch aus Versehen Mami. Meistens, wenn sie müde oder traurig sind. Es ist keine große Sache."

Seine Stimme war heiser. „Sie hat noch nie jemanden Mami genannt."

Lauren biss sich auf die Lippe. Vielleicht wünschte sich Vivian ja jetzt eine Mutter, nun, da sie alt genug war, um zu merken, dass sie keine hatte. „Es tut mir wirklich leid. Ich weiß, dass es schwer für dich sein muss, so etwas zu hören, nachdem—"

„Nein, es ist schon in Ordnung. Du hast wirklich toll reagiert. Danke, Super L."

Sie lächelte, froh, dass er nicht länger auf dem unbehaglichen Mami-Ausrutscher herumritt. „Kein Problem."

Sie stieg ein und drehte die Klimaanlage voll auf. Ihr war in dem peinlichen Moment ganz heiß geworden. Endlich konnte sie losfahren. Sie blickte in den Rückspiegel, um zu sehen, ob Alex ins Haus zurückgegangen war. Aber er stand noch da und sah ihnen nach, als sie fortfuhren.

Hinten in ihrem Kindersitz begann Vivian in voller Lautstärke das Titellied aus *Prinzessin Kei-Kei und die Elfen* zu singen. Lauren lächelte und sang mit.

Als sie ankamen, begrüßte Joe sie voller Freude, als hätte er sie ewig nicht gesehen, und steckte sie mit seiner Begeisterung an. „Herzlich willkommen! Kommt rein, kommt rein. Wie schön, dass ihr gekommen seid."

Lauren trat zur Seite und hob Vivian hoch, damit sie ihm einen Kuss geben konnte. Sie war überrascht, als Joe auch ihr einen leichten Kuss auf die Wange drückte. Dann rieb er sich die Hände und fragte: „Also, Fräulein Vivian. Was sollen wir zuerst spielen? Baseball oder Football?"

„Football!", antwortete Vivian entschieden.

„Also los", rief Joe und ging auf die Hintertür zu. Als sie im Garten waren, öffnete Joe den Geräteschuppen und gab Vivian einen kleinen Footballhelm.

Sie setzte ihn auf und grinste. „Football", sagte sie zu

Lauren.

„Du siehst aus wie ein Profi", sagte Lauren, nahm ihr Handy und machte schnell ein Foto. „Wie ein echter Footballspieler."

Joe gab Vivian einen Football für Kleinkinder. Er lief einige Schritte zurück, und Vivian warf ihm einen perfekten Spiralpass zu. Er fing den Ball und gab vor, sich die Finger verbrannt zu haben. „Wow, Viv! Da steckt Feuer drin!"

Er warf ihr den Ball locker in einem Unterhandpass zu, und Vivian feuerte ihn zurück. Lauren schickte Alex das Bild mit der Unterschrift *Zukünftiger Football-Star.*

Er schrieb sofort zurück. *Goldig.*

Lauren sah zu, wie Vivian und Joe sich den Ball zuwarfen. Da rief Joe ihr auf einmal zu, „Pass auf, ein langer Pass."

Sie blieb stehen, nicht sicher, was sie machen sollte.

„Lauf!", rief Vivian ihr zu.

Sie rannte die halbe Länge des Gartens entlang. Joe warf ihr den Ball zu, und sie ließ ihn fallen. Vivian raste los, griff sich den Ball und warf ihn zurück zu Joe. So spielten sie sich eine Weile die Bälle zu, bis Vivian ihren Helm abnahm und auf den Geräteschuppen zuging. Anscheinend war das ein Zeichen dafür, dass das nächste Spiel dran war. Vivian kam mit einem Plastikschläger in der Hand aus dem Schuppen.

„Jetzt spielen wir Baseball", kündigte Joe an. Er räumte die Footballsachen weg und brachte den Plastikballhalter und zwei große Softballs aus Plastik mit und baute alles auf.

Lauren sah zu, wie Vivian den Ball schlug und den Ständer umhaute. Dann ließ sie den Schläger fallen, rannte los und lief von Baum zu Baum, wie um ein imaginäres, etwas krummes Baseballfeld herum. Wieder machte Lauren ein Foto und schickte es sofort an Alex. *Sie hat einen tollen Schlag drauf – den Ball sehen wir nie wieder.*

Das ist mein Mädchen, schrieb Alex zurück. Lauren lächelte; sie fand es süß, wie stolz er auf seine Tochter war.

„Homerun!", rief Joe.

Vivian warf triumphierend die Arme hoch. Dann nahm sie den Schläger und reichte ihn Lauren. „Jetzt Mami."

Joe sog hörbar die Luft ein.

„Danke, Prinzessin Kei-Kei", erwiderte Lauren und nahm den Schläger. „Jetzt ist *Super L* an der Reihe."

Vivian nickte.

Lauren schlug den Ball, und er flog in hohem Bogen durch die Luft. Sie rannte um die Bäume, die Bases, herum, und Vivian lief mit ihr mit. Als sie die Home Plate erreicht hatten, gaben sie sich ein High Five.

Joe kam zu ihnen und sagte: „Jetzt bin ich dran. Vivian, geh zum Ende des Feldes. Das wird ein Homerun." Sobald Vivian außer Hörweite war, fragte er Lauren leise: „Hat Alex schon gehört, dass sie dich Mami nennt?"

„Ja. Ich habe sie sofort korrigiert. Manchmal nennen meine Schüler mich auch Mami, vor allem wenn sie müde sind. Vielleicht habe ich einfach eine mütterliche Ausstrahlung."

„Ja." Er sah sie so intensiv an, dass sie ganz unsicher wurde. „Ich glaube, die hast du."

Nach einer Stunde Sportspiele, einschließlich Basketball mit einem kleinen Netz an einem kindgerechten Ständer, gingen sie ins Haus, um etwas zu trinken und eine Kleinigkeit zu essen. Lauren setzte Vivian in ihren Kinderstuhl und füllte ihre Kindertasse mit frischem Wasser, während Joe einige Goldfischcracker holte und sie in eine Schüssel gab. Vivian schaffte es noch, einige Cracker zu essen und schlief dann tief und fest ein. Ihr Mund mit den halb gegessenen Crackern stand offen, und ihr Kopf lehnte an der Stuhllehne. Mit dem Finger fischte Joe die Crackerreste aus Vivians Mund und stellte den Kindersitz in eine Liegeposition, damit sie bequemer schlafen konnte.

„Kommt es oft vor, dass sie mitten beim Essen einschläft?", fragte Lauren. Sie hatte es noch nie erlebt, dass ein Kind so plötzlich während des Essens einschlief. Wieder machte sie ein Foto. „Für Alex", erklärte sie und schickte ihm das Bild mit dem Titel: *Powerschlaf!*

„Nach dem Sport macht sie oft ein Nickerchen", antwortete Joe. „Ich denke, während des Essens ist einer der wenigen Momente, in denen sie zur Ruhe kommt. Und dann holt die Müdigkeit sie ein. Außerdem fühlt sie sich bei mir wohl."

Lauren nahm einen Schluck Eiswasser. „Und wie geht es dir so? Arbeitest du noch immer nebenbei?" Sie wusste, dass er seit seiner Pensionierung aus dem Polizeidienst als Wachmann arbeitete.

„Ja. So verdiene ich mir ein wenig Taschengeld. Ich habe ja meine volle Pension aus meinem alten Job."

„Vermisst du deinen alten Job?"

Er neigte den Kopf. „Das überlasse ich jetzt den Jüngeren, aber ich war gern Polizist. Wolltest du schon immer Lehrerin sein?"

„Oh, ja. Während der Highschool und der Uni habe ich in den Ferien immer Kinder betreut. Ich konnte es gar nicht erwarten, endlich meine eigene Klasse voller Kinder zu haben."

„Bist du in einer großen Familie aufgewachsen?"

„Nein, da waren nur meine Mutter, meine Schwester und ich. Aber meine Schwester ist zehn Jahre jünger als ich, deshalb fühlte ich mich immer ein bisschen wie ihre Mama." Er nickte, und da er so ein guter Zuhörer war, erzählte sie weiter. „Meine Eltern haben sich scheiden lassen, und mein Vater ist nach Vermont gezogen, zu seiner neuen Familie. Dort habe ich ihn in den Ferien besucht."

„Ich hatte keine große Familie, bevor ich meine eigene hatte", vertraute Joe ihr an. „Ich liebe das Familienleben. Ich liebe Kinder. Das haben wir wohl gemeinsam."

Sie nickte. „Wahrscheinlich ist Alex deshalb so ein guter Vater für Vivian. Er kommt ganz nach dir."

Joe trank sein Wasser und betrachtete die schlafende Vivian. Dann wandte er sich wieder Lauren zu. „Er macht das großartig.“ Er senkte die Stimme. „Noch besser wäre es allerdings, wenn er endlich diesen Schuldkomplex loswerden könnte.“

„Du meinst das Überlebenden-Syndrom?“, flüsterte sie.

Er stand auf und bedeutete ihr, ihm in das Wohnzimmer nebenan zu folgen. Er blieb an einer Stelle stehen, wo er Vivian im Auge behalten konnte, und sprach dann weiter: „Tammy wollte kein Baby. Es war ein Unfall. Ehrlich gesagt war ich überrascht, dass es nicht schon eher passiert war. Alex und Tammy waren wild und ungestüm. Sie lebten ein Bohème-Künstlerleben in der Stadt. Alex wollte das Kind. Sogar sehr. Er bot ihr an, sie zu heiraten, und versprach ihr, dass er sich um das Kind kümmern werde, wenn sie es behielt.“

Sie sah ihn an und fragte sich, warum er ihr das alles erzählte. „Natürlich wollte er sein Kind behalten. Es ist doch offensichtlich, dass du ihn zu einem guten Familiensinn erzogen hast.“

Joes Blick war fest auf sie gerichtet. „Als Tammy starb, machte Alex sich große Vorwürfe, da er sie dazu überredet hatte, das Kind zu behalten. Er hat deswegen enorme Schuldgefühle. Ich habe versucht, mit ihm darüber zu reden, aber ich dringe nicht zu ihm durch. Er macht einen auf Supervater, um ihren Verlust zu kompensieren. Ich habe Angst, dass er irgendwann zusammenbricht.“ Er blickte wieder zu Vivian. „Niemand kann immer ein Supervater sein.“

Ihr Herz schmerzte für ihn. Bisher hatte sie immer geglaubt, dass Alex unglücklich über den Verlust seiner Verlobten war, aber es war ja noch viel schlimmer. Er fühlte sich schuldig für ihren Tod, für etwas, das völlig außerhalb seiner Kontrolle lag, nur weil er das Baby so sehr gewollt hatte und Tammy nicht. Aber Tammy musste Vivian auch ein bisschen gewollt haben, sonst hätte sie sich nicht überreden lassen. Kein Mann war so überzeugend.

„Wie kann ich helfen?“, fragte sie.

Joe warf ihr einen Blick zu und betrachtete dann wieder Vivian. „Sei einfach als Freundin für ihn da. Wenn er so weit ist, wird er sein Leben leben. Es ist wirklich großartig, dass du so gut mit Vivian zurechtkommst; das nimmt einen enormen Druck von seinen Schultern."

Sie atmete tief aus. „Gut. Ich freue mich, dass ich wenigstens das für ihn tun kann."

„Es ist schön, dass du jetzt eine Freundin unserer Familie bist. Das gibt Vivian mehr Beständigkeit in ihrem Leben." Wieder sah er sie fest an. „Sie wird dich nicht verlieren, wenn der Sommer vorbei ist."

Das machte ihm also so zu schaffen. Er wollte sicher sein, dass Vivian nicht wieder verlassen wurde. „Aber gern. Ich würde mich freuen, euch an den Wochenenden und in den Ferien zu besuchen."

Joe grinste. „Du bist auf der Gästeliste. Geburtstage, Feiertage, Grillpartys, du bist dabei."

„Danke, das ist echt nett von dir. Alex und Vivian können froh sein, dich zu haben."

Er schenkte ihr ein warmes Lächeln. Er war noch immer ein gutaussehender Mann. Alex sah ihm sehr ähnlich. „Das Gleiche könnte ich von dir sagen."

Lauren spürte, dass sie rot wurde.

„Möchtest du etwas essen? Ich habe leckere, frische Blaubeeren."

„Sehr gern."

Lauren folgte ihm in die Küche. Dort nahm Joe eine Schüssel gewaschener Blaubeeren aus dem Kühlschrank und stellte sie auf den Tisch. „Bediene dich."

Sie nahm sich eine Handvoll Beeren, und er tat es ihr gleich. Dann sah sie Vivian an und lächelte. Wenn sie schlief, sah sie aus wie ein Engel.

„Du bist eigentlich viel zu lieb für ihn, das kennt er nicht", meinte Joe. „Lass ihn nicht so sehr die Überhand gewinnen."

Sie wandte sich wieder Joe zu. „Oh, nein. Alex war bis

jetzt sehr respektvoll. Er hat sogar einen Vertrag aufgesetzt, in unser beider Interesse."

„Hat er das, ja?"

„Ja. Er hatte in der Vergangenheit einige Probleme mit Kindermädchen, deshalb wollte er alles schwarz auf weiß festlegen, Arbeitsstunden, Lohn und alles andere." Natürlich erwähnte sie nicht, dass sie Alex zugesichert hatte, sich nicht an ihn ranzumachen. So etwas hatte sie sowieso noch nie in ihrem Leben gemacht. Normalerweise machten immer die Männer den ersten Schritt, nicht die Frauen. Und sie hatte auf gar keinen Fall vor, Alex anzumachen. Er hatte deutlich die Grenze zwischen ihnen gezogen. Aber insgeheim fragte sie sich, was wohl geschehen würde, wenn sie es versuchte; würde er sich von ihr zurückziehen, oder würde die Leidenschaft ihn überwältigen, sein Hunger, sein Begehren—

Joe unterbrach abrupt ihre sehnsüchtigen Gedanken. „Vivian kann manchmal ganz schön anstrengend sein. Man muss sie immer beschäftigen, sonst findet sie ihre eigenen Wege, um ihren Spaß zu haben."

„Das habe ich neulich auf die harte Tour gelernt", entgegnete Lauren lachend.

Joe steckte sich ein paar Blaubeeren in den Mund. „Sie kann deine Geduld manchmal ganz schön auf die Probe stellen, aber man muss sie einfach liebhaben."

„Das stimmt."

„Darf ich dir einen kleinen Rat geben?"

„Klar", antwortete sie. Sie dachte, er würde ihr ein paar Tipps geben, wie sie mit Vivian umgehen sollte.

„Alex wird sich dir widersetzen und auf stur schalten. Er wird seine Art, die Dinge zu handhaben, nicht ändern wollen, aber du musst dich durchsetzen, weil er das braucht. Er *muss* sein Leben einfach ändern. So wie jetzt kann es nicht weitergehen."

Sie zog verwundert die Brauen hoch. „Ich weiß nicht, was du meinst."

Joe beugte sich vor. „Ich meine, wenn er eine Mauer um sich herum errichtet, dann musst du diese Mauer zum Einstürzen bringen."

„Was für eine Mauer?" Sie hatte das unbehagliche Gefühl, dass er mehr meinte als ihre Verantwortung gegenüber Vivian.

Er lehnte sich zurück. „Du wirst es schon merken, wenn es so weit ist."

Sie nickte, obwohl sie sich total unsicher war. „Ich werde mein Bestes tun." Sie steckte sich eine Blaubeere in den Mund, kaute und beruhigte sich damit, dass sie wohl etwas falsch verstanden haben musste. Joe glaubte sicher nicht, dass da irgendetwas zwischen ihr und Alex lief. Auf jeden Fall konnte Alex sich so etwas sicher nicht vorstellen. Außerdem sollte sie sich jetzt lieber auf den Singletreffabend konzentrieren, der am kommenden Wochenende in Marcus' Bar stattfinden würde. „Erzähl doch mal, Joe, kannst du mir im Voraus vielleicht schon irgendetwas über die Fehler von Ethan, Ben und Marcus verraten?"

Er grinste. „Ich weiß alles über die drei. Wieso?"

„Hailey hat uns zu einem Treffen in Marcus' Bar eingeladen. Das gehört zu ihrem Lass die Liebe erblühen (TM) Programm. Ich mache auch Online-Dating, aber das hier ist mehr wie ein Speed-Dating, um festzustellen, ob ein Funke überspringt."

Joe räusperte sich. „Hm. Was ist mit den anderen Männern?"

„Sie können nicht kommen."

„Nun, für welchen von ihnen interessierst du dich denn?"

Lauren hob die Schultern. „Ich weiß es nicht. Ich muss mich mit jedem von ihnen einzeln unterhalten und dann Bescheid sagen, ob es bei einem von ihnen funkt."

Joe lachte. „Als ich jung war, lief das ganz anders. Kommen deine Freundinnen auch mit?"

Sie nickte und nahm einen Schluck Wasser. „Alle,

außer Mad und Charlotte, die beiden sind jetzt in festen Händen." Sie hatte ihnen zwar auch Bescheid gesagt, aber sie wollten lieber mit ihren Freunden zusammen sein. Sie vermisste die beiden ein bisschen, obwohl sie sich ja immer noch beim Buchclub und bei den Drinks danach sahen. Sie hoffte nur, dass sie alle, wenn sie erst in der nächsten Phase ihres Lebens angekommen waren—Ehe und Kinder—, noch immer so gute Freundinnen sein würden. Sie würde alles tun, um die Freundschaft zu erhalten. Ihre Kinder sollten zusammen aufwachsen. Und wäre es nicht wunderbar, wenn sie alle in der gleichen Nachbarschaft wohnten und sich zu Fuß besuchen könnten? Am besten in der gleichen Straße. Aber das war ja albern. Im Leben konnte nicht alles so laufen wie in ihrer Lieblingsserie *Kirschblütenstraße*. Joe unterbrach ihre märchenhaften Fantasien.

„Was ist, wenn bei einer deiner Freundinnen der Funke eher überspringt als bei dir?", fragte er.

Sie winkte lässig ab. „Das ist okay, es kommt wie es kommen muss. Aber, wenn du mir etwas Interessantes erzählen könntest, würde ich mich freuen. Das würde mir echt bei meiner Auswahl helfen. Je eher ich einen passenden Kandidaten finde, desto besser." Sie lachte. „Hailey würde sagen, je eher ich mein Happy End finde, desto besser. Weißt du, sie will wirklich helfen."

Wieder musste er lachen. „Das stimmt." Und dann begann er, über die drei Jungs zu reden.

Lauren verzog das Gesicht. Ihre Hoffnungen wurden zusehends mehr erschüttert, sodass sie bereits in Erwägung zog, den Abend abzusagen. Aber das kam ihr dann doch gemein vor, nachdem Hailey sich so viel Mühe gegeben hatte, das Treffen zu organisieren. Anscheinend war Ethan sexsüchtig, was keine gute Grundlage für eine Beziehung war. Ben wollte niemals heiraten, da er dachte, dass die Institution der Ehe ihn unterjochen würde. Und Marcus, ach du meine Güte, Marcus hatte bereits einen ganzen Harem an Freundinnen. Er hielt nichts von Monogamie.

Sie schüttelte den Kopf. „Ich hatte ja keine Ahnung.“

Joe lächelte sie sanft an. „Halt durch. Du wirst sicher irgendwann einen anständigen Mann finden. Nur nicht einen von diesen Typen.“

Ihr war klar, dass Joe ihr mit seiner Ehrlichkeit einen großen Gefallen getan hatte. „Danke. Du hast mir viel Herzschmerz und enttäuschte Hoffnungen erspart.“

Er lachte leise und nahm einen großen Schluck Wasser. Lachte er über ihre enttäuschten Hoffnungen? Sie hatte darüber in einem Buch gelesen und war der Meinung, dass „enttäuschte Hoffnungen“ in diesem Zusammenhang ganz gut passte. Aber es war nicht nett von ihm, so zu lachen. Vielleicht hatte er sie mit den ganzen Geschichten auch nur zum Narren gehalten.

„Was ist daran so witzig?“, fragte sie.

„Nichts“, murmelte er und hob sein Glas an die Lippen. Dann stellte er es wieder ab und stand auf. „Kannst du bitte ein paar Minuten auf Vivian achten?“ Er verließ den Raum.

Sie seufzte. Nun ja, wahrscheinlich war es besser, Bescheid zu wissen. Sie hatte ja immerhin gefragt. Es war nur schade, dass sie nun gar keine Erwartungen mehr an diesen Abend und das Treffen hatte. Sie musste auch ihre Freundinnen vor den Jungs warnen. Ach, es war gar nicht so einfach, jemanden kennenzulernen.

Sie musste an Alex denken, der sich einfach aus dem ganzen Rummel heraushielt. Anscheinend war das die richtige Einstellung. Aber Alex hatte eben auch schon ein süßes Kind. Sie allerdings musste sich weiter durch den Dschungel der Verabredungen kämpfen, wenn sie eines Tages auch eine Familie haben wollte.

Sie betrachtete die engelsgleiche, schlafende Vivian und lächelte. Dann zog sie ihr Handy hervor und machte ein Selfie von sich neben Vivian und schickte es an Alex mit der Unterschrift, *Nanny und Viv = der beste Job der Welt.*

Alex schrieb sofort zurück. *Danke für die Bilder. Bringst*

du sie jetzt wieder nach Hause?

Klar. Ich verabschiede mich noch schnell von deinem Vater. Wir haben uns sehr nett unterhalten.

Hat er über mich gesprochen?

Lauren zögerte. Mist. Sie hätte die Unterhaltung besser nicht erwähnen sollen. Joe hatte ihr private Dinge erzählt, womit Alex vielleicht nicht einverstanden wäre.

Schnell schrieb sie zurück. *Nichts Schlimmes.*

Glaub ihm kein Wort. Er ist wie Josh, er manipuliert, hat immer einen Hintergedanken.

Ihre Finger flogen über die Tasten. *Dein Vater ist echt nett. Und Josh auch.* (Meistens jedenfalls, dachte sie für sich. Zu Hailey war Josh nicht gerade nett.)

Bist du in meinen Vater verknallt?

Sie verdrehte die Augen und antwortete: *Ja, Alex, ich werde deine neue Mutter.* Dann schlug sie sich entsetzt die Hand vor den Mund. Seine Mutter hatte die Familie verlassen, als er noch klein war. Sie kannte die ganze Geschichte von seiner Schwester, Mad. Und Vivian war mutterlos und nannte sie Mami, also war das ein sehr geschmackloser Witz gewesen.

Keine Antwort von Alex.

Sie schrieb noch mal. *Entschuldige, das war echt taktlos. Ich sollte besser nicht mehr schreiben.*

Stille.

Ihr Magen drehte sich. Sie hatte ihn verletzt. Sie fühlte sich furchtbar. Sie sollte ihm doch eigentlich helfen. Dann kam eine Textnachricht von Alex.

Du kannst mir jederzeit schreiben.

Er hatte ihr verziehen. O Gott. Sie schrieb, *Das werde ich,* und lächelte in das Handy, obwohl er sie nicht sehen konnte, und schrieb dann: *Warum hast du nicht gefragt, ob ich in Josh verknallt bin?*

Josh würde dich zum Frühstück verspeisen.

Nett!

Stimmt aber. Du bist viel zu lieb und süß für ihn.

Echt jetzt? Erst hatte Joe das gesagt und jetzt auch Alex, als ob es schlecht wäre, wenn man lieb war. Nur, weil sie ein netter Mensch war, hieß das doch noch lange nicht, dass sie sich von Männern alles gefallen lassen würde. Sie hatte ihre Würde. Auch sie hatte ihre Grenzen, ihren Stolz und ihr Selbstvertrauen. Alles gute Eigenschaften. Sie versuchte, eine energische, aber nicht aggressive Antwort zu finden, aber dann kam Joe zurück, und sie steckte ihr Handy weg.

Sie stand auf. „Ich bringe Vivian jetzt wieder nach Hause."

„Gut", erwiderte Joe freundlich. „Schön, dass ihr gekommen seid."

Vorsichtig hob sie die noch immer schlafende Vivian aus dem Kinderstuhl.

Joe küsste Vivians Köpfchen. „Du solltest mal mit ihr in die neue Spray-Bay gehen, die sie jetzt in Fieldridge beim Freizeitzentrum eröffnet haben. Lauter Sprinkler und Wasserspiele, perfekt für Kinder ihres Alters."

„Davon habe ich auch schon gehört. Ich kläre das mit Alex. Danke für den Tipp."

Auf dem Rückweg zu Alex' Haus waren Lauren einige gute Argumente eingefallen, dass sie nicht gleich ein Fußabtreter war, nur weil sie süß und lieb war. Vivian wurde wach, als sie in die Einfahrt einbog. Sie trug sie zum Haus, da sie noch ganz verschlafen war.

Lauren klingelte, und die Tür wurde von einem lächelnden Alex geöffnet. „Es tut mir so leid, dass ich diesen blöden Mama-Witz gemacht habe", stieß sie hervor.

„Vergeben und vergessen", entgegnete er, nahm ihr Vivian aus den Armen und drückte sie an seine Brust. Er betrachtete Vivian mit einem so liebevollen Gesichtsausdruck, dass Lauren die Kehle eng wurde und ihr die Tränen in die Augen stiegen.

Alle ihre sorgfältig überlegten Argumente lösten sich in Luft auf. Sie schmolz dahin wie Butter in der Sonne und musste sich echt zurückhalten, nicht beide in die Arme zu schließen und an ihrer Liebe teilzuhaben. Vivian lehnte den Kopf an die Brust ihres Vaters und steckte sich den Daumen in den Mund.

Alex hob den Kopf und sah Lauren in die Augen. „Ich gebe dir einen Hausschlüssel."

„Danke", sagte sie mit gepresster Stimme.

„Ist alles okay?", fragte Alex.

Sie nickte stumm. Mehr brachte sie im Moment nicht fertig. Ihr war gerade klargeworden, dass sie sich nach etwas sehnte, das sie nie haben könnte – Alex hatte Vivian, und das war alles, was er brauchte.

Kapitel Neun

Bis Donnerstag hatte Alex ordentlich Schlaf nachgeholt und machte großartige Fortschritte an seinen Illustrationen für die Bucheinbände. Lauren hatte mit Vivian ein Picknick gemacht und mit ihr den neuen Wasserspielplatz Spray Bay in der Nachbarstadt Fieldridge besucht. Sie hatte Alex ein Foto von Vivian geschickt, die strahlend ein riesiges Stück Wassermelone in den Händchen hielt. Er musste lächeln, als er das Bild sah. Wahrscheinlich konnte Vivian sich gar nicht mehr daran erinnern, dass sie im letzten Sommer Wassermelone gegessen hatte. Lauren hatte ihm erklärt, dass sie ihr Handy in einer wasserdichten Hülle immer bei sich trug, damit sie mit Vivian im Wasser spielen konnte, doch das stimmte ihn etwas traurig, als würde er etwas Wichtiges in ihrem Leben verpassen. Er war bei allen neuen Erfahrungen, die Vivian bis jetzt gemacht hatte, dabei gewesen. Heute war sie zum ersten Mal auf einem Wasser-spielplatz und, obwohl er wusste, dass sie in guten Händen war und dass er arbeiten musste, um die Rechnungen bezahlen zu können, war er etwas wehmütig, dass er nicht bei ihr sein konnte. Er wäre am liebsten auch dorthin gefahren, aber Lauren hatte sein Auto genommen. Lauren hatte ihm eine Nachricht geschickt, als sie sich auf den Weg nach Hause machten, und seitdem wartete er ungeduldig auf sie.

Als Lauren in die Einfahrt einbog, ging er hinaus, um die beiden Mädchen in Empfang zu nehmen. Lauren stieg aus dem Auto, winkte ihm fröhlich zu und lächelte. Sie war leicht gebräunt und sah glücklich aus.

„Wie war es?", fragte er und ging zur hinteren Tür, um Vivian aus ihrem Kindersitz zu holen.

„Wir hatten einen Riesenspaß", antwortete Lauren und ging zu ihm auf die Beifahrerseite. Sie duftete nach Sommer und Strand—Sonnencreme, frische Luft und Sonne.

Er rief sich innerlich zur Ordnung, öffnete die Autotür und blickte ins Auto. „Hallo, Viv!"

„Daddy!" Sie strahlte ihn mit ihren Babyzähnchen an und streckte die Arme nach ihm aus.

Sein kleiner Sonnenschein war wieder da.

Ihre kleinen Zöpfchen waren noch feucht, und er konnte keine Spur von Sonnenbrand entdecken. Lauren hatte gut aufgepasst. Ein tiefes Gefühl der Zufriedenheit erfüllte ihn, als er Vivian aus dem Auto hob und sie an sich drückte. „Hast du Spaß gehabt im Wasser?"

„Ja! Und mit Kaitlin und Wassersprühern und Blumen und Eis und *Babbel, Babbel*." Ihre Worte überschlugen sich vor Begeisterung, und er konnte ihrer aufgeregten Geschichte nicht mehr folgen.

Lauren übersetzte und lächelte Vivian an. „Sie hat eine neue Freundin namens Kaitlin. Sie ist drei Jahre alt, und sie haben sich an den Händen gehalten und mit den Wassersprühern gespielt. Einige davon waren bunte Blumen."

Alex ging zum Haus zurück. Er hielt Vivian noch immer in den Armen, weil er sie so vermisst hatte. Lauren lief neben ihnen her und erzählte ihm, was er alles verpasst hatte.

„Dort gab es auch viele bunte Schläuche, die Wasser in alle Richtungen spritzten, Eimer, aus denen das Wasser hinaus schwappte, und einige Delfine, die Wasser spuckten. Nach dem Spielen haben wir Eis am Eiswagen gegessen. Ich habe mich für morgen mit Kaitlins Mama dort wieder verabredet, wenn es dir recht ist."

„Ja," murmelte er. „Natürlich." Er sah Vivian an. „Das

hört sich ja alles ganz toll an. Ich wäre echt gern dabei gewesen.“

Vivian tätschelte ihm die Wange. „Daddy kommt mit.“

Er lächelte. „Ganz bestimmt. Aber du wirst mich nicht nass spritzen, oder?“

Vivian kicherte. „Ich spritze dich nass.“

„Aber kommst du dann mit deiner Arbeit klar?“, fragte Lauren. „Du kannst sonst auch am Wochenende mit ihr dorthin gehen.“

Er wandte sich an Vivian. „Aber wie würde ich dann Kaitlin kennenlernen?“

Am nächsten Tag half er dabei, die Sachen zu packen, die sie für den Wasserspielplatz brauchten, während Lauren sich um Vivian kümmerte. Lauren zog Vivian eins von ihren eigenen T-Shirts über den Badeanzug. Es sah aus wie ein kleines Kleidchen. Alex trug seine Badehose und ein T-Shirt.

Er hatte gar nicht darüber nachgedacht, dass er Lauren im Badeanzug sehen würde, bis sie ihn nach dem Mittagessen zu den Umkleidekabinen und abschließbaren Schränken führte, wo sie ihre Sachen lassen konnten, und dort ihr T-Shirt auszog. Sie trug einen schwarzen Bikini mit einem trägerlosen Oberteil, das ihre schönen, verführerischen Brüste bedeckte. Sie begann, ihre Shorts auszuziehen, und er hielt die Luft an.

„Kaitlin!“ Vivian hüpfte vor Freude. „Kaitlin!“ Sie lief auf ein kleines Mädchen mit glänzenden, kinnlangen dunklen Löckchen zu, das mit seiner Mutter auf dem Weg zum Wasserspielplatz war.

„Warte!“, rief Lauren und rannte hinter ihr her, nur mit ihrem Bikinioberteil und Shorts bekleidet.

Eigentlich hätte er Vivian aufhalten sollen, aber er war total fasziniert von Lauren. Sie holte Vivian ein, nahm sie hoch und setzte sie auf ihre Hüfte, während sie Kaitlins Mutter lächelnd begrüßte. Vivian beugte sich zu Kaitlin hinab und plapperte mit ihr. Ihr kleines, weiches Händchen lag auf Laurens nackter Schulter. Tatsache war, dass Lauren sehr viel nackte Haut zeigte. Ihr Haar war zu einem lockeren Knoten gebunden, sodass ihr Nacken und ihr Rücken frei waren. Seine Finger kribbelten vor Verlangen, diese glatte, schöne Haut zu berühren und zu streicheln.

Es war ein Fehler gewesen, mit hierher zu kommen.

Er hätte zu Hause bleiben sollen, wo er nicht der Versuchung ihrer sanften Kurven ausgesetzt war. Bis jetzt hatte er sie sich nie in einem Bikinioberteil vorgestellt. Bald würde sie auch ihre Shorts ausziehen und noch mehr nackte Haut preisgeben, was wiederum den Verführungsfaktor noch weiter erhöhte. Er hatte gedacht, sie würde etwas Einfaches tragen, wie einen simplen Badeanzug. Er durfte gar nicht mehr so an sie denken. Das würde den schlafenden Löwen wecken.

Lauren drehte sich zu ihm um, lächelte ihr süßes, engelsgleiches Lächeln und zeigte auf ihn. Ihm blieb schlicht und einfach die Luft weg, als er sie ansah.

Ich muss mich nur auf die Kinder konzentrieren.

Er ging auf die Gruppe zu. Lauren stellte Vivian wieder auf den Boden und stellte ihn Kaitlin und ihrer Mutter, Michelle, vor. Vivian und Kaitlin hielten sich an den Händen und lächelten sich an. Kaitlin war sehr niedlich mit ihren rosigen Wangen und blauen Augen. Sie war ungefähr so groß wie Vivian. „Schön, euch kennenzulernen", sagte er. „Ich habe gehört, dass ihr gestern sehr viel Spaß gehabt habt. Was meinst du, Vivian, vielleicht könnt ihr zwei, du und Kaitlin, mir zeigen, was man hier machen kann."

Vivian nahm ihn bei der Hand und zog ihn hinüber zu dem eingezäunten Wasserspielbereich. Lauren ging zurück zu den Umkleidekabinen, um sich fertig zu machen.

„Warte noch eine Minute", wandte er sich an Vivian. „Ich muss noch meine Sachen in den Schrank einschließen und meine Sonnencreme holen."

„Beeil dich, Daddy!"

„Wenn es Ihnen recht ist, nehme ich Vivian schon mit

hinein“, schlug Michelle vor. „Wir können uns dann dort treffen.“

Er warf einen Blick auf den eingezäunten Bereich. „Gern, danke.“ Vivian trug bereits das orangefarbene Armband, das zeigte, dass sie für den Tag bezahlt hatten.

Er ging zu den Schränken. Dort saß Lauren auf einer Bank und zog sich ihre Shorts aus, die an ihren langen, gebräunten Beinen hinunterglitten. Alex musste schlucken. Ihr Bikinihöschen war schwarz mit weißen Punkten und reichte ihr bis knapp unter den Bauchnabel. Er zwang sich, den Blick von ihr abzuwenden.

Er zog sein Hemd aus und hängte es an den Haken im Schrank. Dabei warf er einen schnellen Blick über seine Schulter zu Lauren. Sein Mund wurde plötzlich ganz trocken. Ihr Körper war straff, fit, kurvig und unglaublich sexy. Sie sah aus wie ein verdammtes Bikini-Model. Er war sich ganz sicher, dass sie überhaupt keine Ahnung hatte, wie sexy sie war, denn sonst würden sich die Männer um sie drängen, und sie würde sich nicht mit Online-Dating abgeben. Bevor er seine Gedanken sammeln konnte, um ihr ein Kompliment zu machen, ohne die Stärke seines Verlangens preiszugeben, begann sie zu sprechen.

„Da war aber jemand lange nicht mehr in der Sonne.“

Er sah an sich hinab auf seine blasse Brust. Sein Rücken war zweifellos genauso bleich. Dann drehte er sich zu ihr um. „Ich war schon lange nicht mehr mit freiem Oberkörper in der Sonne, aber ich war oft mit Vivian an der frischen Luft.“

Als sie ihn von oben bis unten betrachtete, stahl sich eine leichte Röte in ihre Wangen. „Komisch, eigentlich hatte ich gedacht, dass du tätowiert bist.“

„Warum? Weil ich Maler bin?“ Damals hatte er sich fast ein Drachentattoo stechen lassen, wie Tammy es hatte, aber als er merkte, dass sie ihn verlassen wollte (bevor sie wussten, dass sie schwanger war), hatte er es nicht getan. Jetzt war er froh darüber. Er brauchte keine weitere ständige

Erinnerung an sie. Die hatte er schon, jedes Mal, wenn er Vivian ansah.

„Ja." Ihr Blick fiel wieder auf seine Brust, bevor sie ihm in die Augen sah. „Und du bist irgendwie ein ausgeflippter Typ."

Er musste lächeln. „Magst du ausgeflippte Typen?"

Sie öffnete den Mund, um zu antworten, lächelte dann aber nur und schüttelte den Kopf.

Ja, eigentlich mochte sie ausgeflippte Typen. Was sie betraf, so konnte er ruhig ein bisschen flippig sein.

Er trat näher an sie heran und sprach ganz leise. „Ich habe alle meine Piercings herausgenommen, damit Vivian sie mir nicht abreißt."

„Wo?", fragte sie flüsternd.

Er zeigte auf diverse Körperteile—Augenbraue, Ohr, Nase, Brustwarze.

Sie zuckte zusammen, als sie seine Brustwarze betrachtete. „Autsch."

„Es gibt Stellen, an denen es noch weit mehr wehtut."

Sie erschauderte. „Kann ich mir vorstellen."

„Was ist deine ausgeflippte Seite?", neckte er sie, obwohl er genau wusste, dass sie keine hatte.

„Du brauchst Sonnenschutz", lenkte sie ab. „Die Sonnenmilch ist in der Tasche."

Er drehte sich um, um die Tasche aus dem Schrank zu holen, im gleichen Moment, als sie danach griff, sodass sie Brust an Brust zusammenstießen. Automatisch legte er den Arm um ihre Taille.

Sie sah ihn durch ihre langen Wimpern hindurch an, und ihre Mundwinkel hoben sich zu einem kleinen Lächeln. „Wir müssen aufpassen, dass wir nicht immer so zusammenstoßen."

Sein gesunder Menschenverstand warnte ihn eindringlich, dass das keine gute Idee war, aber es war so schön, sie zu spüren. „Lauren."

Sie schenkte ihm ein fast bedauerndes Lächeln und trat

einen Schritt zurück. „Wir sehen uns dann dort drüben."

Er beobachtete, wie sie davonging, und betrachtete ihren schönen Körper—die gerade Linie ihres Rückens, die weibliche Hüfte, ihr süßes Hinterteil und ihre langen Beine. Von nun an würde er jedes Mal, wenn er sie sah, daran denken müssen, wie sie in diesem Moment aussah. Wie ein erotisches Kunstwerk.

Er drehte sich um und machte sich fertig. Da es ein Sonnenspray war, dauerte es nicht lange. Für Vivian kaufte er nur hypoallergenen Sonnenschutz, den man einreiben musste; das dauerte etwas länger. Aber bei Vivian nahm er nie die einfachste Lösung. Sie bekam immer nur das Beste, das er ihr bieten konnte.

Alex fand Lauren und Vivian sofort. Als er zu ihnen hinüber ging wurde er von den spielenden Kindern von allen Seiten mit Wasser bespritzt. Er fühlte sich wie ein totaler Perversling, als er beobachtete, wie Lauren mit Vivian spielte—wie sie sich niederbeugte, hinhockte, aufstand, ihre glatte Haut nass und glänzend vom Wasser. Er war ganz wild vor Verlangen, Lust und Hunger.

Das war völlig inakzeptabel. Sie war sein Kindermädchen, und sie suchte die wahre Liebe, eine richtige Beziehung. Wie war das nur möglich? Er stand auf einem Spielplatz voller Kinder und Mütter und spürte plötzlich diese starke Sehnsucht nach einer Frau, echtes Verlangen, nicht nur eine flüchtige Wahrnehmung ihrer Schönheit, sondern ein schmerzhaftes Begehren. Seit Tammys Tod war es das erste Mal, dass er sich so stark von einer Frau angezogen fühlte.

Lauren war so lebensfroh—sie lachte, strahlte und quietschte genau so fröhlich wie Vivian und sorgte dafür, dass sein kleines Mädchen einen Riesenspaß hatte.

„Hey!" Lauren winkte ihm zu. „Kaitlin und ihre Mutter machen gerade eine Pipipause."

Und mit einem Schlag war er wieder auf dem Elternplaneten. Pipipausen, Windeln, Trinktassen und alles andere.

Lauren flüsterte Vivian etwas ins Ohr, und eine Sekunde später trafen ihn zwei kühle Wasserstrahle. Er verbündete sich mit Vivian, um Lauren nass zu spritzen, die das Spiel mit vielen Ausrufen von „Huch!" und „Habt ihr mich schon wieder erwischt!" mitspielte, sodass Vivian sich kaputtlachte.

Die Zeit verging wie im Flug. Und obwohl er alles tat, um Vivian und ihre kleine Freundin zu unterhalten, so hatte er wahrscheinlich noch mehr Spaß daran als die beiden. Er freute sich, Vivian so glücklich zu sehen, und dass sie eine Freundin gefunden hatte. Außerdem war Lauren hier an seiner Seite, spielte mit den Mädchen und bespritzte auch ihn ab und zu mit Wasser. In ihrem Beisein fühlte er sich auch wohler in der Gegenwart von Kaitlins Mutter. Andere Mütter ignorierten ihn entweder völlig oder flirteten mit ihm, in beiden Situationen fühlte er sich unbehaglich und ausgeschlossen. Er konnte sich nicht erinnern, wann er das letzte Mal so viel Spaß gehabt hatte. Früher hatte er viel gefeiert, aber seit Vivian auf der Welt war, waren Partys nicht mehr drin. Vielleicht war es jetzt an der Zeit, ein anderes Leben zu führen.

Als er mit den beiden nach Hause fuhr, drehten sich seine Gedanken um Lauren und ihn; was würde passieren, wenn es zwischen ihnen schiefginge (er würde das beste Kindermädchen der Welt verlieren) oder wenn es gut ging (vielleicht würde sie bei ihm bleiben). Es war eine riskante Geschichte, denn er war definitiv nicht Laurens idealer Kandidat für eine Liebesbeziehung. Er verdiente es nicht, nicht nach dem, was er getan hatte—seine Sorglosigkeit hatte schlimme Folgen gehabt.

Aber er wollte sie so sehr.

Sie war die erste Frau, die er wollte. In zwei langen Jahren hatte er niemanden begehrt. Außerdem war sie gut für Vivian. Das war auch gut für ihn.

Er wandte sich Lauren zu, nachdem er das Auto in der

Einfahrt geparkt hatte. Sie hatte ihn, auf ihre ruhige, rücksichtsvolle Art in Ruhe gelassen, damit er seinen Gedanken nachhängen konnte. „Ich hatte heute einen wunderschönen Tag", sagte er.

Lauren lächelte. „Ich auch. Und das Beste ist, die Sonne und der viele Spaß haben Vivian außer Gefecht gesetzt." Sie deutete mit dem Daumen auf den Rücksitz.

Er schaute in den Rückspiegel. Vivian schlief tief und fest, mit geöffnetem Mund. Er musste lächeln. Auch er fühlte sich angenehm müde nach diesem schönen Tag in der Sonne.

„Du solltest deinen Rücken mit Aloe Vera einreiben, bevor du schlafen gehst", riet Lauren ihm.

An den Stellen, wo das Wasser den Sonnenschutz abgewaschen hatte, hatte er sich ein bisschen Sonnenbrand eingefangen. „Du kümmerst dich wirklich gut um andere."

„Danke", sagte sie. „Ich bin einfach ein Kümmerer. Meine Mutter sagt, schon als ich in Vivians Alter war, habe ich mich immer gut um meine Puppen gekümmert. Ich habe sie ins Bett gebracht, ihnen etwas erzählt und sie gedrückt und geküsst."

„Das ist echt süß."

Sie zog die Nase kraus. „Auf die gute oder schlechte Art süß?"

„Gibt es eine schlechte Art?"

„Manche Leute sagen, ich sei viel zu süß und lieb, so als wäre ich ein Fußabtreter oder so was."

„Natürlich auf die gute Art." Er zwinkerte ihr zu, und sie errötete leicht. Sie würde rot vor Wut werden, wenn sie wüsste, woran er wirklich dachte. Sie war auf die Art süß, dass sie auch weich und nachgiebig im Bett wäre. Das wusste er instinktiv, und es gefiel ihm.

Sie unterbrach seinen abwegigen Gedankengang. „Da wir gerade von Puppen sprechen, ist es okay, wenn ich Vivian eine Puppe mit Haaren kaufe?"

Alex lachte. „Das sieht ziemlich traurig aus, nicht wahr?

Ich habe es zugelassen, damit sie nicht auf die Idee kommt, ihre eigenen Haare abzuschneiden.“

„Das hat sie schon getan, aber nur ein bisschen.“

Er starrte sie entsetzt an. „Was? Wieso habe ich das nicht bemerkt?“

„Es war nur eine winzig kleine Locke. Sie hat sich meine Sicherheitsschere genommen und die Locke abgeschnitten, bevor ich sie ihr wieder abnehmen konnte. Dann hat sie versucht, die Locke an Dollys Kopf anzudrücken.“

Er schüttelte den Kopf. „Das ist wirklich traurig.“

„Ich weiß! Deshalb möchte ich ihr gern eine neue Puppe kaufen.“

„Das musst du nicht tun. Ich werde ihr eine kaufen.“

„Vielleicht sollten wir mit ihr zusammen einkaufen gehen. Wir könnten ihr eine Puppe kaufen und auch ein paar Schlüpfer für große Mädchen. Irgendetwas Hübsches, damit es ihr mehr Spaß macht zu lernen, aufs Töpfchen zu gehen.“

„Aber gern.“ Ihm fiel auf, dass er sich gar nicht mehr wie ein gestresster, alleinerziehender Vater fühlte, wenn er mit Lauren zusammen war. Es war, als hätte er einen Partner. Er hatte seine Entscheidung getroffen. Er wollte es riskieren. Dann fiel ihm wieder ein, dass sie am Wochenende ein organisiertes Date mit mehreren Männern hatte.

„Was steht als nächstes auf dem Plan für die Dating-Abenteuer mit Hailey?“, fragte er.

Lauren lachte. „Nicht mit Hailey. Zu meinem Abenteuer gehört ein Mann.“

Er grinste sie an. „Also, was ist als nächstes geplant?“

„Singletreffen in Marcus’ Bar.“

Er erinnerte sich daran, dass sie davon gesprochen hatte. Marcus, Ethan und Ben. Von den dreien war Ethan am gefährlichsten. Er war sehr charmant zu den Damen. Alex dachte krampfhaft nach, wie er Ethan bei ihr schlecht machen könnte, aber ihm fiel nichts ein. Ethan war Polizist, ein anständiger Bürger oder was auch immer.

„Marcus hat bereits einige Freundinnen", informierte er sie.

„Dann kommt er nicht in Frage", sagte sie.

Er stellte den Motor aus. Er hatte einen Plan.

„Willst du sie aus dem Kindersitz nehmen, oder soll ich das tun?", fragte Lauren.

„Warte eine Minute." Er warf einen Blick auf Vivian, die noch immer tief und fest schlief.

„Ja?"

Er drehte sich wieder zu Lauren. „Darf ich dich zeichnen?"

Sie lächelte ihn schelmisch an. „Erst musst du mich zum Essen einladen."

Beide brachen sie in Gelächter aus.

Alex schüttelte den Kopf. „Das war jetzt nicht als Anmache gemeint."

Sie stieß ein kurzes Ha—Ha aus, das sich etwas gezwungen anhörte. „Ich weiß."

Er malte die Umrisse ihres Gesichts in die Luft. „Du hast ein herzförmiges Gesicht. Bei den meisten Menschen ist es oval."

„Oh", sagte sie leise. „Na ja, wenn du gern möchtest. Ich hätte nicht gedacht, dass das etwas Besonderes ist."

„Also für einen Maler ist es etwas Besonderes."

Sie neigte den Kopf zur Seite und sah ihn aufmerksam an.

Alex lachte. „Ich schwöre dir, ich versuche nicht, dich einzuwickeln." Das Problem war, dass er damit sowieso total aus der Übung war. „Ich habe Vivian auch gezeichnet. Möchtest du die Skizzen sehen?"

Ihre grünen Augen leuchteten auf. „Ja, sehr gern."

Er löste seinen Sicherheitsgurt. „Gut. Ich nehme Vivian. Wenn sie weiterschläft, dann zeige ich dir die Zeichnungen."

Er stieg aus und nahm Vivian vorsichtig aus ihrem Sitz.

Lauren hatte den Hausschlüssel und öffnete die Tür. Alex legte Vivian in ihr Zimmer. Er wollte sie in einer halben Stunde aufwecken, damit er sie am Abend zu ihrer normalen Schlafenszeit ins Bett bringen konnte.

Er kam zurück in den Flur und bedeutete Lauren, ihm zu folgen. Sie ging hinter ihm her und flüsterte: „Sollten wir nicht erst die nassen Sachen aufhängen?"

„Später", antwortete Alex und ging in sein Arbeitszimmer. „Wir müssen die Zeit nutzen, solange Vivian schläft." Er nahm die Zeichnungen von Vivian vom obersten Regal des Schrankes. Er hatte eine ganze Serie gemacht, eine jeden Monat ihres Lebens, mit Datum und Alter auf der Rückseite. „Setz dich doch."

Lauren setzte sich auf den Futon. Alex setzte sich neben sie und gab ihr den ganzen Stapel loser Blätter. Vorsichtig nahm sie die erste Zeichnung, betrachtete sie aufmerksam und legte sie unter den Stapel, bevor sie die nächste ansah. Er war angespannt, weil sie gar nichts sagte. Diese Zeichnungen waren wahrscheinlich seine beste Arbeit, da er sie mit Liebe gemacht hatte.

Endlich blickte sie auf und sah ihm in die Augen. „Oh, Alex, diese Zeichnungen sind so wundervoll! Sie gefallen mir richtig gut. Du hast sie also alle paar Wochen gezeichnet?"

Er entspannte sich. „Jeden Monat."

Sie betrachtete wieder einzelne Bilder. „Oh, sieh doch nur, wie groß der Unterschied zwischen drei und vier Monaten ist."

Er lächelte. „Ja. Es war, als hätte sie plötzlich die Welt entdeckt."

Lauren zeigte auf die Zeichnung. „Sie hält ihren Kopf hoch, und ihre Augen sind so weit offen und bewusst." Sie verstand ihn. Sie sah Vivian genauso, wie er sie sah.

„Ja", sagte er leise.

Sie betrachtete noch einmal den ganzen Stapel und gab ihm dann die Zeichnungen zurück. „Was für ein wundervolles Geschenk du ihr damit gemacht hast. Du solltest die Bilder signieren. Vielleicht werden sie eines Tages sehr wertvoll sein.“

Das Kompliment wärmte ihn. „Nein. Ich mache das nur zu meiner eigenen Freude.“

Sie sah ihn an. „Danke, dass du mir diese Bilder gezeigt hast.“

Alex stand auf und ging zurück zum Schrank, wo er die Zeichnungen sorgfältig wieder verstaute, sodass gewisse kleine Händchen sie nicht erreichen konnten. Er drehte sich zu ihr um. „Darf ich dich jetzt zeichnen?“

Sie errötete und fuhr sich durchs Haar. „Ich sehe furchtbar aus. Meine Haare sind noch nass und unordentlich. Ich habe mich noch gar nicht gekämmt.“

„Es sieht natürlich aus.“ Er wollte einfach einen Vorwand, sie zu berühren, ihren Kopf zu neigen, der Form ihres Gesichts mit den Händen zu folgen.

Sie legte die Hände auf die Wangen. „Ich kann die Sonnencreme fühlen. Kein Make-up. Ich bin nicht bereit für eine Zeichnung.“

„Du siehst gut aus.“ *Du siehst umwerfend aus—von der Sonne geküsst und sexy.*

Er setzte sich neben sie und folgte mit dem Finger der Linie ihrer Wange, ohne sie zu berühren. „Ich möchte gern die Form, die Linien und die Schatten festhalten.“ Sein Blick fiel auf ihren Mund und wanderte dann zu ihrem Hals, wo ihr Puls sichtbar schlug. Eine Welle des Begehrens brachte sein Blut in Wallung. Ihre Augen begegneten sich. Laurens Lippen waren leicht geöffnet, und die Luft knisterte vor Spannung.

Langsam hob er die Hand und strich ihr eine lose Haarsträhne aus dem Gesicht, dann glitten seine Finger sanft über den Puls an ihrem Hals. „Bist du bereit?“

Abrupt stand sie auf. „Ich sollte besser … Ich muss erst …! Meine nassen Handtücher und mein feuchtes Haar!“ Sie eilte aus dem Zimmer. Einen Moment später hörte er, wie die Badezimmertür ins Schloss fiel.

Er atmete tief durch. Er hatte sie verängstigt. In seinem alten Leben war er eigentlich auf Partys immer nur erfahrenen Frauen begegnet, die sofort zu allem bereit waren. Verdammt, die ganzen Bars in der Stadt, die er frequentierte, waren nur dazu gemacht. Man begegnete sich, trank etwas zusammen, quatschte ein bisschen und landete dann im Bett. Bei Lauren war offensichtlich eine feinere Taktik angesagt.

Als er hörte, dass die Badezimmertür geöffnet wurde, ging er sofort hinaus in den Flur. „Hey", sagte er mit leiser, ruhiger Stimme.

Sie zuckte zusammen. „Hi."

„Ich hoffe, ich habe dich nicht zu sehr bedrängt."

Sie strich über ihr glatt gekämmtes Haar und klemmte die Strähnen hinter die Ohren. „Sei nicht albern." Sie lachte ihr gezwungenes *Ha-Ha* Lachen. „Alles ist gut. Es ist nur neu für mich, dass ein Maler mich zeichnen will."

Er trat einen Schritt näher. Sie hatte die Sonnencreme abgewaschen, etwas Lipgloss aufgetragen und die kleinen Sommersprossen auf ihrer Nase waren nicht mehr so auffällig. Sie trug ein Tanktop und Shorts, aber er sah immer noch nackte Haut in einem schwarzen Bikini. Er zeigte auf sein Arbeitszimmer. „Sollen wir es noch einmal versuchen?"

„W-was muss ich machen?"

„Nichts. Nur lang genug stillsitzen, dass ich die Umrisse zeichnen kann." Er lud sie mit einer Geste ein, sein Arbeitszimmer zu betreten, aber sie rührte sich nicht vom Fleck.

Stattdessen sah sie ihn misstrauisch an. „Weißt du, ich habe mich im Spiegel angesehen und ich kann diese Herzform, von der du gesprochen hast, nicht erkennen."

Für sie würde er wirklich einen Gang zurückschalten müssen. Misstrauen würde ihn *nicht* dahin bringen, wohin er wollte.

„Sie ist aber da", entgegnete er. „Ich werde es dir in der Skizze zeigen. Komm." Er bedeutete ihr, ihm zu folgen, und betrat das Arbeitszimmer.

Lauren setzte sich auf den Futon, während er sich einen Bleistift und seinen Zeichenblock vom Arbeitstisch nahm. Er blieb am Tisch und drehte sich leicht zu ihr, um sie zu beobachten, während sie unruhig hin und her zappelte. Erst kreuzte sie die Beine und stützte den Ellbogen auf ihr Knie. Dann stellte sie beide Beine nebeneinander und legte eine Hand auf jedes Knie. Sie merkte, dass er sie beobachtete, und verschränkte die Arme, dann öffnete sie sie wieder und verschränkte sie anders herum.

Er lächelte und stellte sich neben sie. „Bereit?"

Sie hielt hilflos die Hände hoch. „Ich weiß nicht wohin mit meinen Armen."

„Lass sie einfach locker an deiner Seite." Er setzte sich neben sie; nah genug, um sie zu berühren, wenn er die Hand ausstreckte, aber weit genug weg, dass sie nicht nervös wurde.

„Und der Rest von mir?"

Er hielt den Blick auf seinen Zeichenblock gerichtet und gab ihr Zeit, sich zu beruhigen. „Setz dich einfach ganz normal hin, wie immer."

„Aber es fühlt sich nicht normal an, weil du mich bewertest."

Überrascht blickte er auf. Sie hatte wirklich keine Ahnung, wie schön sie war. Aber wenn er es ihr jetzt sagte, würde sie wissen, was er fühlte. „Ich bewerte dich doch nicht. Ich beobachte, wie jeder Maler. Ich beobachte immer alles um mich herum, das ist nichts Neues für mich. Deshalb habe ich auch direkt am ersten Tag bemerkt, dass dein Gesicht herzförmig ist—" er ließ seinen Worten einen Blick folgen „—und dass deine Augen grün mit blauen Sprenkeln sind und dass du kleine Sommersprossen auf deiner Stupsnase hast." *Und eine volle Unterlippe, in die ich am liebsten hineinbeißen würde.*

Sie errötete und versteckte ihre Nase mit der Hand.

Er beugte sich zu ihr, zog ihr die Hand von der Nase und hielt sie fest. Ihre Augen weiteten sich. Er beugte sich vor, und sein Blick streifte ihren Mund. Er verspürte eine wahnsinnige Lust, ihre süßen Lippen zu schmecken. Dann bewegte sie sich so schnell, dass sie ihn fast umstieß, und nahm eine Pose an, indem sie ihr Kinn auf die Hand stützte und lächelte. „Ist es so gut?"

Er lehnte sich zurück. „Perfekt."

Leider waren nun die Linien ihres Kinns durch ihre Hand verdeckt, also konzentrierte er sich auf ihre Augen. Er zeichnete ihren Umriss, und es gelang ihm, die ausdrucksvolle Offenheit ihrer Augen einzufangen sowie die Wimpern und die Wölbung ihrer Augenbrauen, aber ihre arglose Unschuld und süße Verletzlichkeit waren nicht so leicht festzuhalten. Sie waren fast greifbare Eigenschaften, die ihn anzogen, obwohl er wusste, dass er so etwas Liebes nicht verdiente. Er wusste, dass er ein Mann war, der sich alles nahm. Und sie war eine Frau, die alles gab. Lauren verdiente etwas Besseres. Sie verdiente jemanden, der ihr alles mit der gleichen Großzügigkeit zurückgab wie sie. Was machte er nur mit ihr?

Er legte den Bleistift nieder. Sein Magen war in Aufruhr. Warum fühlte er sich so stark von ihr angezogen, obwohl er nicht der Richtige für sie war? War es nur, weil sie so gut zu Vivian war? Das war gemein. Er fühlte sich auf einmal, als würde er sie ausnutzen. Verdammt. Das tat er auch. Er wollte sie, weil sie ihm nützlich war.

Sie senkte die Hand und richtete sich auf. „Bist du schon fertig? Darf ich mal sehen?"

Er schloss den Zeichenblock und stand auf. „Noch nicht. Wir müssen noch einige Sitzungen machen." Er legte den Block auf das oberste Regal im Schrank, neben Vivians Zeichnungen.

„Du hast hoffentlich nicht meine Sommersprossen gemalt, oder? Ich denke nämlich, dass man die ruhig weglassen kann."

Er drehte sich lächelnd um. „Keine Sommersprossen."

„Gut. Kann ich es haben, wenn du fertig bist? Ich habe noch nie ein echtes Kunstwerk besessen."

Er sah sie kopfschüttelnd an. „Es ist doch nur eine Skizze."

Sie stand auf. „Ich möchte es trotzdem mit deiner Signatur haben."

„Gern, aber es ist ganz bestimmt nichts wert."

Sie ging hinüber zu seinen Entwürfen, die an langen Drahtbügeln über dem Bücherregal und dem Schreibtisch hingen, und betrachtete sie. Es waren Entwürfe für ein Bilderbuch über einen Roboter, der gern ein kleiner Junge wäre, das er illustrierte. Normalerweise nahm er die alten Entwürfe erst ab, wenn er die Bügel für seine neue Arbeit brauchte.

Sie betrachtete die Zeichnungen und sagte: „Da irrst du dich aber ganz gewaltig. Du wirst eines Tages berühmt sein."

„Ach Blödsinn", erwiderte er verlegen. Er glaubte keine Sekunde daran.

Sie wirbelte herum und funkelte ihn mit blitzenden grünen Augen an. „Ich meine das vollkommen ernst! Du bist nicht nur technisch kompetent, sondern hast auch die Gabe, Gefühle auf Papier auszudrücken. Es ist nicht leicht, so etwas visuell darzustellen."

Alex war überrascht, dass sie das alles bemerkt hatte. Die meisten Leute dachten, dass es der Text in einem Bilderbuch war, der Bedeutungen und Emotionen auf den Seiten darstellte. Und im Handumdrehen, hatte sie ihn wieder eingefangen. Er ging näher auf sie zu. „Danke."

„Keine Ursache", entgegnete sie leise. Ihre Wangen waren leicht gerötet.

Er drehte sich wieder zu den Zeichnungen um und versuchte, ruhig und gleichgültig zu sprechen. „Was erkennst du auf diesen Seiten?"

„Sehnsucht, Traurigkeit, Einsamkeit …" Sie warf ihm einen langen Blick zu, den er bis tief in sein Innerstes spürte, so als ob sie all dies in ihm sähe, bevor sie sich wieder den Bildern zuwandte. „Und schließlich, Freude."

Sie hatte den Nagel auf den Kopf getroffen. Er fühlte sich verstanden, obwohl es nicht seine Geschichte war. Er hatte nur dazu beigetragen, sie zum Leben zu erwecken. Natürlich hatte er dem Roboter oder dem Jungen keine seiner dunkleren Seiten verliehen; die blieben tief in ihm verborgen.

Lauren sah ihn an. „Hast du jemals daran gedacht, selbst ein Bilderbuch zu verfassen?"

„Ich habe es in Betracht gezogen, aber bis jetzt noch keine Zeit gehabt."

„Du solltest dir die Zeit nehmen", sagte sie energisch. „Am besten noch diesen Sommer, solange ich auf Vivian aufpassen kann."

Er sah ihr in die Augen und hielt ihren Blick fest. Zwischen ihnen knisterte es gewaltig. Es war unmöglich, dass nur er das so empfand. Sie errötete wie eine Jungfrau, wann immer er in ihre Nähe kam. „Wie sieht es bei dir aus, wenn der Sommer vorbei ist?" Idiot. Er sollte sie nach ihren Plänen für das Wochenende fragen, nicht nach der Zukunft und ihrer Verfügbarkeit. Irgendwie hatte er Vivian und die Sorge um sie in seine Versuche, Lauren näher zu kommen, mit eingebunden. Wollte er Lauren für sich oder für Vivian? Für uns beide, entschied er.

Sie trat zur Seite, legte die Hände vor ihrem Körper ineinander und legte sie dann auf den Rücken. „Normalerweise von acht Uhr dreißig bis vier Uhr. Dann muss ich mich auf den nächsten Tag vorbereiten." Sie vermied es, ihn anzusehen. „Ich wäre dir also als Kindermädchen keine große Hilfe."

Sie war in jeder Hinsicht perfekt. Er legte keinen großen Wert auf Liebe. Er brauchte eine Partnerin, eine Mama für sein kleines Mädchen und jemanden, der sein

Bett für ihn wärmte. Nein, nicht irgendjemanden für sein Bett. Er wollte die Frau, die ihn aus seinem Zölibat aufgeweckt hatte. Wenn er von Anfang an ehrlich war und klipp und klar ausdrückte, was sie von ihm erwarten konnte—eine Art Vereinbarung basierend auf gegenseitigem Einverständnis—,vielleicht könnte es dann klappen. Er wollte sie nicht verletzen. Wenn sie es beide wollten … Scheiß drauf, er würde es riskieren.

„Lauren." Sein Ton war rauer als beabsichtigt. Das machte sie vielleicht nervös, denn sie zog über ihren geweiteten Augen die Augenbrauen hoch. Er musste seine Absicht rüberbringen, also versuchte er, einen sanfteren Ton anzuschlagen. „Vielleicht könnten wir ja—" Er hielt inne. Er durfte jetzt keinen Fehler machen, oder alles war verloren. Lauren war etwas Besonderes. Sie verdiente nur das Beste, und er konnte ihr nicht geben, was sie sich ersehnte. Er war einfach nicht Mr. Right.

„Vielleicht könnten wir was?", fragte sie leise.

Sein Herz hämmerte in seiner Brust. Ihre Stimme war weich, ihr Blick war weich, ihre Haut war weich. Am liebsten wäre er in so viel Weichheit versunken.

„Brauchst du eine tröstende Umarmung?", fragte sie sanft.

„Ja", brachte er krächzend hervor, weil er sich danach verzehrte, sie zu berühren.

Sie legte ihre Arme um ihn und drückte ihn. Sofort schlossen sich seine Arme mit fast schmerzvoller Erleichterung um sie. Sie umarmte ihn fester, aber er empfand dabei alles andere als Trost. Sein Verlangen wuchs, stärker als er es jemals zuvor empfunden hatte.

Er strich mit der Hand über ihren Rücken und flüsterte ihr Worte ins Ohr, die tief aus seinem Inneren zu kommen schienen. „Ich habe noch nie—"

„Hallo, Daddy!", erklang eine kleine Stimme hinter ihm.

Alex zuckte zurück und trat einen Schritt von Lauren

weg. Er fühlte sich total schuldig wegen seines unvollendeten Satzes, *Ich habe noch nie jemanden so begehrt wie dich.* Das konnte er nicht haben. Nicht für eine lange, lange Zeit. Er hatte ein kleines Mädchen, das ganz von ihm abhängig war.

Vivian umklammerte seine Beine. Er legte seine Hand auf ihr Köpfchen und stellte fest, dass ihr Haar inzwischen fast trocken war. Er räusperte sich. „Hast du gut geschlafen?"

„Okay", sagte Vivian und sah zu ihm hoch. „Hunger."

Lauren eilte an ihm vorbei. „Ich kümmere mich um sie. Mach du nur, was du tun musst."

Vivian folgte ihr wie ein kleines Entenküken seiner Mama. Er lief ihnen direkt hinterher, weil es genau *das* war, was er tun musste.

KAPITEL ZEHN

Lauren saß vorne auf dem Beifahrersitz von Haileys orangefarbenem Mini Cooper Cabrio auf dem Weg zu Marcus' Bar in Lower Manhattan. Das war der einzige Sitz, an dem sie sich nicht verrenken musste, um ihre langen Beine unterzubringen. Auf dem Rücksitz saßen Carrie und Ally, die beide kleiner waren als sie.

„Alsoooo, bist du schon aufgeregt, Lauren?", fragte Hailey in völlig überdrehtem Tonfall.

Lauren zögerte. Sie wollte nicht unhöflich sein. Andererseits hatte Joe ihr schon alles erzählt, und es gefiel ihr gar nicht. Es wäre am besten, ehrlich zu sein, beschloss sie. „Hailey, es tut mir wirklich leid, weil ich weiß, dass du dir solche Mühe gemacht hast, um alles für heute Abend zu organisieren, aber ich weiß jetzt schon, dass die Typen, die kommen, nichts für mich sind."

„Was?", fragte Hailey aufgebracht. „Jetzt warte aber mal. Das kannst du doch nicht einfach behaupten, bevor wir überhaupt angekommen sind. Wovon zum Teufel redest du da überhaupt? Hast du jemanden kennengelernt?"

Sie versuchte die Röte, die ihr ins Gesicht stieg, zu unterdrücken. Sie hatte allerdings jemanden kennengelernt, doch der kam nicht in Frage, und zwar zu Recht. Sie mochte Alex ungemein—ihr Verlangen, die Lust, Begierde war unglaublich—aber er war einfach noch nicht so weit. Sie konnte es in seinen Augen sehen, wenn er sich unbeobachtet fühlte, ein dumpfer Schmerz. Eine Wand, wie Joe es beschrieben hatte. Und ihr war klar, dass sie nicht diejenige sein würde, die diese Wände einriss. Schließlich hatte er sich nicht umsonst mit diesen Wänden geschützt und würde sie so lange behalten, bis er bereit dazu war, sie niederzureißen, und nicht, weil sie darauf bestand, dass er bereit war.

„Lauren, stimmt das etwa?", meldete sich Ally vom Rücksitz aus. Sie war ziemlich leicht aufzuregen.

„Oh mein Gott!", rief Carrie. „Sie ist dabei, sich in ihren Chef zu verlieben. Die verbotene Liebe!" Carrie hatte in der letzten Zeit eine gewisse Faszination für verbotene Lieben entwickelt, und las haufenweise Romane darüber. Sie wollte ja nicht gemein sein, aber es stand völlig außer Frage, dass Carrie *jemals* eine verbotene Liebesaffäre hatte. Sie war das Mädchen von nebenan wie sie im Buche stand, sogar mehr als Lauren.

Lauren drehte sich um, um Carries zweifellos aufgeregtes Gesicht anzusehen. Allerdings konnte sie im schwachen Licht der Straßenlaterne nur Carries helles, blondes Haar und die große, runde Brille, die anscheinend streber-schick sein sollte (aber in Wirklichkeit mehr Streber als schick war), erkennen. „Carrie, *bitte* hör endlich mit dem ganzen verbotenen Liebeskram auf."

„Aber es ist so aufregend!", rief Carrie. „Chef und Sekretärin, Lehrerin und Schüler—"

„Böser Junge und braves Mädchen", warf Ally ein.

„Ja!", sagte Carrie aufgeregt. Und dann in traurigem Ton: „Braves Mädchen, braver Junge ist so langweilig."

„Brav ist nicht gleich langweilig", erwiderte Lauren. „Du willst auf jeden Fall niemanden, der böse ist. Oder willst du einen Verbrecher, oder so was?"

„Ich sage ja nur—", begann Carrie.

„Ladys, bitte!", unterbrach Hailey. „Wir sind fast da, und ich will wirklich wissen, was mit Lauren los ist. Sie ist schließlich diejenige, um die es heute Abend geht, und ich will, dass die Sache ein voller Erfolg wird."

Lauren drehte sich nach vorne um und seufzte. Wie sollte dieser Abend ein voller Erfolg werden, wenn die anwesenden Männer sich überhaupt nicht als Mr. Right eigneten?

„Und wozu sind wir dann überhaupt da?", wollte Ally wissen.

„Moralische Unterstützung", erklärte Hailey.

Lauren drehte sich in ihrem Sitz zu ihr um. „Falls es zwischen einer von euch und einem der anwesenden Männer funkt, überlasse ich sie sofort euch. Aber vor Ethan, Ben und Marcus sollte ich euch warnen." Sie verzog das Gesicht und drehte sich wieder um. Sie hasste es, schlecht über andere zu reden, doch es war die Wahrheit. Joe hatte ihr alles über sie erzählt. Jetzt, als sie darüber nachdachte, würde sie vorsichtig sein müssen, was sie Joe erzählte. Er war ein ziemliches Plappermaul.

„Was stimmt denn bitte mit Ethan nicht?", fragte Hailey. „Er sieht toll aus und ist Polizist. Das ist ein anständiger Beruf."

„Sexsüchtig", murmelte Lauren.

„Was?", fragte Hailey.

„Ja, ich kann dich hier hinten nicht hören", meldete Carrie sich zu Wort.

Lauren sagte laut und deutlich: „Ich habe gesagt, er ist sexsüchtig."

Es herrschte Totenstille. Wahrscheinlich kämpften alle damit, sich Ethan als Sexsüchtigen vorzustellen. Es war schon etwas merkwürdig. Er kam einem gar nicht so sexbesessen vor. Natürlich war er sexy, sogar sehr sexy, besonders in seiner Uniform, und er lächelte auch oft unglaublich sexy. Aber vielleicht lächelte er so, weil er sich vorstellte, Sex mit ihnen zu haben!

Sie drehte sich zu Hailey um, die sie mit offenem Mund anstarrte.

„Sieh bitte auf die Straße!", befahl Lauren ihr.

„Ist das dein Ernst?", rief Hailey.

Lauren nickte. „Es ist die Wahrheit, Joe hat es mir erzählt.“

„Und wer ist Joe?“, wollte Hailey wissen.

„Mr. Campbell.“

Hailey warf ihr einen kurzen Blick zu. „Also verbringst du jetzt Zeit mit Mr. Campbell?“

„Ooh, ist er derjenige, den du kennengelernt hast?“, fragte Carrie. „Der verbotene ältere Mann? Die Vaterfigur?“

Lauren wandte ruckartig den Kopf und starrte Carrie böse an.

Diese zuckte nur die Achseln. „Entschuldige.“

Lauren drehte sich wieder nach vorn um. „Ich habe ihn mit Vivian besucht, und Joe hat mir alles erzählt.“

„Ach so?“, erwiderte Hailey. „Na ja, jedenfalls könnte ein Sexsüchtiger ja ganz lustig sein. Jedenfalls kennt er sich im Bett aus.“

„Genau“, warf Ally ein.

„Ich würde mit ihm schlafen“, sagte Carrie.

„Oh bitte, Carrie, du hast bis jetzt nur mit einem Typen geschlafen“, sagte Ally. „Du hältst ganz sicher keinen Sexsüchtigen aus.“

„Echt?“, wollte Hailey wissen. „Nur mit einem Typen? Aber du bist doch schon sechsundzwanzig, stimmt’s?“

Carrie war eingeschnappt. „Wir waren sechs Jahre lang zusammen, okay? Und da haben wir alles gemacht.“

Die Frauen verstummten. Lauren dachte darüber nach, dass es sicher schwer gewesen war, die Beziehung zu beenden. Nach sechs langen Jahren musste es sich fast wie eine Scheidung angefühlt haben.

„Wenigstens habe ich immer gedacht, wir hätten alles gemacht“, fügte Carrie hinzu. „Aber jetzt, da ich all diese sexy Bücher lese, muss ich feststellen … Verdammt, Ladys, ich habe einiges verpasst.“

„Oh, Carrie“, murmelte Hailey. „Ich werde mich um dich kümmern, sobald ich Lauren auf den richtigen Weg gebracht habe.“

„Was allerdings nicht heute der Fall sein wird", erwiderte Lauren.

„Und was stimmt nicht mit Ben und Marcus, dass sie für dich nicht in Frage kommen?", wollte Hailey wissen.

„Ben glaubt nicht an die Ehe. Marcus glaubt nicht ans Treusein." Und diese beiden taten ihr wirklich leid. Nie würden sie wissen, wie sich eine tiefe, andauernde Liebe in einer festen Beziehung anfühlte. Sie wusste auch nicht, wie sich so etwas anfühlte, allerdings war sie sich sicher, dass es das war, was sie wollte, und sich nicht mit weniger zufrieden geben würde.

„*Pfft.* Das lässt sich doch leicht regeln", sagte Hailey zuversichtlich.

„Das glaube ich eher nicht", erwiderte Lauren.

Hailey seufzte übertrieben. „Das Problem ist, dass du ein Einhorn haben möchtest."

„Was hat denn ein Mann mit einem Einhorn zu tun?", wollte Ally wissen.

„Jedenfalls ist sicher, dass er ein großes *Ding* vorne dran hat, genau wie beim Einhorn", sagte Carrie. „Stimmt's, Lauren?"

Lauren sagte gar nichts, weil sie ihre Freundinnen nicht dazu ermutigen wollte, weiter darüber nachzudenken, was ihr Einhorn war. Das war eines dieser Dinge gewesen, die Hailey ganz intuitiv aufgeschnappt hatte, während sie den sehr detaillierten Fragebogen und das intensive Vorgespräch für Lass die Liebe erblühen (TM) hinter sich gebracht hatte.

Ally war noch nicht bereit, von der Idee mit dem großen Ding abzulassen. „Bis der Moment tatsächlich gekommen ist, weißt du nie, was dich tatsächlich erwartet; und dann ist es entweder ein winziges Banänchen, ein riesiges Horn oder irgendwas dazwischen."

„Ach bitte", sagte Hailey, „als würde es auf die Größe ankommen. Nein, Lauren ist auf der Suche nach einem süßen Alphatier, und ich habe ihr bereits erklärt, dass es *das nicht gibt.* Das ist ihr Einhorn. Ein Produkt ihrer Fantasie."

„Charlotte hat behauptet, dass Ty süß wäre", sagte Ally. Charlotte und Ty hatten vor kurzem geheiratet.

„Und der ist definitiv ein Alphatier", rief Carrie enthusiastisch.

„Okay, dann ist Ty vielleicht tatsächlich ein Einhorn", räumte Hailey ein. „Lauren, du wirst einfach offener dafür sein müssen, entweder jemanden zu finden, der süß und sanft ist, oder ein Alphatier und etwas rauer. Beides zusammen geht nicht. Das ist einfach nicht realistisch."

Lauren sah aus dem Fenster. Alex war süß. Davon wurde sie jeden Tag Zeuge, wenn er sich um Vivian kümmerte. Und er hatte außerdem das Potential zum Alphatier, mit der modernen Schwingung, die von ihm ausging und all den unglaublichen Muskeln. Allerdings kam er für eine Beziehung nicht in Frage. Sie seufzte. Vielleicht hatte Hailey ja Recht, und sie würde sich einfach damit abfinden müssen, dass das, wonach sie sich sehnte, nicht realistisch war.

„Wie läuft es eigentlich mit deinem Job als Kindermädchen?", wollte Carrie wissen.

Lauren erschrak, fast so, als würde Carrie wissen, dass sie sich heimlich nach Alex verzehrte, obwohl sie ihren Freundinnen noch nichts von ihrem geheimen Verlangen erzählt hatte. „Vivian ist toll", sagte sie ein wenig zu laut. Dann erzählte sie ihnen von all den niedlichen Sachen, die Vivian sich so einfallen ließ. Ihre Freundinnen hörten zu, doch ohne großes Interesse. „Wahrscheinlich muss man einfach dabei sein", schloss sie lahm.

„Und behandelt Alex dich gut?", wollte Hailey wissen.

Lauren wand sich ein wenig und wusste nicht, warum sie jetzt wieder über ihren Arbeitgeber sprachen. „Er ist nett zu mir."

„Nur nett?", hakte Hailey nach. „Ich höre noch fünf Schichten *nicht* so nett aus deinem „nett" heraus." Hailey hatte für diese Dinge wirklich ein erstaunlich feines Gespür. Außerdem war sie ein sehr guter Zuhörer. Lauren war immer noch nicht bereit dazu, sich zu öffnen.

„Jetzt spuck' es schon aus“, sagte Carrie.

„Ihr wisst ja, dass er Künstler ist?“, begann Lauren zaghaft.

„Tatsächlich?“, kam es wie aus einem Mund, als würden ihre Freundinnen sagen wollen *Sprich weiter*.

„Er hat mich gefragt, ob er mich zeichnen darf“, sagte Lauren vorsichtig und in neutralem Tonfall. Sie wollte wissen, was ihre Freundinnen davon hielten, weil sie selbst verwirrt war. Er hatte sich, nachdem sie sich beinahe geküsst hatten, zurückgezogen, dann aber fast so etwas wie mit ihr geflirtet.

„Und warst du nackt?“, fragte Hailey.

„Nein!“, rief Lauren empört. Sie konnte es sich nicht vorstellen, nackt für eine Zeichnung Modell zu stehen. Alex, der sie anstarrte und jeden einzelnen ihrer Fehler genau begutachtete. Im Gegensatz zu dem, was die meisten Männer zu mögen schienen, war sie nämlich nicht gerade voller Kurven. Sie war schon immer groß und schlank gewesen, mit mittelgroßen Brüsten und schmalen Hüften. Eher der Körper einer Schwimmerin, nicht einer Sexbombe.

„Warst du in einer sexy Pose?“, wollte Ally wissen.

„Oder hat er dich in eine sexy Stellung gebracht?“, fragte Carrie vergnügt.

„Was hattest du an?“, wollte Hailey wissen.

„Ein Tanktop und Shorts. Und ich habe mich so hingesetzt.“ Lauren legte sich das Kinn in die Hand in einer klassischen Pose für Porträts.

„Oh“, sagte Hailey. „So siehst du aus, als würdest du nachdenken.“

„Ich hielt es für eine gute Pose für eine Zeichnung“, erwiderte Lauren.

„Und was ist dann passiert?“, hakte Hailey nach.

Lauren seufzte. „Gar nichts. Für einen Moment lang sah es so aus, als würde er vielleicht mit mir flirten? Wie eben vielleicht ein Künstler flirtet, aber dann dachte ich mir, dass ich wahrscheinlich zu viel hineininterpretiere." Sie schüttelte den Kopf und war sich sicher, dass sie zu viel hineininterpretierte.

„Hätte es dir denn gefallen, wenn er mit dir geflirtet hätte?", fragte Hailey.

„Ich weiß es nicht", erwiderte Lauren wahrheitsgemäß. Das war ja auch der Grund dafür, warum sie so verwirrt war. Und überfordert. Und außerdem auch verängstigt darüber, dass sie wachsende Gefühle für ihn hatte. Es gab Momente, in denen sie überzeugt davon war, dass die Anziehung gegenseitig war, doch dann verschwanden diese Momente wieder. So, als würde Alex sich aufgrund seiner Trauer vor ihnen verschließen. Und das war wahrscheinlich etwas Gutes. Das einzig *Richtige*, was er tun konnte. Nach dem, was Joe ihr anvertraut hatte, wusste sie, dass Alex erst mit einigem fertig werden musste, bevor er Gefühle für irgendjemand anderen als Vivian zulassen konnte.

„Wie meinst du das?", fragte Ally. „Er ist doch wirklich ein heißer Typ."

Ihre Freundinnen murmelten zustimmend.

„Ihr solltet ihn mal ohne sein T-Shirt sehen", teilte Lauren ihnen mit. „Er hat einen toll definierten Körper. Er benutzt Vivian als Trainingsgerät." Sie lächelte, als sie sich an ihren hinreißenden gemeinsamen Tanz erinnerte. Vivian war begeistert davon, mit ihrem Papa zu tanzen.

„Okay", sagte Hailey. „Und wo liegt dann das Problem?" Sie drückte auf die Hupe und fuhr um einen Wagen, der in der zweiten Reihe parkte, herum. „Er ist ein heißer Typ, flirtet vielleicht mit dir und du findest ihn ausgesprochen gut durchtrainiert."

Lauren versuchte die Lage zu erklären, ohne die intimen Details, die Joe ihr mitgeteilt hatte, preiszugeben. „Na ja, es ist eben so, dass der Tod seiner Verlobten ihn ziemlich mitgenommen hat." Alex fühlte sich für ihren Tod verantwortlich. Und dafür musste er sich selbst vergeben, wobei weder sie noch sonst irgendjemand ihm mit Worten helfen konnte. Es handelte sich um eine schwierige, emotionale Situation, und er musste diese Entscheidung selbst treffen, wenn er bereit dazu war.

„Das ist jetzt schon zwei Jahre her", sagte Hailey sanft.

„Ich glaube nicht, dass er bisher die Zeit dazu gehabt hat, sich mit seinen Emotionen auseinanderzusetzen", sagte Lauren halblaut. „Als alleinerziehender Vater ist er dafür zu sehr beschäftigt. Fest steht jedenfalls, dass er nicht auf der Suche nach einer Beziehung ist. Das hat er mir bereits bei unserem Vorgespräch allzu deutlich zu verstehen gegeben, indem er mir erzählt hat, dass er bereits zwei Kindermädchen gefeuert hat, weil sie sich an ihn herangemacht haben. Er hat mir geradeheraus gesagt, dass er nicht zu haben und auch nicht auf der Suche ist."

„Man muss nicht unbedingt auf der Suche sein, um jemanden zu finden", trällerte Hailey.

Lauren zog die Augenbrauen hoch. „Unglaublich, was du da sagst. Schließlich bist du doch diejenige, die den Lass' die Liebe erblühen (TM) Service anbietet, um Leuten dabei zu helfen, jemanden zu finden."

„Was sagst du da?", fragte Carrie.

„Lauren!", rief Hailey. „Das solltest du doch noch für dich behalten. Du weißt doch, dass du meine erste Kundin bist. Ich will erst wissen, ob es funktioniert, bevor ich mit anderen weitermache."

Lauren hätte am liebsten die Augen verdreht, war aber zu höflich, um es tatsächlich zu tun. Allerdings erlaubte sie sich ein *Was für ein Blödsinn!*, das sie nicht laut aussprach.

„Denkt nicht weiter darüber nach", sagte Hailey. „Ich sage dir als Erste Bescheid, wenn es offiziell ist."

Carrie sagte mitfühlend: „Es tut mir leid, Lauren, aber wenn Alex es dir so deutlich gesagt hat, würde ich es ihm glauben."

„Ja", murmelte Lauren.

„Josh hat gesagt, dass Alex überhaupt nicht mehr

ausgeht", fügte Hailey mit großem Mitgefühl hinzu.

Lauren starrte Hailey an. „Seit wann unterhaltet Josh und du euch denn über solche Dinge?" Sie wollte nicht, dass die anderen Mitleid für Alex empfanden. Er benötigte einfach nur Zeit, damit seine Wunden heilen konnten.

„Ich habe ihn nach Alex gefragt, weil ich eigentlich vorhatte, ihn heute Abend einzuladen", erwiderte Hailey.

„Hast du auch Josh eingeladen?", wollte Ally wissen.

Die Frauen verstummten. Es handelte sich hier um gefährliches Terrain.

„Josh weiß es besser, als sich in meine Pläne einzumischen", antwortete Hailey.

„Also hat er abgesagt", stellte Ally fest.

Hailey sog scharf die Luft ein.

„Josh ist auch nichts für mich", sagte Lauren in dem Versuch, den Frieden wiederherzustellen. „Dazu ist er zu beschäftigt mit … anderen Dingen." *Wie zum Beispiel Hailey.*

Hailey bog plötzlich ab und fuhr in eine Parklücke, die gerade frei geworden war. Die Bar war nicht weit entfernt. Gar nicht so schlecht. Sie stiegen alle aus.

„Los geht's, Ladys!", sagte Hailey. „Und haltet euch von Ethan fern."

Kapitel Elf

Alex hatte mehrere Straßen entfernt von Marcus' Bar „The Burrow" geparkt und ging nun zügig dorthin. Sein Vater hatte sich unerwartet bereit erklärt, zu babysitten, damit er mit seinen Freunden ausgehen konnte. Es war schön, wieder einmal nach draußen zu kommen. Das hatte er schon viel zu lange nicht mehr gemacht. Um ehrlich zu sein, freute er sich gar nicht so sehr auf seine Freunde, sondern am meisten auf Lauren. Sie würde da sein, und er wollte nicht, dass bei ihr die *Funken* bei jemand anderem sprühten. Außer bei ihm.

Ja, er hatte sich dazu entschlossen, Lauren für sich zu erobern. Und in dem Moment, als er diese Entscheidung getroffen hatte, erinnerte er sich daran, dass er ein Mann mit Bedürfnissen war, der sich nach einer warmen, weichen Frau an seiner Seite, oder besser noch unter sich, sehnte. Und zwar nicht nach irgendeiner Frau. Nur nach Lauren.

Als er sich der Bar näherte, fühlte er sich plötzlich *lebendig*. Und zwar so lebendig, als würde er mit hocherhobenen Armen ganz oben in einer Achterbahn sitzen.

Er trat ein, und das übliche Nachtleben am Wochenende war schon in vollem Gange. Rechts von ihm war die Bar voller Menschen. In der langen, schmalen Bar befanden sich im hinteren Bereich ruhigere Sitzecken, in denen man ungestört essen konnte. Er suchte mit den Blicken die Bar ab und fand Lauren fast augenblicklich. Sie saß seitlich auf einem Barhocker und trug ein grünes Top, das um den Hals befestigt war und den Rest ihres Rückens komplett freiließ. Sein Blick glitt über ihre engen, schwarzen Jeans und die hohen, schwarzen Schuhe mit den kleinen Schleifen. Einen Moment lang war er davon überwältigt, wie anders sie aussah. Es war leicht, sie sich als Mutter vorzustellen, und, ja, sie in einem Bikini zu sehen, hatte ihm die Augen geöffnet, doch die Tatsache, dass sie jetzt in diesem sexy Outfit auf der Suche nach einem Mann war, sorgte dafür, dass er sie am liebsten gegen die Wand gepresst und besinnungslos geküsst hätte. Um sein Territorium zu markieren.

Sein Blick wanderte über ihr langes, hellbraunes Haar, das im Licht der Bar glänzte, und dann über ihr Gesicht, über ihr sanftes Lächeln und ihr spitzes Kinn. Sie lehnte sich zurück, und er erkannte den Mann mit dem kurzen, blonden Haar, der Lauren sein typisches, sexy Lächeln schenkte, für das er bekannt war—Ethan.

„Ethan Case, weg von der Bar", blaffte Alex wie ein Polizist und stolzierte auf ihn zu. Ethan war selbst Polizist, verstand also diese Art Polizisten-Humor. Sein Freund war drei Jahre älter als er und hatte, als sie noch klein waren, immer auf ihn aufgepasst. Mehrere Leute, die an der Bar saßen, drehten sich zu Alex um und wandten sich dann wieder der Bar zu. Das war typisch New York City. Es bedurfte einiges, um die Aufmerksamkeit der Leute zu wecken.

„Alex!", quiekte Lauren.

Ethan schenkte ihm eines seiner strahlenden Lächeln, und seine scharfen, blauen Augen leuchteten amüsiert auf. „Also hat Vivian dir tatsächlich mal Freigang gegeben." Er schlug Alex mit der Hand auf die Schulter. „Schön, dich zu sehen. Lass mich dir ein Bier ausgeben."

Er bedankte sich und stellte sich neben Lauren. „Hi."

Sie sah mit großen, grünen Augen zu ihm auf. „Was machst du denn hier?"

Er hob eine Schulter. „Ich wollte mal wieder ausgehen. Es ist schon ziemlich lange her." Und das galt nicht nur für das Ausgehen.

„Oh, natürlich", sagte sie mitfühlend. „Ich wollte nicht … Hier, setz' dich auf meinen Platz." Sie sprang vom Barhocker, nahm ihr Glas Wein mit und zwängte sich an Ethan vorbei. „Trink ein Bier mit Ethan."

„Aber du musst nicht …" Alex sprach nicht weiter, weil sie bereits verschwunden war. Lag das an ihm oder an Ethan?

Er sah, wie sie zu Hailey und ihren Freundinnen ging, die in der Nähe des Eingangs standen. Er erkannte Carrie und Ally, beides Blondinen; er hatte sie ein paarmal im Haus seines Vaters gesehen, als er ihn mit Vivian besucht hatte. Wahrscheinlich warteten sie noch auf weitere Freundinnen. Er war davon ausgegangen, dass sie sich alle oben, im dritten Stock, befinden würden, wo Marcus einen privaten Raum für besondere Gäste hatte, der über eine bestens ausgestattete Bar, einen Billardtisch und mehrere runde Tische, die sich perfekt zum Pokern eigneten, verfügte. Marcus war heute Abend auch gar nicht hinter der Bar. Vielleicht bereitete er gerade den privaten Raum für später vor.

Er setzte sich auf ihren Platz und der Barkeeper erschien, um seine Bestellung aufzunehmen. Er setzte sich seitlich auf den Stuhl, genau wie Lauren es getan hatte, um zu sehen, ob es vielleicht irgendwelche Typen gab, die mit ihr flirteten.

Ethan sagte leise: „Da hast du mich aber vor einer ordentlichen Abfuhr bewahrt. Die Kleine da ist nervöser als ein Fohlen. Wahrscheinlich ist sie noch Jungfrau."

Alex knirschte mit den Zähnen. „Nur, weil sie nicht auf deine Anmachversuche eingegangen ist, bedeutet das noch längst nicht, dass mit ihr etwas nicht stimmt."

Ethan zog eine Augenbraue hoch.

Alex bekam sein Bier. Er nahm einen langen Schluck

und war immer noch etwas wütend auf Ethan. „Das kann doch überhaupt nicht sein, dass jemand, der so aussieht wie sie, noch Jungfrau ist." Er war sich nicht sicher, wie alt Lauren war, schätzte sie aber ungefähr genauso alt wie Mad. Sie war viel zu alt, um noch Jungfrau zu sein. Aber warum beschäftigte ihn das überhaupt? Vielleicht, weil er genau wusste, dass er viel mehr wollte, als eine Jungfrau zu geben bereit war. Das Tier in ihm war zum Leben erwacht.

„Ach ja? Wie sieht sie denn aus?", wollte Ethan wissen.

Alex spürte, wie ihm die Hitze ins Gesicht stieg. Er sah Ethan an, der lächelnd seine Bierflasche an die Lippen hob. „Sieh doch selbst", murmelte Alex.

Ethan boxte ihn auf die Schulter.

„Ach, sei leise."

„Und weißt du, warum du heute Abend hier bist?", fragte Ethan.

Alex nahm einen weiteren Schluck von seinem Bier. „Ja. Weil es da irgendwie so einen Funken zwischen Lauren und mir gibt."

„Einen was?"

„Ach, vergiss es."

„Kommt gar nicht in Frage, Mann, schließlich ist das hier ein Singletreff." Ethan drehte sich um, stützte einen Ellbogen auf die Bar und betrachtete die kleine Gruppe alleinstehender Frauen um Hailey. „Was hältst du von mir und Hailey?"

„Warum nicht, wenn du mit einer teuren Frau klarkommst." Er kannte Hailey zwar nicht allzu gut, aber die Tatsache, dass sie immer wie ein Hochglanzbild in einer Modezeitschrift aussah und ihre Freunde organisierte und zusammentrieb, das alles deutete für ihn auf eine Frau hin, die gern Geld ausgab.

Ethan erschauderte.

Alex sah erneut hinüber zu Lauren. Ben Wright, ein weiterer seiner Ehrenbrüder, mit kurzem, hellbraunem Haar und blauen Augen, versuchte mit ihr zu flirten, und lächelte sie mit seinem frechen Lächeln mit den Grübchen an. Alex zwang sich dazu, zu warten und zuzusehen, und nicht wie ein Verzweifelter dazwischen zu gehen. Lauren errötete und trat nervös von einem Fuß auf den anderen. Es war offensichtlich, dass sie sich mit Ben nicht wohl fühlte. Und Marcus kam überhaupt nicht in Frage. Es blieb also nur noch Alex übrig, da Lauren sich ganz sicher nicht auf irgendeinen Typen an der Bar einlassen würde. Das war ganz und gar nicht ihre Art. Zumindest hoffte er das.

Er wandte sich an Ethan. „Ich werde Ben mal ablösen."

„Nur zu!", sagte Ethan. „Schick' ihn dann einfach hier rüber."

Alex nahm sich sein Bier, ging zu Ben hinüber und stieß ihn mit der Schulter an. „Hey."

Ben drehte sich grinsend um. „Hey, tolles Spiel heute." Er sprach von ihrem samstäglichen Basketballspiel. Alex fühlte sich ein wenig schuldig, weil sein Vater bereits den ganzen Nachmittag auf Vivian aufgepasst hatte und jetzt auch noch heute Abend.

„Ich muss schnell noch was machen", erklärte Lauren und ging. Verdammt noch mal, wohin verschwand sie denn nun schon wieder? Er hatte langsam das Gefühl, dass sie ihn mied. Er zog näher zur Bar, sodass die Frauen nicht hören konnten, was er zu sagen hatte.

„Bist du tatsächlich hier, um auf Haileys Geheiß hin jemanden kennenzulernen?"

Ben antwortete leise. „Ihre Freundinnen sind ziemlich heiß."

„Ja, aber ist dir das nicht zu unnatürlich?

„Ich mache hier ja schließlich niemandem einen Antrag. Warum also nicht?" Ben sah zur Tür hinüber, und der Mund blieb ihm offenstehen, als sein Blick auf eine Gruppe Frauen fiel, die gerade erst angekommen war. „Wer ist das?"

„Welche denn?"

„Die Rothaarige."

„Keine Ahnung. Irgendeine von Haileys Freundinnen."

Hailey eilte zu den drei anderen Frauen, die wahrscheinlich ebenfalls Single waren, hinüber, um sie zu begrüßen. Wenn man bedachte, dass dieser Abend heute für Lauren organisiert worden war, hatte Hailey allerdings für reichlich Mitstreiterinnen gesorgt. Marcus tauchte aus einer Seitentür, auf der „Nur für Personal" stand, auf und begrüßte die Frauen. Marcus sah ungelogen wie ein Model aus, er hatte dunkles, sehr kurzes Haar, lange dunkle Wimpern, gebräunte Haut, ein klassisches Gesicht mit perfekten Wangenknochen und einem markanten Kinn, und dazu war er noch groß und hatte einen muskulösen Körper. Allerdings war seine Nase einmal gebrochen worden, sodass er nicht komplett perfekt war. Es gefiel den Frauen, seine überaus muskulösen Arme zu berühren. Und Marcus gefiel es, wenn sie es taten.

Lauren lächelte und winkte Marcus zu und ging dann wieder zu ihren Freundinnen hinüber. Irgendwie gelang es Marcus, mit Lauren, Carrie und Ally gleichzeitig zu flirten. Er war ein Meister, wenn es darum ging, dafür zu sorgen, dass Frauen sich wie etwas Besonderes fühlten. Eigentlich hätte ihm das nichts ausmachen dürfen, da Marcus es auf niemand Speziellen abgesehen hatte, es machte ihm aber trotzdem etwas aus.

„Komm schon", sagte er zu Ben. „Ethan ist am anderen Ende der Bar."

Sie fanden Ethan, und Alex überließ Ben seinen Platz. Er würde nicht bleiben. Er musste sich langsam mal etwas einfallen lassen, allerdings war er ziemlich außer Übung und nicht daran gewöhnt, mit netten Frauen wie Lauren zu sprechen, also brauchte er ein paar Minuten, um sich einen Plan zurechtzulegen. Er trank sein Bier und beobachtete dabei Lauren, die mehr mit ihren Freundinnen lachte und redete als mit Marcus. In seinem früheren Leben war alles so viel einfacher gewesen. Die Orte, die er in der Stadt besuchte, waren auf Freigeister ausgelegt, wilde, moderne

Frauen, die mit Gelegenheitssex umgehen konnten. So hatte er auch Tammy kennengelernt, bei einer geheimen Untergrundparty, die in seinem Viertel in Brooklyn immer an verschiedenen Orten stattfand. Allerdings hatte er zu Tammy eine Verbindung gespürt, und sie waren einander so ähnlich gewesen, dass sie eine Zeit lang zusammengeblieben waren. Nach vier Monaten begannen die Dinge allerdings sich zu verschlechtern. Tammy sprach davon, per Anhalter nach San Francisco zu fahren, für einen „Szenenwechsel", was er alles andere als toll fand. Dann fanden sie heraus, dass sie schwanger war. Er versuchte, Tammy aus seinen Gedanken zu verdrängen. Er musste das alles endlich hinter sich lassen.

Schließlich war er jetzt eine andere Person. Sein Leben hatte zwei Seiten: vor Vivian und nach Vivian. Und in seinem Leben mit Vivian brauchte er eine Frau wie Lauren.

Lauren trank ihren Wein aus, und Marcus nahm ihr lächelnd das Glas ab. Sie erwiderte sein Lächeln, zog dann ihr Handy heraus und begann, darauf herum zu schreiben. Wenigstens ließ sie sich nicht von Marcus' sogenanntem Charme einlullen.

Sein Handy vibrierte in der Tasche. Er warf einen Blick auf das Display, falls es sich um seinen Vater handelte, der sich bei ihm meldete. Er lächelte. Es war Lauren. *Wer passt denn auf Vivian auf?* Er fand es großartig, dass es sie interessierte.

Schnell schrieb er zurück. *Mein Vater. Was hältst du davon, von hier zu verschwinden?*

Sie erstarrte und sah sich nach ihm um. Er trat einen Schritt von der Bar weg, mehr zu ihr hin, aber dennoch nicht nah genug, dass ihre Freundinnen ihn in Beschlag nehmen konnten. Er lockte sie mit dem Finger, und sie kam sofort zu ihm.

„Ich dachte, du möchtest lieber mit deinen Freunden zusammen sein", sagte sie.

„Mit denen habe ich mich schon heute Nachmittag

zum Basketball getroffen.“

Sie sah sich verstohlen um. „Ich glaube nicht, dass wir einfach verschwinden können. Schließlich hat Hailey den ganzen Abend nur für mich geplant. Einige der Kerle haben ihr sogar Geschenke mitgebracht.“

Er sah zu Hailey hinüber und bemerkte, dass sie eine Geschenktasche mit einigen Karten, die daraus hervorschauten, in der Hand hielt. „Warum?“

Sie schüttelte lächelnd den Kopf. „Weil sie der Meinung sind, wegen ihres Geburtstags hier zu sein, allerdings wissen sie, dass das nicht stimmt. Hailey ist sich dessen aber nicht bewusst, dass die Jungs es wissen.“ Sie atmete tief durch. „Es ist ein bisschen kompliziert. Möchtest du nächsten Monat zu ihrer Überraschungsparty kommen?“

„Klar, warum nicht.“

„Super. Ich schicke dir dann die Details per SMS.“ Sie erwiderte seinen Blick mit einem warmen Lächeln. „Es ist schön, dass du mal wieder ausgehst. Josh hat mir erzählt, dass du das schon länger nicht mehr getan hat.“

„Denkst du, wir sollten vielleicht eine Art Durchsage machen? Leute, stellt euch das vor! Alex Campbell hat das Haus verlassen.“ Er grinste.

Sie errötete und strich sich eine Strähne ihres langen Haars hinter die Ohren. „Wie dem auch sei, ich muss auf jeden Fall bleiben und über eventuelle Funken oder deren Ausbleiben Bericht erstatten.“

Er beugte sich zu ihr vor und flüsterte ihr mit tiefer Stimme ins Ohr. „Und, hast du schon irgendwelche Funken gespürt?“

Die leichte Röte nahm jetzt einen dunkleren Ton an. Sie wandte den Blick ab, öffnete den Mund und schloss ihn wieder.

„Du wirst aber ganz schön rot“, neckte er sie. „Anscheinend fliegen die Funken nur so.“

Sie lachte und schüttelte den Kopf. „Nein! Das ist

unmöglich.“

„Warum ist es unmöglich?“

Sie legte ihm eine Hand auf den Arm, beugte sich zu ihm und flüsterte: „Ich weiß viel zu viel.“ Dann ließ sie die Hand wieder sinken, sah ihn kurz an, bevor sie den Blick senkte, und betrachtete die Schleifen auf ihren Schuhen.

„Wie meinst du das? Liest du es etwa an ihrem seelenvollen Blick ab?“

Sie schüttelte den Kopf. „Das brauche ich nicht.“

„Und was stimmt nicht an Ethan?“

Sie biss sich auf die volle Unterlippe. „Ich sollte nicht herumtratschen, was man mir anvertraut hat.“ Sie warf Ethan einen kurzen Blick zu, sah ihn dann wieder an und flüsterte: „Es ist ziemlich privat.“

„Hat er dir irgendetwas erzählt?“ Er konnte sich nicht vorstellen, was es sein könnte. Ethan war mittlerweile ein fast langweiliger Polizist. Als Kind war er schwierig gewesen und hatte keinerlei Respekt vor der Autorität gehabt. Die Ironie des Ganzen.

„Nein“, flüsterte Lauren und wurde knallrot. „Können wir bitte das Thema wechseln?“

„Natürlich. Und was stimmt nicht an Marcus?“ Er hörte nur allzu gern, wie seine Mitstreiter in ihren Augen schlecht abschnitten. Das kam nämlich sonst nie vor.

Sie richtete ihren Blick auf Marcus, der mittlerweile mit all ihren Freundinnen flirtete. „Ich habe das Gefühl, dass er sich nicht auf nur eine festlegen kann.“

„Das mag schon sein. Oder vielleicht hat er einfach noch nicht die Richtige gefunden.“

Ihr Kopf wirbelte zu ihm herum, und sie sah ihn mit großen, grünen Augen an. „Glaubst du an die eine, wahre Liebe?“

„Nein, ich habe nur Spaß gemacht.“

„Oh. Und warum nicht?“

„Weil es keinen Sinn ergibt. Es gibt viel zu viele Menschen auf der Welt, als dass nur einer davon der

Richtige sein könnte.“

Sie hob das Kinn. „Ich glaube daran, dass jeder von uns einen Seelenverwandten hat.“

„Und was ist mit dem Funken?“, neckte er sie.

Ihre Stimme war fest und vollkommen ehrlich; ihr Blick ruhte gelassen auf ihm: „Der Funke ist dazu da, dass man einander nahe genug kommt, dass die Seelen einander erkennen können.“

Er erschauderte, obwohl er kein Wort davon glaubte. Durch die Tatsache, dass sie daran glaubte, erschien es ihm plötzlich real. Er schluckte, wandte den Blick ab und sah sich über die Schulter um. Und da bemerkte er, dass Ben Laurens Hintern begutachtete. „Und was stimmt nicht mit Ben?“ Oh verdammt, er befand sich auf dem Weg zu ihnen.

„Ein völlig ungeeigneter Kandidat“, erwiderte Lauren.

Er sah Ben an und versuchte, ihm mit einer Kopfbewegung zu bedeuten, zu verschwinden. Doch Ben kam weiter auf sie zu.

„Ach, komm schon, Ben ist doch ein großartiger Kerl“, sagte er laut genug, dass Ben es hören konnte. „Er hat einen guten Job, sieht gut aus und ist, nach dem, was ich gehört habe, super im Bett.“ Ben grinste, als er den letzten Teil hörte.

„Aber er glaubt nicht an die Ehe!“, rief Lauren.

Ben änderte augenblicklich seinen Kurs. Ja. Er glaubte allerdings nicht an die Ehe. *Tschüss, Ben.*

Alex verkniff sich ein Lächeln und wandte sich wieder Lauren zu. „Vielleicht hat er seine Seelenverwandte einfach noch nicht gefunden.“

Sie schüttelte den Kopf. „Er ist einfach noch nicht bereit. Das kann man ihm an den Augen ablesen.“

„An seinen seelenvollen Augen?“, fragte er lachend.

Sie wandte den Blick ab. „Jetzt machst du dich über mich lustig.“

„Ich kann mir einfach nicht erklären, woher du all das wissen willst, einfach, indem du jemandem in die Augen siehst."

Sie wandte sich ihm wieder zu und hob trotzig das Kinn. „Du brauchst mir nicht zu glauben. Ich weiß, dass ich recht habe."

„Und was kannst du jetzt in meinen Augen ablesen?", forderte er sie auf, denn er wollte sie die Hitze spüren und sein Verlangen sehen lassen, das er zurückhielt.

„Sie sind braun." Schnell wandte sie den Blick ab.

Er wollte sie berühren, ihr Gesicht streicheln oder die Hand auf ihre bloße Schulter legen, doch er hielt sich zurück. Lauren war die Art Frau, die sanft an den sexuellen Teil herangeführt werden musste. Das spürte er tief in sich. „Sonst noch was?"

Sie sah ihn erneut an und bemerkte seinen lüsternen Blick. Ihre Pupillen weiteten sich, und sie leckte sich die Lippe. Sie spürte es also auch, doch würde sie das zugeben?

„Alte Seele? Leid und Schmerz?" Er sagte das in der Hoffnung, sie würde es abstreiten und ihm sagen, was sie wirklich in seinem Blick sah—pures, hungriges Verlangen. Das Leid und der Schmerz, den sie zu sehen glaubte, waren tatsächlich stechende Schuldgefühle.

Er trat näher zu ihr, ohne den Blick zu senken. „Lauren?"

„N-nein", stotterte sie. „Das ist es nicht, was ich sehe."

„Lauren!" Hailey winkte sie zu sich. „Komm schon, wir gehen nach oben."

Lauren warf ihm einen entschuldigenden Blick zu. „Sehen wir uns gleich oben?"

„Ja."

Sie ging zu ihren Freundinnen. Er holte Ethan und Ben, und gemeinsam folgten sie langsam den Frauen. Marcus' Privatraum war genau das, was man sich darunter vorstellte: ein intimer Ort mit dunklen Holztönen, sanfter Beleuchtung und haufenweise alkoholischen Getränken, perfekt, um sich mit Freunden oder einer Frau zu treffen. Man hatte ihm gerade die perfekte Gelegenheit gegeben, es bei Lauren zu versuchen.

Als er dort eintraf, befand sich Marcus hinter der Theke und schenkte allen nach. Die Frauen tranken Weißwein. Insgesamt waren es sieben Frauen. Hailey stellte die drei Nachzüglerinnen als Missy (sie war die Rothaarige), Lexi and Sabrina vor. Die vier Männer, darunter auch er, tranken alle Bier.

Ethan bereitete den Billardtisch zum Spielen vor. „Wer macht'ne Runde mit?"

Alle Männer meldeten sich zu Wort. Keine der Frauen wollte spielen. Das war ziemlich merkwürdig. Normalerweise drängten sich die Frauen um Ethan.

Ethan stemmte die Hände in die Hüften und betrachtete die Frauen, die an der Bar standen. „Kommt schon. Immer zwei Männer und zwei Frauen. Und die Gewinner spielen gegen die nächsten beiden."

Hailey meldete sich mutig freiwillig. „Ich spiele mit."

Die Frauen murmelten ihr etwas zu, und sie hob trotzig das Kinn und ging zu Ethan hinüber.

„Ich auch", sagte Lauren und ging zu Hailey, um sie zu unterstützen.

Alex ging zum Billardtisch und sagte: „Ich bin dabei."

Ethan schenkte Hailey eines seiner berühmten Lächeln. „Spielst du gut?"

„Ich bin schrecklich schlecht", erwiderte Hailey.

„Ich auch", sagte Lauren.

„Dann müssen wir es euch eben beibringen", sagte Ethan und warf Alex einen wissenden Blick zu.

Alex reckte das Kinn. Einer Frau beizubringen, wie man Billard spielt, war fast wie Vorspiel, und das wussten sie beide. Je schlechter sie waren, desto besser, weil man dann einen Vorwand hatte, um sich von hinten gegen sie zu lehnen und ihre Hände mit dem Queue zu führen. Verdammt, ihm wurde schon ganz anders, wenn er nur daran dachte. Er wandte den Blick ab und dachte, seine Lust unter Kontrolle bringen zu können. Marcus hatte in der Zwischenzeit eine Partie Poker in Gang gebracht, und die vier nahmen die Queues aus dem Regal an der Wand.

Und dann begannen sie zu spielen. Ethans erster Versuch, Hailey zu führen, endete damit, dass sie ihn mit dem Queue von hinten fest genug rammte, dass er zusammenbrach. Danach hielt er Abstand und gab ihr nur noch barsch Befehle, worauf Hailey reagierte, indem sie immer schlechter spielte.

Lauren hingegen ließ sich hervorragend leiten. Von Anfang an ließ sie sich von Alex führen und besprach mit ihm den nächsten Stoß. Sie hielt sich immer an seine Anweisungen, konzentrierte sich auf den Stoß, beugte sich über den Tisch und sah sich dann über die Schulter zu ihm um und fragte: „So?"

Er wusste nicht, ob sie es absichtlich machte, aber er sah es ganz sicher als Einladung und nutzte es voll aus, indem er sie von hinten führte, seine Hände auf ihren, und ihr Anweisungen ins Ohr flüsterte. Sie errötete, und er spürte, wie sich ihr ganzer Körper, der an seinen gepresst war, erhitzte, und trotzdem spielte sie, dank seiner Anweisungen, hervorragend.

Wenn ein Stoß danebenging, entschuldigte sie sich bei ihm. Und er vergab ihr natürlich.

Und wenn sie eine Kugel versenkte, hüpfte sie vor Freude und strahlte ihn an. „Ah! Hast du das gesehen?"

Er liebte jede Minute des Spiels.

Und als sie das Spiel gewannen, warf sie ihm die Arme um den Hals und umarmte ihn überschwänglich. Er erwiderte die Umarmung, und sie löste sich langsam von ihm.

„Es tut mir leid", sagte sie an seine Brust gedrückt. „Ich war nur so aufgeregt."

Er grinste. „Ich auch."

Sie hob den Kopf, und ihre grünen Augen waren groß. Bevor er eine Andeutung machen konnte, gesellte sich das nächste Team zu ihnen. Glücklicherweise waren Ben und

Missy geübte Billardspieler, die das Spiel schnell gewannen. Lauren entschuldigte sich, um auf die Toilette zu gehen, und Hailey folgte ihr.

Alex ging und sah seinen Freunden beim Kartenspielen zu. Ethan sah am Pokertisch um einiges glücklicher aus, und die Chips stapelten sich vor ihm. Alex zog sein Handy heraus. Schon fast 9:30 Uhr. Er schrieb eine SMS an seinen Vater, um herauszufinden, ob Vivian schon schlief. Falls sie ihm Probleme machte, konnte es sein, dass Alex vorzeitig gehen musste, um sie nach Hause zu schaffen, damit sie in ihrem eigenen Bett schlafen konnte.

Sie schläft tief und fest, kam eine SMS von seinem Vater zurück. *Komm einfach morgen früh vorbei, um sie abzuholen.*

Er entspannte sich. Er hatte die ganze Nacht. Das kam wirklich selten vor. Bisher hatte Vivian nur ein paarmal bei seinem Vater geschlafen, wenn Alex krank war, und selbst dann hatte er im Gästezimmer im Haus seines Vaters übernachtet. Auf diese Weise vermisste Vivian ihn nicht, und sein Vater konnte trotzdem dabei helfen, sich um sie zu kümmern. Bisher hatte es ihm nichts ausgemacht, keine Zeit für sich selbst zu haben. Vivian brauchte ihn, also war er da. Aber jetzt, tja, jetzt brauchte er etwas für sich selbst.

Lauren und Hailey erschienen am Privateingang und waren in eine heftige Diskussion vertieft, die lauter wurde, als sie näherkamen.

„Ich versuche doch nur, dir zu helfen!", rief Hailey.

„Und du hast auch geholfen", sagte Lauren bestimmt. Sie drehte sich um und umarmte Hailey.

Als sie sich voneinander lösten, sagte Hailey etwas zu ihr, doch so leise, dass er es nicht verstehen konnte. Dann gingen sie beide an die Bar.

Er fing Lauren ab. „Alles in Ordnung?"

„Ja", sagte sie leise. „Ich glaube nur, dass sie ein wenig frustriert ist, weil bei mir der Funke einfach nicht überspringt." Sie sah zu den anderen Männern hinüber und dann wieder zu ihm hin. „Das ist ja schließlich nichts, das man bestimmen kann, weißt du? Entweder ist der Funke da, oder nicht."

„Heißt das etwa, dass du jetzt gehen kannst? Wenn du möchtest, fahre ich dich nach Hause."

„Wie spät ist es denn?"

„Schon sehr spät", log er. „Du bist auf jeden Fall lang genug geblieben, dass es nicht unhöflich ist."

Sie schürzte die Lippen und versuchte, ein Lächeln zu unterdrücken. „Machst du dich etwa über mich lustig?"

Er grinste. „Das würde ich mir nie erlauben."

„Ich brauche aber eine Ausrede."

„Sag einfach, bei mir ist der Funke übergesprungen."

Sie errötete und schob sich eine Strähne hinter das Ohr. „Alex."

„Was denn?"

Sie hob den Blick und sah ihn unter ihren langen Wimpern hervor an. „Hast du einen Funken gespürt?"

„Und wie."

Ihre Augen wurden groß.

„Können wir jetzt gehen?" Er hielt ihr die Hand hin.

Sie starrte seine Hand lange an. Am liebsten hätte er nach ihrer Hand gegriffen und sie augenblicklich aus der Tür hinausgeführt, doch er hielt sich zurück. Sie musste ihm wenigstens auf halbem Weg entgegenkommen.

„Lauren!", rief Hailey. „Marcus hat den Champagner aufgemacht. Komm schon!"

Lauren schenkte ihm ein kleines Lächeln. „Ich liebe Champagner."

„Dann trinken wir doch ein Glas." Er ging mit ihr zur Bar und war der einzige Mann dort. Carrie saß auf Laurens anderer Seite und dahinter Ally und Hailey.

Nachdem Marcus den Frauen ihren Champagner eingeschenkt hatte, fragte Alex: „Und aus welchem Anlass feiern wir, Ladys?"

„Verbotene Liebe", rief Carrie und brach dann in Gelächter aus.

Lauren verdrehte die Augen. „Du hast genug." Sie nahm Carrie das Glas mit dem Champagner ab und sagte an Marcus gewandt: „Mehr als zwei Gläser verträgt sie nicht."

Carrie schob sich ihre schwarze Brille auf die Nase und sagte: „Das stimmt doch gar nicht."

„Und ob das stimmt", erwiderten die Frauen im Chor.

Carrie beugte sich an Lauren vorbei und stieß Alex an den Arm: „Du bist verboten!"

„Bin ich das?" Er warf Marcus einen Blick zu, der sofort einschritt.

Marcus lehnte sich über die Bar zu Carrie. „Du sehnst dich also nach ein bisschen verbotener Liebe, Schätzchen?", sagte er anzüglich.

„Ja", sagte Carrie mit strahlendem Lächeln. „Aber du bist nicht verboten." Sie legte den Kopf schief. „Hey, bist du vielleicht ein Einhorn?"

Marcus versuchte, ein Lächeln zu unterdrücken. „Ich bin, was immer du möchtest, Süße."

„Lauren!", rief Carrie, legte sich die Hand als Trichter um den Mund und flüsterte sehr laut zu Lauren, obwohl sie direkt neben ihr saß: „Ich habe dein Einhorn gefunden!"

Hailey seufzte dramatisch. „Carrie, ich habe dir doch schon gesagt, dass es ihn nicht gibt."

„Wovon spricht sie da bitte?", fragte Alex.

Lauren drehte sich zu ihm um. „Sie ist betrunken. Hör nicht auf sie."

Ally erklärte es ihm. „Der sanfte Alpha. So wie es aussieht, war dein Bruder Ty der letzte davon."

Das verwunderte ihn. Ein sanfter Alpha? Ty war eher wie ein Elefant in einem Porzellanladen. Er war ungestüm, laut und oft etwas zu viel. Ty und sanft waren wirklich Gegensätze.

„Nicht sanft!", sagte Carrie und haute auf die Theke. „Lieb! Der liebe Alpha!"

Es ergab noch immer keinen Sinn.

„Können wir ihr eventuell etwas Kaffee einflößen?", fragte Lauren Marcus. „Und etwas zu essen. Vielleicht Pommes."

„Geht in Ordnung", erwiderte Marcus leise lachend. Er ging, um die Bestellung aufzugeben.

Alex sagte Lauren ins Ohr: „Erklär mir mal, was es mit dem Einhorn auf sich hat."

Sie nahm einen Schluck von ihrem Champagner und trank dann weiter, bis das Glas leer war. Dann nahm sie sich Carries Glas und nahm einen weiteren Schluck.

Er trank von seinem Bier. „Falls du es mir nicht erzählen möchtest, bin ich mir sicher, dass Carrie es tun wird."

Sie sagte nichts und wurde rot. Sie warf ihm einen Seitenblick zu und nahm einen weiteren Schluck Champagner.

„Du suchst nach einem netten Typen?", riet er.

Sie sagte immer noch nichts, sondern nahm nur einen großen Schluck Champagner.

Er zog an ihrem Haar. „Was ist ein Alpha? So was wie der Leitwolf? Der Anführer?"

Sie stieß einen langen Seufzer aus, starrte stur geradeaus und antwortete mit leiser Stimme: „Es ist schwer zu erklären. Es gehört zu diesen Dingen, die man spürt, wenn man sie sieht."

„Ah. Und hast du schon einen davon gesehen?"

Sie drehte sich langsam zu ihm um und sah ihn mit einem Blick an, der ausdrückte, wie sehr sie seine Alpha-Männlichkeit zu schätzen wusste, bevor sie flüsterte: „Ja."

„Ja", sagte er, und das Verlangen stieg in ihm auf. Die Lust übermannte ihn wie ein Erdrutsch. Er strich ihr das Haar aus dem Gesicht und legte seine Hand auf ihre Wange. „Ich kann auch sanft sein."

„Ich weiß." Sie schmiegte sich an seine Hand und schloss die Augen. „Du bist wunderbar."

Er erstarrte, da ihre Aussage ihn überraschte. Langsam öffnete sie die Augen, die, wie er hoffte, vor Lust verschleiert waren, und das nicht vom Alkohol. „Bist du betrunken?"

Sie lächelte süß. „Nur ein bisschen angeheitert."

„Werden sie sich jetzt küssen?", ertönte da plötzlich Carries Stimme.

Lauren erstarrte und wirbelte zu Carrie, die daraufhin sagte: „Entschuldigt, kümmert euch gar nicht um mich und macht weiter, wo ihr aufgehört habt!"

Carrie kicherte, drehte sich um und flüsterte Ally etwas zu.

Alex hakte seinen kleinen Finger in Laurens, und sie ließ ihre ganze Hand in seine gleiten. Sie hielten unter der Bar Händchen.

Alex verhielt sich still, genoss es einfach, in Laurens Nähe zu sein, außerdem hoffte er, die Frauen würden weiter trinken und kein Blatt vor den Mund nehmen. Er wollte wissen, was Lauren ihren Freundinnen sagen würde. Es erstaunte ihn nicht, dass sie noch immer freundlich, besorgt und unterstützend waren, selbst wenn sie dämliche Dinge sagten wie „ein Vibrator ist sowieso besser als ein Mann". Das kam von Ally. Oder es ganz einfach nicht stimmte, wie Carrie, die darauf bestand, dass sie sich sicher war, dass der nächste Mann, den sie kennenlernen würde, der richtige war, wenn sie nur noch ein wenig Champagner trank. Was auch immer das bedeuten mochte. Der richtige Mann wofür?

Als die Frauen die zweite Flasche Champagner leer getrunken hatten, wusste er viel zu viel über Allys mangelndes Sexleben, wovon Carrie befürchtete, es sei ansteckend. Hailey mischte sich ein, doch als sie dann begannen, Fragen zu stellen, und wissen wollten, mit wem Hailey zusammen gewesen war, wechselte diese schnell das Thema.

„Alex", sagte Hailey mit wissendem Lächeln, „warum bist du eigentlich bei uns und nicht bei deinen Freunden?"

„Falls es dir lieber ist, wenn ich gehe …" Er machte

Anstalten aufzustehen, und Lauren drückte seine Hand.

„Du brauchst nicht zu gehen“, sagte Lauren und warf Hailey einen düsteren Blick zu.

Hailey wandte sich an Ally und Carrie. „Findet ihr, dass es fast wie Flirten ist, wenn man jemanden zeichnet?“

Lauren wurde rot und stand auf. „So wie es aussieht, werden wir wohl beide gehen. Komm.“ Sie griff nach seinem Arm und zog daran.

„Ich bringe sie nach Hause“, sagte er zu den Frauen. „Es war nett mit euch.“

Hailey lächelte selbstgefällig. Es war ihm egal. Er legte Lauren die Hand auf den unteren Rücken und genoss das seidige Gefühl ihrer Haut, die sich unter seiner Berührung aufheizte. Er führte sie zum Pokertisch, wo sie sich verabschiedeten. Dann verließen sie den Raum durch die Tür, die zur privaten Treppe führte.

„Es tut mir wirklich leid“, flüsterte Lauren ein wenig zu laut. „Ich habe erwähnt, dass du mich gezeichnet hast, aber nie behauptet, du hättest mit mir geflirtet.“

„Das habe ich aber.“

Sie stolperte, und er fing sie auf und verhinderte so, dass sie hinfiel. „Oh. Aber das war, bevor ich dir gesagt habe, wie wunderbar du bist.“

Er grinste. „Ja, aber der Bikini hat geholfen.“

Sie schenkte ihm ein strahlendes Lächeln. „Dankeschön.“

Sie ging auf den Ausgang zu, und er schloss schnell zu ihr auf und machte ihr die Tür auf. Sie ging an ihm vorbei, wobei sie die Hand hob und seine Schulter drückte. „Du bist mein Einhorn, aber …nein, *nein*, und nochmals NEIN.“ Sie schüttelte den Kopf und nickte dann einmal kurz. „Ich kann dich nicht haben.“

Er sog scharf die Luft ein. Natürlich konnte sie ihn haben.

Kaum hatte sich die Tür hinter ihnen geschlossen, packte er sie um die Taille und drückte sie mit dem Rücken gegen die Wand an der Treppe. Sie sah ihn an, und ihr Atem beschleunigte sich. *Ganz ruhig. Lass es langsam angehen.* Sie war so süß, fast völlig unschuldig. Zwar keine Jungfrau, da war er sich ziemlich sicher, doch vom Charakter her so rein, dass es fast das Gleiche war.

Er ließ sie los und legte die Handfläche gegen die Wand neben ihrem Kopf. So waren sie sich nah, ohne einander zu berühren, und Hitze strahlte von ihren beiden Körpern aus. Ihre Wangen und ihr Hals waren gerötet. Verdammt, sie war so unglaublich sexy.

Er senkte den Kopf weit genug, um ihren Atem spüren zu können. Dann wartete er und gab ihr Zeit, ihn aufzuhalten, was sie allerdings nicht tat. Stattdessen hob sie ihren Kopf und schloss die Augen. Er senkte den Kopf vollständig und drückte seinen Mund auf ihren. Ihre Lippen waren weich und nachgiebig, genau, wie er es sich erhofft hatte. Er ließ seine Hand unter ihr Haar gleiten und hielt ihren Nacken, um den Kuss zu vertiefen. Fast augenblicklich öffneten sich ihre Lippen, und er drang mit der Zunge in sie ein. Sie schmeckte nach süßem Champagner und unglaublich süßer Frau. Heiße Lust überkam ihn wie niemals zuvor. Er presste seinen Körper an sie und hielt ihre Handgelenke über ihrem Kopf gegen die Wand. Er küsste sie wie ausgehungert, weil er das auch war. Ihr Körper verschmolz mit seinem, weich, nachgiebig und unglaublich sexy. Voller Verlangen rieb er sich an ihr. Sie stöhnte in seinen Mund und schob ihm die Hüften entgegen. *Ja, ja, ja.*

Dann hob er den Kopf und sah sie einen langen, heißen Moment an. Ihre Lippen waren feucht, und ihr Atem kam stoßweise. Er ließ ihre Handgelenke los, legte eine Hand auf ihre Wangen und strich mit dem Daumen über ihre volle Unterlippe, bevor er sie erneut küsste und eine Hand unter ihr Oberteil wandern ließ, wo er ihre heiße Haut streichelte. Sie trug keinen BH. Mit einer schnellen Bewegung löste er das Band ihres Oberteils, sodass er genug

Platz hatte, um eine Hand um ihre Brust zu legen und ihre Nippel mit dem Finger zu streicheln, bis diese hart wurden. Stöhnend schmiegte sie sich an seine Hand. Er küsste sie lang und tief, während er eine Hand in ihren Nacken legte und mit der anderen unter ihrem Top ihre Nippel bearbeitete. Sein eigenes Stöhnen verstärkte ihres. Doch das war nicht genug. Er wollte so viel mehr als nur ihren Mund küssen. Er unterbrach den Kuss, um Atem zu holen und die Dinge langsamer angehen zu lassen, bis sie irgendwo waren, wo sie sich gehen lassen konnten.

„Alex", flüsterte sie, „du bist noch nicht für mich bereit."

„Vielleicht bist du diejenige, die nicht für mich bereit ist", konterte er und begann, ihren Hals zu küssen, wo er den Duft von Blumen, Gewürzen und seiner süßen Lauren einatmete. Er biss sie sanft und hörte, wie sie scharf die Luft einzog und ihre Hände in seinem Hemd vergrub.

Er küsste und saugte ihren Hals und verzehrte sich nach mehr, bevor er seinen Mund an ihr Ohr legte und ihr die verzweifelte Wahrheit mitteilte. „Es ist Jahre her, dass ich Verlangen nach jemandem verspürt habe."

„Du bist völlig ausgehungert", sagte sie, als sei es etwas Schlechtes.

Er richtete sich auf und sah ihr in die Augen. „Ja, ich will dich."

Sie griff nach seinen Händen und hielt sie fest. „Du hast noch zu viele Altlasten. Du bist noch nicht bereit."

Er starrte sie an. War das ein Test? Hinterfragte sie etwa seine Motive? Vielleicht stimmte es, dass er aus purer Lust handelte. Na und? Das tat sie ja schließlich auch.

„Lauren."

„Ich will eine Beziehung."

Langsam ließ er seine Hände unter ihrem Oberteil an ihrem Körper hinauf wandern und streichelte ihre erhitzte Haut. Ihre Pupillen waren geweitet. Er umfing ihre Brüste und streichelte mit dem Daumen die harten Brustwarzen.

Sie schloss die Augen und ließ ihren Kopf in den Nacken fallen. „Aber du willst mich."

„Ich kann dich nicht haben", erwiderte sie mit solcher Sehnsucht, dass er sie vom Gegenteil überzeugen musste.

Er küsste sie. „Doch, das kannst du. Spürst du gern meinen Mund auf deinem?" Mit den Lippen fuhr er über ihren Mund und ließ seine Zunge über ihre Unterlippe gleiten.

„Alex", sagte sie stöhnend.

„Spürst du gern meine Hände auf deiner Haut?" Er ließ seine Hände über ihren bloßen Rücken gleiten, bis hinunter zu ihrem Po, den er mit beiden Händen umfing.

„Ja, aber—"

Er unterbrach sie mit einem Kuss, und sie hielt ihn fest an sich gepresst, die Hände in seine Schultern vergraben. Als er sie wieder entließ, damit sie Luft schnappen konnte, legte sie eine Hand auf seine Brust. „Ich werde bezüglich meiner Bedürfnisse keine Kompromisse eingehen."

Er verengte die Augen zu Schlitzen. „Soll das etwa heißen, du willst eine Beziehung?"

„Soll das etwa heißen, du willst, dass ich dich ficke?", fragte sie leise.

KAPITEL ZWÖLF

Lauren musste schlucken, als Alex' dunkle Augen sich mit einer intensiven Hitze aufluden, die schon fast gefährlich anmutete. Er hob seine große Hand, um damit ihr Kinn zu umschließen und strich ihr dann überraschend sanft mit dem Daumen über ihre Unterlippe und drückte sie dann.

„Mein kleiner, schmutziger Engel", murmelte er, bevor er seinen Mund auf ihren drückte.

Sie ging voll und ganz in dem Kuss auf, verlor alle Hemmungen und überließ sich ganz ihrer Lust, die völlig außer Kontrolle geraten war. Sein Kuss wurde härter und hungriger, und er stieß seine Zunge in ihren Mund. Er hatte eine Hand in ihrem Haar vergraben, und mit der anderen hatte er ihren Hintern umfasst und hielt sie während seines hungrigen Kusses fest. Sie überließ sich ihm völlig, hielt sich einfach nur mit den Fingern an seinen Schultern fest und war sich vage der Tatsache bewusst, dass ausgehungert sich genau so anfühlte. Sie liebte es. Sie drängte sich an ihn, um ihm näher zu sein. Er verstand, was sie wollte, umschloss ihr Bein und hob es hoch, sodass sie sich für ihn öffnete und er sich an ihr reiben konnte. Sie stöhnte, sein Kuss war heiß, feucht und tief und ging immer, immer weiter, während sich in ihr das Verlangen aufbaute. Und dann stand sie kurz vor dem Höhepunkt, und er hörte nicht auf. Ihr Körper begann zu beben, und dann explodierte sie plötzlich, während kleine Schreie aus ihrem Mund kamen.

Er hob den Kopf, presste sie aber weiterhin gegen seinen harten Schritt. An ihn gelehnt, erbebte sie, oder vielleicht war er es, der erbebte. Sie stöhnte erneut, als eine weitere Welle der Lust sie durchfuhr wie ein Nachbeben.

Seine Stimme war rau und dunkel. „Bist du etwa gerade—"

„Du warst so begierig", sagte sie mit bebender Stimme.

Er ließ ihr Bein los. „Ich habe das Gefühl, dass es dir ganz gut gefallen hat."

Sie nickte nur einmal kurz, denn sie war unfähig, die Tatsache zu erklären, dass sie feste Prinzipien hatte, was eine Beziehung anging, von der sie wusste, dass er dazu noch nicht bereit war, dann aber trotzdem völlig in seinen Armen aufgegangen war.

Er drehte sie um, machte das Band, das er an ihrem Oberteil geöffnet hatte, wieder zu, drehte sie erneut zu sich um und nahm ihre Hand. „Komm mit."

Auf wackeligen Beinen ging sie neben ihm her die Treppe hinunter, durch die Bar und nach draußen. Die Nacht war warm, und die Lichter und Geräusche der Stadt wetteiferten mit den Gedanken, die ihr im Kopf herumgeisterten. Mit diesem Kuss hatte sie *nicht* gerechnet. Geschweige denn mit dem Orgasmus. Er hatte sie überrascht, schockiert und überwältigt. Die Männer, mit denen sie sich normalerweise traf, küssten sie auch am Ende des Abends und ganz sicher kam es dabei nicht zu einem Orgasmus. Alex hatte es viel früher getan, bevor sie darüber nachdenken konnte, und sie deshalb unvorbereitet erwischt. Er war aggressiv, hungrig und einfach begierig gewesen, wie sie es nie zuvor erlebt hatte. Bei dem bloßen Gedanken daran breitete sich erneut die Wärme zwischen ihren Beinen aus. Er hatte behauptet, dass Josh sie zum Frühstück verspeisen würde und sie ihm keinesfalls gewachsen war, doch nach diesem Kuss war sie sich gar nicht so sicher, ob es nicht genau das war, was ihr mit Alex bevorstand. Dass er sich nahm, was er brauchte, und sie dann fallen ließ.

Sie betrachtete sein Gesicht—dessen Ausdruck noch immer voller Intensität war—seine breiten Schultern und die starken Arme, die zu großen Händen führten, mit denen er ihre Handgelenke gegen die Wand gedrückt hatte. Er hatte ihr nicht wehgetan, sein Griff war fest aber nicht schmerzhaft gewesen. Sie schluckte und sah nach vorn.

Jedermann, der so küssen konnte, besonders beim ersten Kuss, war ausgesprochen gefährlich. Okay, ja, es hatte ihr gefallen, aber sie befanden sich einfach nicht auf dem gleichen Level. Sie war auf der Suche nach einer festen Beziehung. Er wollte heißen, harten Sex.

Sie hob sich das Haar aus dem Nacken, in dem nutzlosen Versuch, sich etwas abzukühlen. Plötzlich wünschte sie sich, mit ihren Freundinnen darüber sprechen zu können, um ihren Rat einzuholen, aber sie waren schon fast beim Wagen angekommen, und wie hätte sie erklären sollen, dass sie ohne ihn zurückgekommen war? „Aus dem Kuss ist ein Orgasmus geworden, und ich brauche ein wenig Zeit, um mich abzukühlen", hörte sich lächerlich an. Irgendwie ergab plötzlich überhaupt nichts mehr einen Sinn.

Das Problem war, dass sie ihn wollte. Sie wollte ihn, obwohl sie wusste, dass das eine ziemlich schlechte Idee war. Sie musste einfach darauf warten, dass ihr Körper sich mit den fantastischen Argumenten ihres Kopfes abfand.

Er machte an der Beifahrertür Halt, öffnete sie für sie wie ein echter Gentleman, und schloss sie dann sanft hinter ihr. Sie atmete tief durch, um sich zu beruhigen, und dachte über die richtigen Worte nach, um ihm zu erklären, dass ihr der Orgasmus zwar ziemlich gefallen hatte, vielen Dank noch mal dafür, aber es trotzdem keine gute Idee war, sich in naher Zukunft gegenseitig auszuziehen, weil sie einfach verschiedene Erwartungen an ihre Beziehung hatten. Natürlich wusste sie nicht ganz genau, welche Erwartungen er hatte. Sie nahm an, dass er nur heißen Sex wollte.

Sie drückte ihre Stirn gegen das Fenster. Sie hatte seit acht Monaten keinen Sex mehr gehabt. (Und außerdem war sie bei diesen Typen nie gekommen. Was für eine Enttäuschung.)

Er stieg ebenfalls in den Wagen, noch immer schweigend. Sie schnallte sich an, und das Klicken dröhnte laut durch die Stille im Wagen. Sie erschrak, als er zum ersten Mal zu sprechen begann, seit sie die Bar verlassen hatten.

„Alles in Ordnung?", wollte er wissen.

„Ja, es geht mir gut." Ihre Stimme war eine Oktave zu hoch. „Und du?"

„Alles okay." Er steckte den Schlüssel ins Zündschloss, ließ den Motor jedoch nicht an. Er sah zu ihr hinüber. „Also ist zwischen uns alles in Ordnung?"

„Es geht mir gut. Aber vielleicht sollten wir uns später darüber unterhalten, wenn wir uns ein wenig beruhigt haben."

Er sah sie fest an. „Worüber?"

„Darüber, dass wir nicht zusammenpassen."

Einer seiner Mundwinkel verzog sich zu einem kleinen, sexy Lächeln. „Lauren, du bist während unseres ersten Kusses gekommen. Da kann ja wohl keine Rede davon sein, dass wir nicht zusammenpassen."

Sie schlug die Beine übereinander, da erneut Hitze zwischen ihnen aufstieg, wenn sie sich daran erinnerte. „Ja, also, ich bin mir ziemlich sicher, dass das daran lag, dass du so gierig warst."

Der Ausdruck auf seinem Gesicht war intensiv, genau wie kurz bevor er sie zum Orgasmus geküsst hatte. „Vielleicht warst ja du diejenige, die gierig war."

„Mmm", sagte sie unverbindlich Richtung Windschutzscheibe. Es war schwer, ihren Standpunkt zu verteidigen, da ihr Höschen noch völlig durchweicht war und ihre Lippen von seinen leidenschaftlichen Küssen prickelten.

Er nahm ihr Kinn in die Hand und drehte ihr Gesicht zu sich. Seine Stimme war wie dunkler Samt, der sie umfing. „Komm, küss mich noch mal. Ich habe da eine Theorie."

Ihr Herz schlug wie wild in ihrer Brust. Sie konnte sich nicht bewegen.

Sie sahen einander an.

Er wartete ab.

Sie wartete ab.

Zwischen ihnen baute sich Hitze auf.

Ein Teil von ihr hätte sich ihm am liebsten in die Arme geworfen; ein anderer Teil von ihr bestand darauf, ihn abblitzen zu lassen. Zuvor hatte sie versagt, und alle ihre wirklich gut durchdachten Vorsätze, warum es richtig war, sich nicht auf ihn einzulassen, über Bord geworfen. Sie wollte es nicht noch mal tun. Es wäre so leicht, einfach nachzugeben und sich von seinem Feuer verzehren zu lassen. Und dann? Dann war sie es, die sich an den Flammen verbrannte.

„Okay", sagte er leise, ließ seine Hand sinken und startete den Motor.

Sie ließ sich in ihren Sitz sinken und seufzte zitternd. Alex fuhr vom Parkplatz und schaltete das Radio ein, auf irgendeinen modernen, alternativen Sender mit expliziten, harten Texten und schnellem Bass. Und das spiegelte seine Persönlichkeit wider, sagte sie zu sich selbst. Sie war eher der Typ für Soft Rock; er für Modern Alternative.

„Was hat es eigentlich mit Carrie und der verbotenen Liebe auf sich?", fragte er, und in seiner Stimme schwang ein Lächeln mit.

Sie war so froh darüber, ihren eigenen, lustvollen Gedanken entkommen zu können, dass sie laut lachte. „Ach, das ist nur Blödsinn. Wie aus Liebesromanen. Solche Sachen, wie wir sie in unserem Buchclub lesen, allerdings hat sie es wohl ein wenig übertrieben."

„Was lest ihr denn sonst noch so in eurem Buchclub?

Erzähl mir von deinen Lieblingsbüchern.“

Sie redete sich in Fahrt. Sie liebte Liebesgeschichten, die ein lebensbejahendes Happy End hatten. Diese Geschichten gaben ihr Hoffnung und machten sie glücklich. Sie redete immer weiter, erzählte ihm von all ihren Lieblingsbüchern, und warum sie das waren. Am besten gefiel ihr die Fierce Trilogie, wie allen anderen Mitgliedern des Buchclubs auch, denn sie war von einem früheren Mitglied des Clubs, Julia Marino, geschrieben worden (und später hatte man sogar einen Film daraus gemacht). Der Protagonist war in jeder Hinsicht ein wahrer Alphamann gewesen. Natürlich ließ sie die ganzen erotischen Stellen aus und erzählte ihm stattdessen von der völligen Hingabe des Protagonisten an die Protagonistin. Schließlich wollte sie nicht, dass alles wieder komisch wurde, nun, nachdem sie sich endlich wieder wie Freunde unterhielten.

Sie fragte ihn nach seiner Arbeit, seinen Lieblingsprojekten und welches Medium er bevorzugte. Am besten gefiel es ihm, zu zeichnen, und er liebte die digitale Malerei, besonders für farbige Bucheinbände und bei Bilderbuchillustrationen. Sie freute sich darüber, wieder in sicheren Gefilden unterwegs zu sein, und die Fahrt nach Hause verging wie im Flug.

„Du wohnst also in Clover Park, richtig?“, fragte er, als sie in Connecticut waren.

„Ja. Der Wohnblock am Stadtrand in der Nähe von Eastman.“

„Und dort arbeitest du auch. Wie praktisch.“

„Ja. Ich spare, weil ich mir ein Haus kaufen möchte. Und ich kann mich auch nicht über den Anfahrtsweg beschweren. Bei schönem Wetter fahre ich mit dem Rad.“

„Meiner ist noch kürzer“, erwiderte er. „Ich lasse mich einfach aus dem Bett fallen, mache zehn Schritte, und schon bin ich da.“

Sie lachte. „Das stimmt.“

Lauren beschrieb ihm den Weg, und er parkte auf dem

Parkplatz vor ihrem Gebäude. „Ich bin oben im zweiten Stock", sagte sie. Bevor sie ihm fürs Mitnehmen danken konnte, war er schon ausgestiegen, um das Auto herumgegangen und öffnete ihr die Tür. Der Gentleman war wieder da.

Sie stieg aus.

Er schloss die Tür hinter ihr. „Ich bin dazu erzogen worden, dass man eine Frau zur Tür bringt und dafür sorgt, dass sie sicher ins Haus kommt." Er lächelte. „Daran ist mein Dad schuld. Er hat mir Manieren eingetrichtert."

Sie lachte, und selbst in ihren Ohren klang es nervös und zu hoch. Die Wahrheit war, dass sie ihn immer noch wollte, und die Versuchung groß war, ihn in ihre Wohnung zu ziehen. „Okay."

Er legte eine Hand auf ihren unteren Rücken und versengte ihre nackte Haut mit seiner Berührung, während sie nach oben gingen.

„Wohnst du allein?", fragte er.

Ihr Verstand übersetzte das mit *Ich hoffe, dass wir allein sind* und ließ ihre Knie weich werden und ihr Herz rasen. „Ja, abgesehen von meinen zwei Katzen."

Er lächelte. „Ist es okay, wenn ich reinkomme? Das ist mein erster Abend ohne Vivian, und ich möchte noch nicht wieder nach Hause."

Übersetzung: *Lass uns wie die Tiere rammeln.*

Ihr Magen fuhr Achterbahn. „Das ist wahrscheinlich keine gute Idee." *Es ist eine fantastische Idee!*, schrie fast ihr ganzer Körper sie an – abgesehen von dem winzigen Teil ihres Gehirns, der noch vernunftbegabt war.

„Nur um zu reden. Oder wir könnten uns einen Film ansehen."

Übersetzung: *Ich will, dass du dich wohl fühlst, bevor ich dich ficke.*

Sie bemühte sich, es durchzudenken, doch ihr Verstand war wie gelähmt von der Lust, die zwischen ihnen deutlich spürbar war. Sie musste zu lange nachgedacht haben, denn er fuhr in viel sanfterem Ton fort. „War das vorhin zu aggressiv?“

Sie schwieg einen Moment, denn dem war so, auch wenn es ihr gefallen hatte. „Es ist okay. Wirklich. Ich war nur überrascht.“

„Ich bin außer Übung“, bemerkte er sachlich.

„Mmm-hmm“, nickte sie, denn sie hatte keine Ahnung, wie sie ihm erklären sollte, dass sie ihn wollte, sich andererseits aber große Mühe gab, ihm zu widerstehen. Sie erreichten ihre Wohnung. „Ich bin ziemlich müde, also …“ Sie ließ den Satz im Raum stehen, wandte sich der Tür zu und holte ihren Schlüssel aus der Tasche. „Gute Nacht.“

„Lauren.“ Seine Stimme war leise und tief und kratzte erheblich an ihrer Entschlossenheit. „Gib mir noch eine Chance, es richtig zu machen.“

Sie schluckte. Sie war ernsthaft hin- und hergerissen.

Langsam drehte sie sich wieder zu ihm um. Seine Miene war im Licht vor ihrer Tür eindeutig zu erkennen – gierig. *Ausgehungert.* Sie erschauerte. „Bis Montag.“

Sie wirbelte herum und ließ dabei die Schlüssel fallen. Er hob sie auf, schloss die Tür für sie auf, legte die Schlüssel in ihre Hand und hielt ihr die Tür auf. „Dann bis Montag“, sagte er.

Sie eilte hinein, schloss die Tür und lehnte sich von innen dagegen. Sie fühlte sich, als wäre sie gerade einen Marathon gelaufen, zittrig und schwach. Sie atmete schwer. Langsam rutschte sie an der Tür hinunter zu Boden. Sie hatte das Richtige getan. Sie wollte nicht der Gelegenheitssex am späten Abend sein. Sie wollte das Gefühl haben, etwas Besonderes zu sein. Seine Worte klangen in ihrem Kopf. *Gib mir noch eine Chance, es richtig zu machen.*

Die hatte sie ihm nicht gegeben.

Das war entweder die intelligenteste oder die dümmste Entscheidung, die sie je in ihrem Leben getroffen hatte.

~ ~ ~

Lauren überstand die Arbeitswoche für Alex, ohne die Grenze jemals zu überschreiten. Sie kümmerte sich jeden Morgen in seinem Haus um Vivian, während er in seinem Arbeitszimmer arbeitete, dann aßen sie alle gemeinsam zu Mittag, und nachmittags gingen sie mit Vivian nach draußen. Alles überhaupt kein Problem. Außer, dass es eben doch ein Problem war. Die Dinge hatten sich nämlich zwischen ihnen geändert, sie waren sich einander ständig bewusst, und Spannung lag in der Luft. Manchmal erwischte sie Alex dabei, wie er sie mit diesem Blick ansah—einem Blick, voll purer, sexueller Lust. Ihr Körper reagierte sofort darauf, indem sich die Hitze zwischen ihren Beinen ausbreitete und sie feucht wurde. Und all das nur, weil er sie ansah. Sie war sich nicht sicher, wie lange sie ihm noch widerstehen konnte. Ein Teil von ihr bestand darauf, dass sie es einfach tun sollte, sie beide von dieser Qual erlösen sollte, doch der etwas rationalere Teil von ihr bestand darauf, mit Alex nichts Dummes zu tun. Er war noch nicht so weit. Wer wusste schon, ob er es jemals sein würde.

In dieser Woche schrieb ihr Hailey mehrere Textnachrichten und drängte Lauren dazu, sich am kommenden Wochenende auf ein weiteres Treffen mit einem Kandidaten von der Online-Partnervermittlung einzulassen. Aber Lauren war zu sehr mit ihren zwiespältigen Gefühlen für Alex beschäftigt, um zum eigentlichen Plan zurückzukehren. Sie fühlte sich gefangen—sie war nicht bereit dazu, weiterhin auf Blind Dates zu gehen, und war sich nicht sicher, ob nicht doch eine Beziehung mit Alex möglich war. Und zwar eine, bei der ihr empfindsames Herz nicht gebrochen wurde.

Glücklicherweise regelten sich ihre Pläne fürs Wochenende am Samstagmorgen wie von selbst. Sie hatte Carrie eine SMS geschrieben, ob sie den Nachmittag mit ihr am

Grand Lake in Clover Park verbringen wollte. Und sie freute sich darauf. Um den See herum standen Bäume und es gab einen hübschen Strand, der sich perfekt dazu eignete, im Sand zu liegen und zu entspannen. Fünf Minuten später rief Mr. Campbell, Joe, rief sie sich ins Gedächtnis, an und lud sie zum Grillen im Kreis der Familie für Sonntag ein. Damit war sie einverstanden. So hätte sie Zeit, sich zu entspannen und Alex in seiner natürlichen Umgebung zu beobachten, ihn ein wenig besser kennenzulernen und die Situation besser einzuschätzen. Es war gar nicht so leicht, ein Gespräch unter Erwachsenen mit Alex zu führen, wenn Vivian dabei war. Sie nahm an, dass bei einem Grillabend im Kreis der Familie genügend Erwachsene anwesend sein würden, um Vivian zu beschäftigen.

Am Samstagnachmittag fand Lauren Carrie bereits am Strand vor, wo sie auf einer Sonnenliege entspannte, wobei sie einen sittlichen, hellblauen Einteiler, einen großen Hut mit breiter Krempe und eine riesige Sonnenbrille, die über ihre Brille passte, trug. Ihr helles, blondes Haar fiel ihr in Wellen über die Schulter und reichte ihr bis zum Kinn. Eine Strähne klebte dank der großzügigen Schicht Sonnencreme, mit der sie sich eingecremt hatte, auf ihrer Wange. Carrie übertrieb es immer mit der Sonnencreme, da sie sich mit ihrer hellen Haut sehr leicht einen Sonnenbrand einfing. Sie trank, wie immer an ihren gemeinsamen Strandtagen, ein Yoo-hoo Schokoladengetränk. Zu ihren Füßen stand eine Kühltasche.

„Hey, Mäuschen", sagte Lauren und breitete ihr extra großes Strandtuch neben der Sonnenliege ihrer Freundin aus.

„Hey!", rief Carrie. „Ich würde dich ja umarmen, aber ich bin von der Sonnencreme ganz glitschig." Sie warf ihr einen Luftkuss zu und zog sich die klebrige Strähne von der Wange. „Willst du ein Yoo-hoo?"

Lauren steckte ihre Sonnenbrille in die Tasche, zog ihr T-Shirt und ihre Shorts aus und setzte sich in ihrem üblichen Bikini auf ihr Strandtuch. „Nein, danke. Vielleicht später." Sie setzte die Sonnenbrille wieder auf, streckte die Beine aus und stützte sich auf den Ellenbogen ab.

„Sonnencreme?", bot Carrie ihr an.

„Ich möchte mich erst ein wenig sonnen." Sie wandte ihr Gesicht der Sonne zu und entspannte sich in ihrer Wärme.

„Und, wie läuft es so?", wollte Carrie wissen.

„Alles läuft gut."

„Und, wurde in Casa Campbell erneut der Zeichenblock hervorgeholt?"

Sie hatte noch mit niemandem über den unglaublichen Kuss gesprochen, da sie selbst nicht wusste, wie es jetzt weitergehen sollte, konnte es nun aber auch nicht länger für sich behalten. Sie setzte sich auf und flüsterte: „Er hat mich unglaublich leidenschaftlich, wie *ausgehungert*, geküsst."

Carrie richtete sich sofort wie vom Blitz getroffen in ihrem Sitz auf. „O mein Gott! Ich beneide dich so sehr! Wie schön für dich!"

„Du beneidest mich?"

Carrie umfasste Laurens Arm. „Machst du Witze? Die verbotene Liebesaffäre! Erzähl mir alles darüber." Sie ließ sich auf ihre Sonnenliege zurückfallen und nahm einen großen Schluck von ihrem Yoo-hoo.

„Äh, okay. Also erst mal, es ist nicht verboten."

„Er ist dein Boss", sagte Carrie enthusiastisch.

Lauren nahm sich ein Haargummi aus der Tasche und machte sich einen Pferdeschwanz. „Aber das ist nur ein Sommerjob. Nichts daran ist verboten, das kannst du mir glauben."

„Und wie war es?"

Orgastisch.

Lauren atmete tief durch und gab dann zu: „Überwältigend."

„Tatsächlich?", fragte Carrie eifrig.

„Ja." Sie setzte sich im Schneidersitz hin, schloss die

Augen und lauschte dem beglückenden Geräusch spielender Kinder, dem sanften Schlagen der Wellen gegen das Ufer und dem Rauschen des Windes in den Bäumen. Carrie unterbrach ihren Moment ungestörter Ruhe.

„Sonst noch was?", flüsterte Carrie. „In welcher Stellung habt ihr es getrieben? Habt ihr es in der 69 gemacht?"

Lauren riss die Augen auf. „Verdammt noch mal, Carrie! Ich habe gesagt, dass er mich geküsst hat und nicht gefickt." Normalerweise sprach sie nicht so vulgär, außer, sie hatte etwas getrunken, aber schließlich hatte Carrie damit angefangen.

Carrie schob sich die Sonnenbrille hoch und sah sie mit ihren großen, blauen Augen durch die schwarze Brille hindurch an. „Entschuldige. Ich war nur so aufgeregt."

Sie stieß gegen Carries Schulter und wischte sich dann an ihrem Nacken die Sonnencreme ab. „Ist schon in Ordnung. Aber jetzt weiß ich nicht, was ich tun soll." Sie senkte die Stimme. „Er hat seit zwei Jahren mit niemandem mehr geschlafen."

Carrie setzte die Sonnenbrille wieder auf. „Das ist wirklich eine verdammt lange Zeit."

„Das stimmt, aber weißt du, darum geht es gar nicht", gestand Lauren ihr leise. „Aber ich bin mir nicht sicher, ob er mich mag, also, als Person, und nicht nur als praktisches … Fickmäuschen." Und es war eher nicht so gewesen, als hätte Alex versucht, sie zu verführen. Nach dem Kuss hatte er sogar wissen wollen, ob es ihr gut ging, was wirklich süß war. Das Problem war allerdings, dass sie nicht aufhören konnte, darüber nachzudenken, welch erotisches Versprechen in jenem Kuss gelegen hatte. Glühendes Verlangen hatte sie von den Socken gehauen, wie sie es sich immer erträumt hatte und wie es noch nie zuvor geschehen war.

Carrie nickte weise. „Ja, das kann ich verstehen. Oh, schau, da ist das Kindermädchen, das mir die ganze Zeit vor der Nase herumtanzt, probiere ich es doch mal damit."

„Genau!" Alles, was zu einfach zu haben war, wussten die Menschen nicht zu schätzen. Sie wurde rot, und ihre eigenen Gedanken kamen ihr plötzlich schmutziger vor als sonst. Egal, ob einfach oder schwer zu haben, es gab so viel, was man verpassen konnte.

„Ich würde es trotzdem versuchen", sagte Carrie. „Er will dich, du willst ihn, keine große Sache, warum also nicht!"

Lauren schüttelte den Kopf. „Ganz so einfach ist es nicht, weil er ein Vater ist und außerdem noch um Tammy trauert."

„Ja, was damals geschehen ist, war wirklich schrecklich."

Lauren seufzte. „Das Timing stimmt einfach nicht. Und außerdem sollte dies der Sommer sein, in dem ich meinen Mr. Right finde. Hailey hat hart dafür gearbeitet, um jemanden für mich zu finden. Ich wünschte, ich könnte Alex in Zukunft treffen, wenn er den Kopf frei hat, sein Blick klar und sein Herz offen ist."

„Zu spät. Du hast ihn schon getroffen, und er gefällt dir. Außerdem wäre es wirklich blöd, Alex in Zukunft wiederzusehen, wenn du in diesem Sommer deinen Mr. Right kennenlernst."

„Du hast natürlich recht. Ich wünschte einfach nur, die Dinge wären—", sie machte eine Geste mit der Hand, während sie nach dem richtigen Wort suchte, „—ich weiß auch nicht, einfacher. Ich habe an diesem Wochenende eine von den Verabredungen abgesagt, die Hailey für mich organisiert hat, weil ich einfach nicht weiß, was ich mit Alex machen soll."

Carrie nahm einen weiteren Schluck von ihrem Yoo-hoo. Dann drückte sie Lauren die Flasche in die Hand, während sie eine kleine Tüte Kartoffelchips aus ihrer Kühltasche zog und sie Lauren anbot. Sie schüttelte den Kopf und Carrie griff selbst zu.

„Morgen sehe ich ihn wieder", gestand Lauren. „Sein Vater hat mich zum Grillen eingeladen. Ich dachte, dass mir das vielleicht dabei helfen könnte, ihn besser kennenzulernen."

„Ja, vielleicht erzählen da seine Brüder all seine peinlichen Geschichten."

„Ich möchte ihn nicht bloßstellen. Ich möchte ihn nur in einer anderen Umgebung kennenlernen."

Sie schwiegen einen Moment lang. Dann setzten Laurens Nerven erneut ein. Was, wenn sie ihn besser kennenlernte, sich Hals über Kopf in ihn verliebte (sie war schon auf dem besten Wege dorthin), und dann hatten sie einfach zu unterschiedliche Vorstellungen. Was, wenn es eine aussichtslose Sache war?

Carrie hob ihr Getränk hoch. „Ich schwöre bei diesem Yoo-hoo, dass ich eine Affäre mit dem nächsten bösen Jungen eingehen werde, den ich kennenlerne."

Es war wohl klar ersichtlich, dass all diese Romane über die verbotenen Liebesaffären Carries Verstand umnebelt hatten. Sie war normalerweise so, nun ja, sittsam. Nicht prüde, aber ganz sicher auch nicht so geradeheraus damit, was sie wollte. „Du willst doch in Wirklichkeit keinen bösen Jungen. Du willst jemanden, der dich gut behandelt."

Carrie lächelte sie an. „Jemanden wie Alex."

„Der ist gar nicht so nett, wie du vielleicht glaubst", gab sie zu. Alex konnte grob und aggressiv sein, gar nicht die Art sanftmütiger Mann, die sie sonst gewohnt war. „Allerdings ist er auch kein böser Junge. Er ist einfach ein verantwortungsbewusster Vater."

Carrie griff nach ihrem Arm. „Was hat er gemacht?", fragte sie alarmiert.

Lauren drückte die Hand ihrer Freundin und freute sich darüber, dass Carrie sich Gedanken machte und für sie da war. „Nichts Schlimmes. Er ist nur ein wenig ungeschliffen."

„Das finde ich toll", sagte Carrie leise. „Nimm mich, benutz mich, und wenn du nicht mehr kannst, dann Tschüss!"

„Was ist in letzter Zeit eigentlich mit dir los?", wollte Lauren wissen. „So langsam fange ich an, mir Sorgen zu machen."

Carrie steckte sich einen weiteren Chip in den Mund. „Mir wurden endlich die Augen geöffnet. Ich hatte ja keine Ahnung, wie verklemmt Edward war." Dabei handelte es sich um ihren Ex. Sie beugte sich zu ihr und flüsterte: „Weißt du eigentlich, dass er es mir nie mit der Zunge gemacht hat? In sechs Jahren!"

„Tut mir leid", sagte Lauren mitfühlend. Sie ging jede Wette ein, dass das umgekehrt nicht der Fall gewesen war. Edward hörte sich wirklich nach einem egoistischen Verlierer an, das behielt sie allerdings für sich. Carrie war ohnehin schon aufgebracht genug, weil sie das Gefühl hatte, etwas verpasst zu haben.

Carrie nahm sich eine weitere Handvoll Chips und knisterte mit der Tüte. „Das steht ganz oben auf meiner Liste für böse Jungs. Es gibt da all diese Dinge, die ich noch nie ausprobiert habe."

„Und wie viele Dinge befinden sich auf deiner Liste?"

„Bis jetzt drei, aber ich habe auch erst gestern Abend damit angefangen. Da kommen noch mindestens zehn weitere dazu. Die Glückszahl dreizehn! Und dem nächsten bösen Jungen, dem ich begegne, überreiche ich einfach die Liste und warte darauf, vernascht zu werden."

Lauren lachte. „Ich glaube eher nicht, dass böse Jungs Listen abarbeiten."

„Oh." Carrie sackte in sich zusammen. „Wirklich?"

„Ich weiß es nicht. Aber ich nehme es an. Wahrscheinlich würden sie gegen diese Art von Anweisung rebellieren."

„Hmm", sagte Carrie, den Mund voller Kartoffelchips. „Bitte nimm es mir nicht übel, aber du bist eine Frau. Ich muss einen Mann fragen, ob das funktionieren würde."

„Tu das nicht.“

„Und warum nicht?“

„Weil es sich nicht gehört“, sagte Lauren geduldig. „Schreib mir einfach mal deine Liste per SMS, und ich sage dir, was ich davon halte. Und wir behalten es für uns.“ Also wirklich, das war die einzige Art, um Carrie vor sich selbst zu schützen. Der Weg zu bösen Jungs war mit guten Mädchen gepflastert.

„Und wie soll mir das bei den bösen Jungs helfen?“, wollte Carrie wissen.

„Dann hast du das schon mal hinter dir und vermeidest, dich zu blamieren, wenn du sie einem Typen zeigst. Falls, nein, *sobald* du den richtigen Mann findest, wird er alles tun, um dir zu gefallen, und dir all das geben, was du verdienst. Und falls er einige kleine Hinweise braucht, dann flüstere sie ihm, während ihr es tut, ins Ohr und warte ab, was geschieht. Okay?“

Carrie schüttelte den Kopf und aß noch ein paar Chips. „Ich bin so froh, dass ich mit dir darüber gesprochen habe, Lauren, das hätte sonst ziemlich peinlich werden können.“

„Kein Problem“, sagte Lauren. Sie legte sich auf ihr Handtuch und genoss die Sonne, ihr Körper warm und entspannt. Sie wäre beinahe eingeschlafen, als Carrie sie erschreckte.

„Ach!“ Und dann: „Oh nein, oh nein, oh nein.“

Lauren setzte sich auf. „Was ist denn los?“

„Ich habe meine Sexliste gerade meinem Nachbarn Larry geschickt! Er steht in meiner Kontaktliste direkt neben dir! Er ist schon achtzig! Ich bin sein Notfallkontakt!“

Lauren brach in Lachen aus. „Vielleicht hast du gerade einen Notfall ausgelöst—einen Herzanfall.“

Carrie begann wie wild zu schreiben, und ihre Daumen flogen über den Bildschirm. „Ich habe nur ein Wort für dich, Lauren, Karma.“

Sofort hielt sie die Klappe. Sie beugte sich vor und zog

ihr Handy aus der Tasche. Sie hatte eine Nachricht von Alex. Es handelte sich um ein Foto von Vivian, die ein Schaf streichelte und ein großes Grinsen im Gesicht hatte. Darunter hatte er geschrieben: *Sie hätte dich gern gesehen.*

Ihr Herz zog sich zusammen. Sie liebte Vivian jetzt schon so sehr, was für ein erstaunliches, kleines Mädchen. Schnell schrieb sie zurück: *Vivian, das ist wirklich toll! Streichle dein Schaf für mich.*

Alex: *Sie möchte, dass ich dafür sorge, dass du sofort hierherkommst. Sie hat keinerlei Zeitgefühl. Wir sind im Zoo in der Bronx und wünschten, du wärst hier.*

Plötzlich wünschte auch sie sich, dort zu sein, doch der Zoo der Bronx lag über eine Stunde weit entfernt.

Alex: *Aber mach dir keine Gedanken. Wir brechen bald auf.*

Sie fühlte sich, als hätte sie etwas verpasst.

Lauren: *Viel Spaß!*

Und gerade, als sie das Gefühl hatte, zur Ruhe zu kommen, begann sie erneut, sich aufzuregen. Sie wollte keinen dieser besonderen Momente mit Vivian verpassen. Doch dazu hatte sie kein Recht. So lautete der Deal zwischen ihr und Alex nicht. Sie waren keine Familie. Sie würde eine Zeit lang sehr viel von Vivians Leben verpassen, vielleicht für immer. Ihr wurde das Herz schwer.

Das Karma war wirklich ein verschlagenes Biest.

Kapitel Dreizehn

Alex kam beim Haus seines Vaters, einem Haus im Kolonialstil, in dem er aufgewachsen war, an und folgte Vivian in den hinteren Garten. Der harte Teil seines Tages war jetzt vorbei. Nun konnte er sich ruhig ein Bier gönnen und sich entspannen. Sein Vater und seine Brüder würden mit Vivian spielen und ihm so eine Pause verschaffen. Ein weiterer Pluspunkt war, dass Ty inzwischen Charlotte geheiratet hatte. Also war sie auch hier, und Vivian liebte es, mit ihr zu spielen. Es fiel ihm nicht leicht, es zuzugeben, da er alles für Vivian sein wollte, aber es war ihm klar, dass Vivian sich nach einer Mutterfigur in ihrem Leben sehnte. Sie fühlte sich sehr zu Frauen hingezogen, besonders solchen, die langes Haar hatten, wie Charlotte oder Lauren.

Er ging um die Hausecke herum und blieb abrupt stehen.

„Thuper!" rief Vivian erfreut und rannte auf Lauren zu.

Lauren ging in die Knie und öffnete weit ihre Arme. „Prinzessin Kei-Kei!" Vivian flog in Laurens Arme, und diese hob sie hoch und drückte sie an sich.

Alex wurde die Kehle eng, und er musste schlucken. Langsam ging er auf die beiden zu, wobei er seine Familie und die Geräuschkulisse des Familientreffens kaum noch wahrnahm. Vivian plapperte wie ein aufgeregtes Eichhörnchen und erzählte Lauren alles, was sie an dem einen Tag der Trennung verpasst hatte. Offensichtlich berichtete sie von ihren Erlebnissen im Zoo. Lauren antwortete ihr genauso lebhaft und mit der gleichen Begeisterung.

Endlich wurde Vivian ruhiger und drehte sich um, um ihn zu suchen. Lauren entdeckte ihn und setzte Vivian ab.

Er ging zu ihnen, und Vivian nahm seine Hand. Lauren war lässig angezogen und trug ein hellblaues Tanktop, Jeansshorts und Sneakers. Ihr langes Haar war offen, und ihre Haut leicht von der Sonne geküsst. Wunderschön. Sexy. Unwiderstehlich.

„Hallo", begrüßte sie ihn lächelnd. „Anscheinend war der Bronx-Zoo ein voller Erfolg."

Vivian zerrte an seiner Hand und hopste ungeduldig auf und ab.

„Oh ja", antwortete er. „Ich, äh, wusste gar nicht, dass du auch hier sein würdest."

„Oh!" Sie errötete, sah sich um und deutete auf seinen Vater. „Joe hat mich gestern eingeladen. Er sagte, dass ich jetzt auf der Gästeliste für Partys und Barbecues stehe." Sie lachte. „Ich nehme an, es ist wegen Vivian. Ich würde mich freuen, ein wenig an ihrem Leben teilzuhaben."

„Ball!", rief Vivian aufgeregt und rannte zu dem Schuppen, wo Joe die Sportausrüstungen aufbewahrte.

Er warf einen Blick über seine Schulter und sah, dass Vivian allein schon fast an dem Schuppen angekommen war. Er deutete auf seine Tochter. „Ich muss—"

„Natürlich." Lauren wippte auf ihren Fußspitzen. „Ich hoffe, du hast nichts dagegen, dass ich hier bin. Vielleicht hätte ich dich vorher fragen sollen? Ich meine, falls—"

„Ist schon in Ordnung." Er lächelte sie an. „Ich freue mich, dich zu sehen."

Sie legte die Hände ineinander und verschränkte dann die Arme vor der Brust. Sie war nervös und wusste nicht, wie sie sich verhalten sollte. Seit dem Kuss am letzten Samstag war die Stimmung zwischen ihnen sehr unbehaglich. Lauren hatte die Bremse gezogen, und er hatte versucht, das zu respektieren, aber die Anziehungskraft zwischen ihnen war nicht zu leugnen. Sie stand wie ein lebendiges Wesen zwischen ihnen. Was für Alex am schlimmsten war, war die Tatsache, dass er jetzt wusste, was für Laute sie machte, wenn sie kam. Er hatte sie gehört und an seinem Mund gespürt. So etwas konnte ein Mann nicht vergessen.

„Okay, das ist gut!" sagte sie und lachte.

Er zeigte auf Vivian, die einen vergeblichen Kampf mit der Schuppentür ausfocht. „Ich muss jetzt wirklich—"

„Ja!" Sie stemmte die Hände in die Hüften und ließ sie dann wieder fallen. „Ha! Natürlich."

Auf dem Weg zu Vivian machte er sich Gedanken darüber, wie nervös Lauren in seiner Nähe zu sein schien. Er wünschte sich einen Neuanfang mit ihr. Sie war überhaupt nicht so wie die Frauen, mit denen er normalerweise anbandelte, und er hatte sie offensichtlich in Verlegenheit gebracht. Andererseits war noch nie eine Frau gekommen, nur weil er sie geküsst hatte. Vielleicht war ihr das peinlich, aber das sollte es nicht sein. Es war unglaublich sexy.

„Daddy!", rief Vivian ihm entgegen und schlug mit den Händen auf die Tür ein. „Bitte!"

Er kam bei Vivian an und fragte sie: „Was möchtest du haben? Baseball, Basketball oder Football?" Er wusste, dass sein Vater alle Spiele in kindgerechter Ausführung für Vivian hatte.

„Ball!"

„Welchen Ball?"

Sie schlug wieder auf die Tür ein. „Ball."

„Bitte. Ball, bitte."

„Bitte, Daddy! Bitte!" Ihre großen braunen Augen sahen ihn flehend an.

Er schüttelte den Kopf und öffnete die Tür. Vivian flitzte in den Schuppen hinein und er hob sie schnell hoch. „Was möchtest du?"

Sie zeigte auf den Football. Er nahm ihn und setzte ihr den Helm auf. „Schläger!" verlangte sie dann und versuchte, sich aus seinen Armen zu winden, um den Schläger zu ergreifen.

„Oh, du willst also gleich alles auf einmal? Okay, warte hier." Er setzte sie vor dem Schuppen ins Gras, holte ihr ganzes Spielzeug heraus und legte es ihr zu Füßen.

„Thuper!", rief sie und versuchte, die gesamte Ausrüstung auf einmal in ihren kleinen Ärmchen zu verstauen. „Opa! Onkel Josh! Tante Mad! Tante Charlotte!" rief sie, obwohl sie die Worte noch nicht ganz deutlich aussprechen konnte. *Oppa, Onk Osh…*er kannte ihre Aussprache.

Alex drehte sich um. „Hey, Leute! Vivian möchte euch gern sehen."

Alle kamen und versammelten sich um Vivian herum. Vivian, strahlte sie alle an, mit dem total schiefen Helm auf dem Kopf. Die meisten von Alex' Geschwistern waren da—Josh, Ty, Logan und Mad—sowie zwei seiner Nennbrüder, Ethan und Ben.

„Hast du gerufen?", sagte Josh trocken.

„Spielen!", kommandierte Vivian.

Und schon war ein aufregendes (zumindest für Vivian) T-Ball-Spiel im Gang. Für die Erwachsenen war das Spiel ziemlich langsam. Alex beobachtete Lauren im Außenfeld, wie sie sich mit zwei Pärchen unterhielt—Charlotte und Ty (verheiratet) und Mad und Park (verlobt). Er wusste, dass sie mit Charlotte und Mad befreundet war. Sie wirkte ein bisschen außen vor, während sie versuchte, Konversation zu machen, und dann auf eine Antwort der verliebten Pärchen wartete.

Er lief zu ihnen hinüber, obwohl er eigentlich am dritten Base hätte spielen sollen. Nachdem er die anderen begrüßt hatte, wandte er sich an Lauren. „Würdest du mir helfen, kalte Getränke zu holen?"

Sie schob sich die Haarsträhnen hinter das Ohr. „Sicher."

Er wollte sich unbemerkt wegstehlen, aber Vivian sah ihn. „Daddy!" Sie nahm ihren Helm ab und legte ihn auf den Boden, als ob sie sicherstellen wollte, dass er wusste, dass sie es war.

„Ich komme gleich wieder", beruhigte er sie. „Ich hole nur etwas zu trinken. Möchtest du einen Saft?"

Sie nickte, schob den Helm etwas weiter weg und schlug so auf den Ball ein, dass der T-Ständer umfiel.

„Lauf!", rief er, und sie raste los.

„Juuu-Huuu!", schrie Lauren. „Lauf, lauf, lauf! Homerun!"

Sie tauschten ein Lächeln. Lauren errötete und wandte den Blick ab. Alex öffnete die Hintertür und ließ ihr den Vortritt. Da sie vor ihm ging und ihn nicht dabei ertappen konnte, betrachtete er bewundernd ihren süßen, runden Hintern, bis sie am Kühlschrank ankamen und er einige Sixpacks Bier und eine Achterpackung Fruchtsaft für Kinder fand.

„Bier oder Saft?", fragte er sie.

„Hmm, schwere Entscheidung", antwortete sie lächelnd. „Was meinst du?"

„Der Fruchtsaft ist Scheiße. Vierundneunzig Prozent Wasser."

„Dann nehme ich doch lieber ein Bier."

Er nahm zwei Bier aus der Packung, schnappte sich den Flaschenöffner und schnippte die Verschlüsse ab. Dann reichte er ihr ein Bier und hob seine Flasche. Sie stießen an. „Auf dich, das beste Kindermädchen der ganzen Welt."

„Danke, danke." Lauren knickste anmutig.

„Das hörst du nicht zum ersten Mal, oder?", fragte er.

„Jedes Mal", antwortete sie lachend.

Er musste sich etwas Besseres einfallen lassen. Er musste irgendwie ausdrücken, dass er eine zweite Chance wollte. Dass er es völlig in Ordnung fand, dass sie in seinen Armen dahinschmolz. Er musste Worte finden, die sagten, dass er sie gern hatte, ohne die Stärke seiner Lust und seines Verlangens preiszugeben. Er konnte schon nicht mehr schlafen vor Begehren. Er hatte Bedürfnisse, die er schon sehr lange vernachlässigt hatte. Er wusste gar nicht was stärker war—dass er sie gern hatte oder dass er sie begehrte—er wusste nur, dass er mehr wollte.

Er sah zu ihr hinüber. Sie lehnte etwas unbehaglich an der Küchentheke, nippte an ihrem Bier und spielte mit einer Strähne ihres Haars.

„Ich habe den Eindruck, dass du dich in meiner Nähe unwohl fühlst", begann er. „Das solltest du nicht, absolut nicht."

Sie stellte sich sofort gerade hin. „Alles in Ordnung." Sie rieb ihre Nasenspitze. „Warum? Bin ich angespannt?"

Ja. „Nein."

Sie trank ihr Bier.

Er ging zu ihr und stellte seine Bierflasche auf die Theke. Dann nahm er ihr ihre Flasche ab, stellte sie daneben und beugte sich zu ihr, um ihr ins Ohr zu flüstern. „Ich finde es völlig in Ordnung, was während unseres Kusses passiert ist. Bitte schäme dich deswegen nicht."

„Tue ich doch gar nicht", piepste sie.

Er lehnte sich zurück und sah sie skeptisch an.

Sie errötete und sprach zu seiner Brust, ohne ihn anzusehen. „So etwas ist mir noch *nie* in meinem Leben passiert."

Er grinste. „Mir auch nicht."

Sie funkelte ihn wütend an. „Dir macht das Spaß, nicht wahr?"

Er nahm ihre Hand und drückte sie sanft. „Ich will mich nicht über dich lustig machen oder dich beschämen. Im Gegenteil. Ich kann nicht aufhören, an dich zu denken."

„Oh."

„Wenn du es noch immer langsam angehen willst, dann respektiere ich das vollkommen, aber ich hoffe, dass du mir noch eine zweite Chance gibst, es richtig zu machen. Darf ich dich zum Essen einladen?"

Sie zog die Augenbrauen hoch. „Du meinst, eine richtige Verabredung?"

Er lächelte. „Ja, genau, eine richtige Verabredung."

Sie lächelte ihn an und ihre Stimme war sanft. „Die Einladung nehme ich sehr gern an." Sie legte die Arme um ihn und drückte ihn. Ihre warme Weichheit wirkte sofort auf ihn. Er fühlte, dass das Begehren in ihm erwachte, und es war keinesfalls sanft und zärtlich. Er würde es doch wohl schaffen, ein ganzes Abendessen mit ihr durchzuhalten, ohne sie anzubaggern. Oder? Aber leider hatte er überhaupt keine Erfahrung mit solchen Verabredungen.

Er legte seine Hand um ihren Nacken und flüsterte ihr ins Ohr: „Ich kenne mich mit Verabredungen nicht so gut aus, also werde ich mich ganz nach dir richten. Zwischen uns wird nur das passieren, was du möchtest."

Er ließ sie los und trat zurück. Sie starrte ihn wortlos an.

„Ist das gut so?", fragte er.

Sie nickte und strahlte ihn an. „Jetzt sollten wir aber den anderen ihre Getränke bringen. Sie wundern sich sicher schon, warum wir so lange wegbleiben."

„Klar." Er nahm ein Saftpäckchen für Vivian und reichte es Lauren und nahm dann zwei Sixpacks Bier mit.

Lauren nahm sich die offenen Bierflaschen von der Theke und ging zur Tür.

„Warte." Er wusste nicht, ob er heute noch eine Gelegenheit bekommen würde, mit ihr allein zu sprechen. „Danke, dass du mir eine zweite Chance gibst."

Sie schenkte ihm ihr süßes Lächeln. „Danke, dass du um eine gebeten hast."

Dann ging sie zur Tür hinaus.

Alex blieb noch einen Moment dort stehen. Ein unbekanntes Gefühl durchfuhr ihn. Unruhe. Er hatte eine zweite Chance bekommen und wusste, dass er sich keinen Fehler leisten durfte.

Kapitel Vierzehn

Lauren war total aufgeregt vor ihrer Verabredung mit Alex, obwohl sie fast jeden Tag mit ihm zusammen war. Bei ihm musste sie sich schließlich vorher keine Gedanken machen, ob er vielleicht ein potentieller Irrer war oder worüber sie sich mit ihm unterhalten sollte. Es fühlte sich einfach anders an. Bedeutsam. Real.

Für diese Verabredung zog sie ein neues, blaugrünes, rückenfreies Kleid mit aufgestickten Blumen an. Natürlich verbrachte sie viel Zeit mit ihrer Frisur und ihrem Make-up, obwohl sie nicht genau wusste, warum. In den letzten drei Wochen hatte er sie meistens mit Pferdeschwanz, ungeschminkt und in einfachen T-Shirts und Shorts gesehen.

Alex holte sie auf die Minute pünktlich ab. Lauren hätte ihm eine kleine Verspätung sicherlich nicht übelgenommen, da er erst Vivian zu seinem Vater bringen musste, aber sie war glücklich, dass sie nicht auf ihn warten musste und ihr dadurch zusätzliche Anspannung erspart blieb.

„Du siehst wunderschön aus", sagte er mit dieser tiefen, samtigen Stimme, die ihr Inneres zum Tanzen brachte. Seine dunklen Augen waren warm und sanft. Ihretwegen. Laurens Herz begann zu flattern, als sie diesen Ausdruck in seinen Augen sah.

„Du auch." Er trug ein weißes Hemd und eine graue Hose, war frisch rasiert und hatte diesen frisch geduschten Duft, den sie so liebte.

„Bereit?", fragte er.

Auf einmal wurde ihr bewusst, dass sie einfach nur im Türrahmen stand und ihn anstarrte. „Ja." Sie lachte, schloss die Tür hinter sich und folgte ihm.

Seite an Seite liefen sie zu seinem Auto; keiner von ihnen sagte ein Wort. War er vielleicht genauso nervös wie sie?

Er hielt ihr die Beifahrertür auf, ließ sie einsteigen und schloss sie vorsichtig. Dann stieg er in den Fahrersitz, schaltete den Motor an und fuhr vom Parkplatz.

„Ich freue mich auf chinesisches Essen", sagte sie in einem verzweifelten Versuch, das Schweigen zu brechen. Sie hatten beschlossen, in ein gutes, chinesisches Restaurant in Eastman zu gehen.

„Gut."

Wieder langes Schweigen.

„Ist das jetzt eine seltsame Situation, oder liegt es an mir?", fragte sie.

Er lachte. „Wahrscheinlich liegt es an mir. Ich gebe mir große Mühe, der perfekte Partner für eine Verabredung zu sein, und habe keine Ahnung, ob es mir gelingt."

„Du machst das großartig. Ich habe dir doch schon gesagt, dass ich dich berauschend finde."

Ein strahlendes Lächeln erhellte sein attraktives Gesicht. „Das hast du, mein Engel."

Sofort entspannte sie sich. Er war einfach unwiderstehlich. Sie war die Frau, für die er warme und zarte Gefühle hegte, die einzige, mit der er sich seit Jahren zum ersten Mal verabredet hatte, also würde sie jetzt einfach abwarten, wie die Dinge sich entwickelten. Wem wollte sie etwas vormachen? Seit ihrem Kuss hatte sie ihn heiß begehrt—das war jetzt zwei Wochen her—und seitdem hatte er sie nicht mehr angerührt, sondern nur angesehen. Voller Verlangen zwar, aber mehr nicht. War sie es sich nicht selbst schuldig, Leidenschaft zu erleben? Wenn hinter dieser Leidenschaft auch Zärtlichkeit steckte, dann würde doch alles in die richtige Richtung laufen. „Wann musst du Vivian wieder abholen?"

„Wir haben abgemacht, dass ich sie um neun Uhr hole.“

Sie lächelte.

„Warum?“, fragte er.

Sie schüttelte nur den Kopf. Er sah sie fragend an, aber hakte nicht weiter nach.

Das Dinner verlief sehr entspannt. Das Essen war ausgezeichnet—sie teilten sich zwei Gänge und eine Vorspeise, gebratene Schweinefleischklößchen. Alex stellte ihr viele Fragen, über ihren Beruf, ihre Reisen und Hobbys. Sie erzählte ihm ausführlich darüber und fragte ihn das Gleiche. Es stellte sich heraus, dass sie beide mit dem Rucksack durch Europa gereist waren, allerdings nicht zur gleichen Zeit. Alex hatte immer freiberuflich als Grafikdesigner gearbeitet und war jetzt dankbar dafür, weil ihm das die Freiheit gab, für Vivian da zu sein. Das gefiel ihr sehr an ihm. Sobald sie mit dem Essen fertig waren, lud sie ihn in ihre Wohnung ein, um dort noch etwas zu trinken.

Als sie bei ihr ankamen, setzte Alex sich auf ihr Sofa, und sie nahm neben ihm Platz. Jetzt wusste sie nicht mehr, was sie machen sollte. Eigentlich hatte sie gedacht, dass die Tatsache, dass sie ihn in ihre Wohnung eingeladen hatte, für ihn sozusagen ein Signal war, sie anzumachen, und zu heißem Schmusen führen würde. Aber er versuchte nicht einmal, ihre Hand zu halten.

„Wo sind denn deine Mitbewohner?“, fragte er.

„Wie bitte?“

„Na, deine Katzen?“

„Ach so. Die schlafen meistens auf meinem Bett. Wenn ich Besuch habe, bleiben sie dort.“

Sie atmete tief durch. Sollte sie sich einfach an ihn ranmachen oder ihn bitten, sie zu küssen? Warum war er so ein Gentleman und überließ es ihr, die Initiative zu ergreifen? Sie hatte noch nie in ihrem Leben einen Mann verführt.

„Schöne Wohnung“, stellte er fest. „Mir gefallen die Farben.“

Sie blickte sich flüchtig um. Sie mochte kühle Pastellfarben mit warmen Akzenten. Ihr Sofa war hellgrau mit smaragdgrünen und rubinroten Kissen. Der Couchtisch und die Beistelltische waren aus glattem, dunklem Holz. Auf ihnen standen unparfümierte Kerzen in verschiedenen Größen. Normalerweise hatte sie es gern gemütlich. Aber jetzt wollte sie es nicht warm und gemütlich.

Sie nahm noch einen tiefen Atemzug und wandte sich dann an ihn. „Alex?"

„Ja?"

„Bist du hungrig?", platzte sie heraus.

„Wir haben gerade gegessen."

Sie legte die Hand an die Stirn und schloss die Augen. „Ich meinte natürlich durstig."

„Klar."

„Ich auch." Sie ging zum Kühlschrank und nahm eine Flasche Chardonnay heraus, goss zwei Gläser ein und ging wieder ins Wohnzimmer.

Alex nahm einen Schluck und stellte das Glas auf dem Couchtisch ab. Lauren nahm einen großen Schluck. Sie musste sich etwas Mut antrinken, um den nächsten Schritt zu machen. Sie blickte ihn von der Seite an, und er lächelte ihr zu.

„Wie spät ist es jetzt?", fragte sie mit viel zu lauter Stimme.

Er sah auf seinem Handy nach. „Viertel vor acht."

Sie hatten noch eine Stunde. Er würde eine Viertelstunde bis zum Haus seines Vaters brauchen. Also hatte sie keine Zeit, sich lange zu zieren.

„Ich möchte nicht, dass du zu spät kommst", sagte sie und nahm noch einen Schluck Wein.

„Das ist schon in Ordnung. Es geht Vivian schon viel besser, seit der eine Backenzahn durch ist."

„Oh ja, das muss eine echte Erleichterung für sie gewesen sein."

„Für uns beide", sagte er lachend. „Nun, seit sie besser schläft und nur mit einem durchstoßenden Backenzahn zu kämpfen hat, wird sie langsam wieder zu meinem kleinen Sonnenschein."

Lauren blickte auf seine Hände, seine langen, schlanken Finger. Sollte sie einfach seine Hände nehmen und sie auf ihren Körper legen? Oder sollte sie vielleicht ihn anfassen? Wie sollte sie es nur anfangen? Sie leerte ihr Glas.

Er beobachtete, wie sie ihr leeres Glas auf den Tisch stellte. „Ich kann dir gar nicht oft genug dafür danken, dass du uns mit der richtigen Medizin aus der Zahnkrise gerettet hast. Ohne dich wären wir verloren gewesen."

Lauren rutschte näher, hob eine Hand und wusste nicht so recht, was sie damit machen sollte. Sollte sie sie an seine Wange legen? Auf seine Schulter? Seinen Schritt? Ihre Hand fühlte sich seltsam an, kribbelig und zittrig, entblößt und unsicher. Sie betrachtete seinen Mund und merkte jetzt erst, dass er mit ihr sprach. „Wie bitte?"

Alex nahm ihre Hand, die sich unsicher auf seinen Kopf zu bewegte, und hielt sie in seinem warmen, festen Griff. Er lächelte, und seine Augen waren warm und liebevoll auf sie gerichtet. „Ich sagte, dass du ein Wunder bewirkt hast."

„Oh."

„Wie sehen meine seelenvollen Augen jetzt aus?"

„Schon sehr viel besser", murmelte sie, verloren in seinem warmen und zärtlichen Blick. „Mehr Wärme und viel weniger Schmerz. Also hast du jetzt Zeit gehabt, deine größeren Probleme zu bewältigen?"

„Ich habe nur das Licht und die Weisheit von Lauren in mein Leben gelassen."

„Oh, Alex …" Sie hob die andere Hand, fuhr mit den Fingern durch sein dichtes Haar und wickelte es in seinem Nacken wie eine Locke um ihren Finger. Er blieb stocksteif und beobachtete sie aufmerksam. Langsam kam sie näher und küsste ihn sanft auf seine warmen Lippen. Dann zog sie sich zurück und sah ihm in die Augen. Sein Blick war warm, so warm.

„Noch einmal, bitte", sagte er.

Sie küsste ihn wieder, diesmal etwas intensiver. Sie genoss die Hitze des Moments und schmeckte seinen Mund. Er hielt noch immer ihre Hand und bewegte sich nicht. Wieder zog sie sich etwas zurück, um seine Reaktion einzuschätzen, und war überrascht, dass er so, na ja, zurückhaltend war.

Seine dunklen Augen brannten sich in ihre. Sie konnte die Anspannung in ihm spüren und fühlte, wie er sich anstrengte, um seine Leidenschaft im Zaum zu halten. Er wollte ihr die Führung überlassen. Aber sie wollte sein Begehren, sie brauchte es.

„Diese Sache mit der Verabredung ist doch neu für dich, nicht wahr?", flüsterte sie.

Er schenkte ihr ein etwas verzagtes Lächeln. „Ja."

„Nun, ich kenne mich mit Verführung nicht so gut aus."

Er legte seine Hand an ihre Wange und strich mit dem Daumen über ihre Unterlippe. „Ich bin offen für alles, was du willst."

Sie küsste ihn wieder und hörte nicht auf, ihn zu küssen, als sie sich rittlings auf seinen Schoß setzte. Vielleicht hatte sie ja ein wenig Talent zum Verführen. Ihr Kleid rutschte bis auf Hüfthöhe hinauf. Er spreizte seine Beine und öffnete so ihre Schenkel noch weiter. Sie fühlte die harte Wölbung seines Geschlechts durch den dünnen Stoff ihres Höschens. Er ließ seine Hände an ihren nackten Schenkeln bis zu ihren Hüften hinaufgleiten und dort verweilen. Jetzt war sie an der Reihe. Sie schlang die Arme um seinen Hals und küsste ihn mit wachsender Leidenschaft. Er stöhnte und ließ seine Zunge tief in ihren Mund gleiten und seine Hände ihren Körper entlangwandern. Mit einer Hand umfasste er ihren Hintern, und die andere glitt über ihr feuchtes Höschen. Und auf einmal veränderte sich der Kuss. Sein Mund wurde hart und verlangend, und seine Finger schlüpften in ihr Höschen und streichelten sie an ihrer intimsten Stelle. Lauren verlor sich in ihrer Lust, sie hatte keinerlei Kontrolle mehr, und es war ihr völlig egal.

Seine Lippen fanden ihren Hals. Er saugte und knabberte an ihrer zarten Haut, was unbeschreibliche Gefühle in ihr hervorrief, die noch mehr zu der Lust beitrugen, die seine geschickten Finger in ihr erweckten. Ihre Hüften bewegten sich von allein; sie stöhnte erst leise und dann immer lauter, bis sein Mund ihren verschloss und seine langen Finger in ihre feuchte Wärme eindrangen und sein Daumen genau die richtige Stelle fand. Ein Stromstoß durchfuhr sie, dann rieb sein Daumen ihre Lustknospe, während er seine Finger wieder und wieder in sie hineinstieß. Alles in ihr spannte sich an und explodierte dann wie ein Feuerwerk. Ihr Aufschrei wurde von seinem Mund gedämpft.

Er gab ihren Mund frei, und sie rang mit klopfendem Herzen nach Luft. Langsam glitt seine Hand zwischen ihren Schenkeln hervor, und eine weitere Welle der Lust ließ sie aufstöhnen.

Alex schlang seine Arme um sie und vergrub sein Gesicht an ihrem Hals. „Lauren", sagte er mit rauer Stimme.

Sie kuschelte sich an ihn, und er streichelte ihren Rücken. Schließlich hob sie den Kopf und sah ihn an. Er studierte sie intensiv. Sie küsste ihn und murmelte an seinen Lippen. „Ich will dich."

Er stöhnte und nahm ihr Gesicht in beide Hände. „Sag mir genau, was du von mir willst."

„Ich will dich in mir spüren", flüsterte sie.

Er schloss die Augen und flüsterte: „Ja", als ob sein Gebet erhört wurde. Dann umarmte er sie. „Warte einen Moment."

Er hob sie hoch und trug sie zum Schlafzimmer hinüber. Sobald sie das Zimmer betraten, sprangen die Katzen von ihrem Bett und rasten aus dem Raum. Alex zog die Decke zurück und legte sie vorsichtig auf das Bett. Dann griff er sofort unter ihr Kleid und zog ihr das

Höschen aus.

Er setzte sich neben sie und streichelte ihre Beine, von den Schenkeln bis zu den Füßen, und hinterließ ein heißes Kribbeln, wo immer er sie berührte. „Zieh dein Kleid aus", sagte er heiser.

Sie hob die Hüften, zog ihr Kleid hervor, setzte sich auf und zog es aus. Sie hatte keinen Büstenhalter angezogen, weil das Kleid rückenfrei war.

„Du auch", verlangte sie. Er war immer noch ganz angezogen.

Alex streifte sich die Schuhe ab, legte sich zu ihr auf das Bett und rollte sich auf sie. Sie griff seine Schultern, aber löste ihren Griff, als er tiefer und tiefer rutschte und ihren Hals mit kleinen, zarten Bissen und kribbelnden Küssen bedeckte, die ihr den Atem nahmen. Und dann erreichte er ihre Brüste, umfasste eine mit der Hand, neigte den Kopf und begann, an der anderen zu saugen, sodass sich ihr Innerstes zusammenzog. Langsam gab er die Brust frei, wobei seine Zähne die Brustwarze streiften, sodass sie zusammenzuckte, und küsste dann die andere Brust. Er brachte ihren Körper völlig durcheinander, zart und rau; sie wusste nie, was als nächstes kam. Wieder rutschte er tiefer und liebkoste sie weiter auf diese wunderbar verwirrende Art, die sie zum Zittern, Stöhnen und Seufzen brachte.

„Leg deine Beine über meine Schultern", sagte er, legte sich zwischen ihre Beine und drückte einen schnellen Kuss auf ihre Möse. Sie zögerte, war sich nicht sicher, ob sie sich ihm so sehr hingeben wollte. Sie wäre ihm vollkommen ausgeliefert. Alex ließ seine Finger durch ihre Spalte gleiten und öffnete sie, so dass er alles von ihr sehen konnte. Und dann wartete er einfach ab.

Lauren schloss die Augen, schluckte und tat, was er wollte. Sie wurde mit einem hungrigen Mund und einer rauen Zunge belohnt.

„Oh, fuck!" schrie sie auf und zuckte unter ihm.

Er knurrte, und sie fühlte jede Vibration an ihrem empfindsamen Fleisch. Er drang tiefer, gierig, hungrig. Sie wölbte den Rücken, hob ihre Hüften, und er spreizte ihre Beine mit seinen Schultern noch weiter auseinander. Lauren keuchte; sie war völlig überwältigt und total außer Kontrolle und stieß tierische Laute aus, die sie noch nie von sich gehört hatte. O Gott. Sie war vollkommen außer Atem. Ihre Finger wühlten sich in sein Haar. Sie zog daran, um ihn wegzuziehen. Seine Finger drangen in sie ein und lenkten sie einen Moment von seinem gnadenlosen Mund ab. Tief in ihrem Inneren war sie sich bewusst, dass das die wahre Leidenschaft war, und dann setzte ihr Verstand aus, und ihr Körper bewegte sich in seinem Rhythmus, nahm, was er ihr gab, die harten Stöße der Lust, den tiefen Druck, so gut, so unwahrscheinlich gut, und dann traf es sie wie ein Blitz; der Orgasmus überrollte ihren ganzen Körper, der sich wölbte und erbebte. Alex blieb bei ihr, während der ganzen, dunklen Erfüllung, bis sie schließlich erschöpft zusammensank.

Nach einer Weile verließ er sie. Sie konnte sich nicht bewegen, nicht sprechen, nicht einmal ihre Augen öffnen. Sie hörte, wie das Bett knarrte und seine Kleider auf den Boden fielen. Dann das Knistern einer Kondomverpackung.

Er legte sich auf sie und führte mit der Hand seinen Schwanz in sie ein. Eigentlich hatte sie einen harten Stoß erwartet, aber er schob sich langsam, Zentimeter für Zentimeter in sie hinein, um sie zu dehnen.

Er bewegte sich und stützte die Arme an beiden Seiten ihres Körpers ab. Seine Lippen streiften ihr Ohr. „Du bist so eng."

„Es ist schon eine Weile her", gab sie zu. „Aber es ist okay; du musst nicht so langsam machen." Sie keuchte, als er sich ganz in sie hineindrängte.

„Schling deine Beine um mich", befahl er. „Ich will dich nicht gegen das Kopfbrett stoßen."

Ihre Augen weiteten sich, aber sie tat, was er sagte. Dann vögelte er sie schnell, hart und tief, und sie hielt sich an ihm fest, klammerte sich an seine Schultern und fühlte, wie sich seine Muskeln bei jedem harten Stoß anspannten. Sie wünschte, sie könnte ihm in die Augen sehen. Aber die waren geschlossen. Sein Kopf war neben ihrem und sein Atem kurz und abgehackt an ihrem Ohr. Sie sehnte sich nach mehr Intimität, konnte das aber nicht mehr erklären.

Dann flüsterte er etwas in ihr Ohr: „Heb deine Hüften für mich an. Ich will tiefer in dich eindringen."

Sie dachte, dass er schon sehr tief in ihr war, aber sie tat wie geheißen, und der nächste Stoß sandte eine Schockwelle der Lust durch sie hindurch. Er stöhnte und stieß schneller und schneller zu. Laurens Fingernägel gruben sich in seine Schultern, als sie auf ihren Höhepunkt zuraste und ihr Körper zuckte; mit elektrischen Stößen, die in ihrer Mitte entstanden und bis in alle Glieder fuhren. Alex stieß noch einmal heftig zu und stöhnte, als er kam und sich noch einmal tief in ihrer Wärme vergrub. Dann lag er still.

Lauren schlang ihre Arme und Beine um ihn und empfand eine bodenlose, weiche Zärtlichkeit für ihn. Nach so langer Zeit der Enthaltsamkeit hatte er sie gewählt. Das musste doch etwas bedeuten.

Endlich, nach einem langen Moment der Stille, zog er sich aus ihr zurück, ließ sich neben ihr auf den Rücken fallen, ein Lächeln im Gesicht. Sie lächelte auch, rutschte näher an ihn heran, legte einen Arm um ihn und kuschelte sich an ihn.

Er legte eine Hand um ihren Nacken, zog sie näher und küsste sie. „Das war fantastisch." Er fiel zurück auf die Matratze.

Eine kleine Stimme in ihrem Kopf sagte, *was jetzt?* Sie betrachtete ihn, wie er dalag, mit geschlossenen Augen, tief befriedigt. Sie sehnte sich nach einigen liebevollen Worten und nach Zärtlichkeit, nach dieser unwahrscheinlichen Intensität. „Und, wie findest du die Verabredung mit mir bis jetzt?", fragte sie kokett.

Er lachte leise und tief. „Fantastisch."

„Ich habe noch nie multiple Orgasmen gehabt", vertraute sie ihm an.

Er stöhnte auf und küsste sie. „Du machst mich fertig. Ich wünschte, ich könnte bei dir bleiben. Es ist schon so lange her, und bei mir hat sich einiges angestaut."

Sie seufzte. „Ich wünschte auch, du könntest bleiben."

Er blickte sich um, um die Uhrzeit auf ihrem Wecker zu sehen. „Verdammt. Ich muss jetzt echt los."

Ein brennendes Gefühl der Enttäuschung durchfuhr sie, obwohl sie wusste, dass er einen guten Grund hatte zu gehen. „Sicher", sagte sie leise.

Er küsste sie noch einmal. „Engel."

Dann stand er auf und ging ins Bad, wahrscheinlich, um das Kondom zu entsorgen.

Sie zitterte und zog die Decke bis an ihr Kinn.

Alex kam aus dem Bad zurück und zog sich schnell an. „Vielleicht könntest du ja heute Abend zu mir kommen. Ich schicke dir eine Nachricht, wenn Vivian eingeschlafen ist. Du hast ja einen Schlüssel."

„Für eine schnelle Nummer?"

„Ach komm, sei doch nicht so." Er saß auf der Bettkante und zog seine Schuhe an. „Wir hatten doch unseren Spaß."

Spaß. Das war alles, was es ihm bedeutete. Sie hatte Begehren mit Zärtlichkeit verwechselt.

Er beugte sich über sie und küsste sie. „Komm vorbei, okay?"

Sie fühlte sich ausgenutzt, gebraucht, nicht geliebt. „Ich werde jetzt schlafen", sagte sie mit leiser Stimme.

Er sah sie aufmerksam an. „Okay. Schlaf gut. Ich weiß, dass ich gut schlafen werde."

Er ging, und sie ließ sich mit ausgebreiteten Armen auf das Bett zurückfallen. Irgendwie konnte sie keine richtige Wut entwickeln, obwohl sie sich das eigentlich wünschte. Ihr Körper fühlte sich noch zu befriedigt und kribbelte bis in die Fingerspitzen. Wenigstens gab es einen Funken zwischen ihnen, auch wenn es für eine Seelenverwandtschaft nicht gereicht hatte. Allerdings hoffte sie sehr, dass das noch kommen würde.

Kapitel Fünfzehn

Am nächsten Morgen entschied Lauren sich dazu, eine lange Fahrradtour zum Ludbury House zu machen. Es handelte sich dabei um eine Villa im Clover Park, wo Hailey als Hochzeitsplanerin arbeitete. Und falls sie nicht da sein sollte, würde sie einfach zu Haileys Wohnung fahren, die sich nur ein paar Blocks entfernt befand. Auf jeden Fall musste Lauren mit ihrer Verbündeten im Lass die Liebe erblühen (TM) Plan sprechen, um ihr mitzuteilen, dass sie nicht weitermachen würde. Sie wollte sich nicht in Alex verlieben, aber momentan sah es so aus, als würde sie es trotzdem tun, obwohl sie sich des Risikos, das das für ihr Herz darstellte, bewusst war. Vielleicht konnte Hailey ihr dabei helfen, die Dinge etwas klarer zu sehen.

Sie zog ihr Fahrrad aus dem Ständer, stieg auf und wurde sofort an all ihre nächtlichen Aktivitäten mit Alex erinnert. Verdammt, ihr tat alles weh. Es war gut acht Monate her, seit sie das letzte Mal Sex gehabt hatte, und Alex war in allen Bereichen so viel mehr, als sie gewohnt war. Sie musste lächeln. Er war ihr Einhorn, der liebe Alpha, auf den sie immer gehofft hatte und dem sie nie begegnet war. Die meisten Männer, mit denen sie zusammen gewesen war, waren lieb gewesen. Zwar nicht schüchtern, aber definitiv keine Alphatiere. Und sie waren auch nicht so gut ausgestattet gewesen. Sie stieg von ihrem Fahrrad ab, stellte es wieder in den Ständer und schloss es ab.

Ein zügiger Spaziergang würde ihr guttun. Sie brauchte eine halbe Stunde, und als sie beim Ludbury House ankam, war ihr heiß, und sie war müde und übel gelaunt. Die Ungewissheit bezüglich Alex begann an ihren Nerven zu zehren. Sie hatte gefunden, wonach sie gesucht hatte, fühlte sich aber trotzdem auf unbestimmte Weise unbefriedigt. Sie blieb auf dem Bürgersteig direkt vor dem Ludbury House stehen und bewunderte das Gebäude—ein weitläufiges zweieinhalb Stockwerke hohes Herrenhaus aus weißem Holz mit weißen Säulen und einer wunderschönen Veranda, die ums ganze Haus ging. Egal, wie oft sie das Haus schon gesehen hatte, jedes Mal musste sie sehnsüchtig seufzen, wenn sie sich ihre eigene Hochzeit hier vorstellte.

Sie öffnete die schwere Holztür und fand Hailey im hinteren Ballsaal, wo sie mit einem Pärchen an einem kleinen Tisch saß und in eines ihrer Hochzeitsplaner-Gespräche vertieft war.

Hailey versprach ihr, sie in einer Stunde für eine kurze Pause im Garner's zu treffen. Also wartete Lauren im Garner's. Sie ging zur leeren Bar, wo Josh gerade damit beschäftigt war, Limetten zu schneiden, und setzte sich. Es war fast elf Uhr an einem Sonntag. Die einzigen weiteren Gäste waren beim Brunch im Essbereich.

„Hey, Lauren, du bist heute ja schon früh da", sagte Josh mit charmantem Lächeln. Sie betrachtete ihn einen Moment lang eingehender. Sein dunkelbraunes Haar war unordentlich, er hatte einen Dreitagebart und sein graues T-Shirt spannte sich über seiner muskulösen Brust und den breiten Schultern. Trotz seines charmanten Lächelns war er eher einer von den harten Jungs. Sie fragte sich, ob Alex früher, vor Vivian, auch so ausgesehen hatte. Fügte man dem Bild noch ein paar Piercings hinzu, war sie sich sicher, sie wäre zu eingeschüchtert gewesen, um jemals mit Alex zu flirten. Sie war das Gegenteil von einem harten Jungen. Sie war ein weiches Mädchen. Moment, das klang komisch—

„Alles in Ordnung?", fragte Josh und packte die

geschnittenen Limetten in eine Plastikschale. Er sah ihr in die Augen und wartete.

Sie konzentrierte sich auf seinen Oberkörper, da seine alten, seelenvollen Augen voller Schmerz sie aus der Ruhe brachten.

„Möchtest du etwas trinken?", fragte Josh.

Sie sah ihm in die dunkelbraunen Augen, und der Schmerz, der in seinem Blick lag, tat ihr im Herzen weh. Am liebsten hätte sie ihn in den Arm genommen. „Nur ein Wasser, bitte."

„Kommt sofort."

Sie starrte die Theke an und hatte eine merkwürdige, außerkörperliche Erfahrung, in der sich die beiden Brüder, die ähnlich aussahen und ähnlich litten, vermischten. Alex war es, den sie konfrontieren und trösten musste, nicht Josh. Sie konnte sich nicht einmal vorstellen, Josh zu küssen. Hinterher würde er wahrscheinlich grinsen, als hätte er die ganze Zeit nur Spaß gemacht. Nein, so benahm er sich nur Hailey gegenüber. Was sollte sie nur mit Alex machen? Dachte er gerade an sie? Bedeutete sie ihm etwas? Oder hoffte er einfach nur auf mehr Spaß im Bett? Warum hatte sie nur so schnell mit ihm geschlafen? Sie hätte damit warten sollen, bis sie wusste, woran sie bei ihm war. Es war ja nicht so gewesen, als hätte er gestern Abend alles getan, um sie zu verführen. Das war eher sie gewesen, weil sie ihn hereingebeten und ihre Hand neben seinen Kopf gelegt hatte.

Sie kam nicht umhin, es zuzugeben—sie war eine Verführerin.

Sie ließ ihren Kopf in die Hände sinken, als ein Glas mit Eiswasser vor ihr auftauchte.

„Möchtest du, dass ich dir Mad hole?", fragte Josh mit einer Geste in Richtung des Essbereichs, wo Mad bediente. Sie war seine jüngere Schwester und Laurens Freundin, doch sie war nicht die erste Wahl, wenn es darum ging, diese Dinge zu besprechen und zwar weil A) Alex ihr großer

Bruder war, sodass Lauren keine intimen Details mit ihr besprechen konnte, und selbst wenn, kam B) ins Spiel: Mad war zu harsch und schonungslos. An diesem Morgen danach benötigte sie jemanden, der sanft und verständnisvoll war. Carrie fiel ihr als erstes ein, allerdings war Carrie momentan so versessen auf all diese verbotenen Liebesgeschichten und diesen ganzen Quatsch, dass ihre Beurteilung der Situation bestenfalls fragwürdig war.

Sie richtete sich auf und nahm einen Schluck Eiswasser. „Nein, danke, ist schon gut. Ich treffe mich hier in einer Stunde mit Hailey.“

„Möchtest du etwas essen?“, fragte Josh.

Sie war auf jeden Fall hungrig und hatte plötzlich einen unbändigen Appetit auf rotes Fleisch. „Ich hätte gerne einen Hamburger und Pommes. Vielen Dank.“

„Schon unterwegs“, sagte er und gab die Bestellung in seinen Computer ein.

Da sie sich ein wenig besser fühlte, beschloss sie, schon mal etwas Vorarbeit zu leisten, damit es zu einem Frieden zwischen Hailey und Josh kommen konnte. „Josh, darf ich dir ein Geheimnis über Hailey verraten?“

Er lehnte sich über die Bar. „Ich bin ganz Ohr.“

„Wenn du dich darauf konzentrierst, sie mit Freundlichkeit zu überhäufen—“

„Sie mit Freundlichkeit zu überhäufen?“

„Ja, indem du besonders nett zu ihr bist, netter, als es Hailey jemals in den Sinn kommen würde, zwingst du sie in die Knie.“

Er richtete sich auf, ein teuflisches Glitzern im Blick. Dann runzelte er die Stirn. „Das wird nicht klappen. Ich war schon ausgesprochen nett zu ihr, wie du es vorgeschlagen hattest, und habe ihr einen Drink spendiert—“

„Und sie hat deine Freundlichkeit erwidert.“

„Nein, sie hat alles zunichte gemacht, indem sie verächtlich den doppelten Preis gezahlt hat.“ Er machte ein wütendes Gesicht. „Fast so, als dürfte ich ihr nicht mal ein

Getränk ausgeben. Es tut mir leid, aber ich glaube, ich kann einfach nicht netter oder freundlicher, oder wie auch immer du es nennen magst, zu ihr sein."

„Du könntest ihr ja zum Beispiel anbieten, ihr ein Buch zu kaufen, weißt du. Sie liebt Bücher."

Er zog eine Augenbraue hoch. „Was denn für ein Buch?"

„Vielleicht könntest du sie fragen, was sie am liebsten liest, und falls einer ihrer Lieblingsautoren ein neues Buch herausbringt, kaufst du es ihr, oder auch die Erstausgabe eines Klassikers."

Er schüttelte den Kopf. „Ich weiß nicht recht. Nett und freundlich zu sein, scheint ja bei manchen Typen zu funktionieren, aber mich langweilt es zu Tode. Ich glaube, ich sollte sie besser noch ein bisschen necken. So bleiben die Dinge interessant."

Es war fast so, als genössen sie es, ihre Kräfte zu messen. Wie sollte es ihr jemals gelingen, die beiden nah genug zusammen zu bringen, dass ihnen der Funke, der zwischen ihnen beiden existierte, endlich auffiel? Dann dachte sie an ihren Funken mit Alex und wurde ganz still. Ein Funke führte eben nicht immer dazu, dass man seinen Seelenverwandten fand. Manchmal führte er einfach nur zu Verwirrung und schmerzender Ungewissheit.

Sie seufzte. „Wenn du dir deiner Sache sicher bist."

„Es gefällt ihr, sonst würde sie ja nicht ständig wieder zurückkommen und mehr wollen", sagte Josh. „Um ehrlich zu sein, glaube ich, dass sie mich langweilig findet, wenn ich nett bin." Er zuckte die Achseln. „Und wer könnte es ihr verdenken?"

Sie nahm einen Schluck Wasser. „Mir würde es gefallen."

„Tatsächlich?"

„Ja."

„Und wie behandelt Alex dich so?"

Sie wurde rot. „Er ist nett zu mir."

Josh tippte auf die Bar. „Sehr gut, er braucht dich viel

zu sehr, als dass er dich auf irgendeine andere Weise behandeln könnte. Und du bist unglaublich mit Vivian. Du hättest ihn mal sehen sollen, bevor du auf der Bildfläche erschienen bist. Ein komplettes Wrack."

Sie schüttelte lächelnd den Kopf. „Ich habe einfach Erfahrung mit Kindern", sagte sie bescheiden.

„Sie spricht ständig von dir. In fast allen ihren Sätzen kommt Fuper vor."

„Ich habe ihr gesagt, sie solle mich Super L nennen." Anstatt Mami, fügte sie schweigend hinzu.

„Ah, und sie hat es dann auf Super abgekürzt. Ich bin dir so dankbar. Das sind wir alle."

„Vielen Dank. Ich freue mich, helfen zu können." Es gelang ihr nicht zu lächeln, also nahm sie stattdessen einen großen Schluck von ihrem Wasser.

Josh sprach weiter. „Alex ist wie ausgewechselt. Ich habe ihn heute Morgen gesehen, weil er Vivian vorbeigebracht hat, um Pfannkuchen zu essen, und er hat gestrahlt vor Glück. Er behauptet, es sei alles nur deinetwegen."

Sie verschluckte sich an ihrem Wasser und musste heftig husten.

Josh wartete, bis sie sich wieder beruhigt hatte, und sagte dann: „Er schläft besser; Vivian schläft besser. Und es fehlt nur noch ein Backenzahn, bis der ganze Spuk vorbei ist."

„Bis zur nächsten schlimmen Phase", sagte sie immer noch leicht hustend. „Mit drei kommt das Trotzalter."

„Hoffentlich bist du dann auch für ihn da, um ihm bei der ein oder anderen Sache zu helfen."

„Natürlich." Hoffentlich, vielleicht, wenn doch nur, wenn doch nur.

Josh ging weg und kam wenig später mit ihrem frühen Mittagessen zurück. Sie langte kräftig zu; alles schmeckte so ausgesprochen lecker. Nach dem Mittagessen unterhielt sie sich eine Zeit lang mit Mad, die Pause hatte, und kehrte dann zur Bar zurück, wo Hailey schon vor einem großen Glas rosa Limonade auf sie wartete. Hailey trug ein ausgesprochen süßes, weißes, schulterfreies Kleid mit Stufenvolants mit Häkelborte und Stufenrock. Die Volants waren in der Mitte gerafft und betonten ihre schmale Taille. Lauren musste zugeben, dass Hailey immer noch wie eine Schönheitskönigin aussah. Vorher, als Hailey noch bei ihren Kunden gesessen hatte, lauter Ordner um sich herum, hatte sie keinen guten Blick auf ihr Outfit werfen können.

„Sieh mal, was Josh mir gemacht hat!", rief Hailey mit breitem, strahlendem Lächeln. „Ein Hailey Special. Hellrot, wie mein Haar." Sie hob eine Strähne ihres langen Haars.

Lauren fing Joshs Blick auf, und er zwinkerte ihr zu. „Das ist ja toll!", erwiderte sie.

Hailey trank einen Schluck Limonade, bevor sie sagte: „Bist du also bereit, für eine weitere Lass die Liebe erblühen-Verabredung?"

Josh verdrehte die Augen und verzog sich wieder in die Küche.

„Dafür zahle ich dir den dreifachen Preis!", rief Hailey ihm nach.

Josh drehte sich um, sah sie wütend an, machte dann eine verächtliche Handbewegung, murmelte leise etwas und ging dann weiter in die Küche.

„Also?", fragte Hailey aufgeregt.

„Ich glaube, ich bin fertig mit Lass die Liebe erblühen (TM), aber vielen Dank für deine Hilfe."

Hailey grinste. „Bist du jetzt mit Alex zusammen? Ich habe den Funken zwischen euch bemerkt."

„Wir sind gestern Abend zusammen ausgegangen."

Hailey stieß sie mit dem Ellbogen an. „Und, wie war's?"

„Es war schön."

Hailey nickte und trank dann noch einen großen Schluck Limonade, woraufhin sie die Finger gegen die Stirn presste. „Hirnfrost. Au, au, au." Sie starrte böse zur Küchentür. „Ich wette, dass es das war, was Josh wollte, als er mir an diesem heißen Tag eine eiskalte Limonade hingestellt hat."

Lauren schüttelte den Kopf. Diese beiden waren einfach unmöglich. „Ich würde also sagen, ich bin mit Online-Dating und all dem fertig. Ich möchte lieber herausfinden, wo ich mit Alex stehe."

„Oh, Lauren, du hast ein Einhorn gefunden, nicht wahr?" Sie presste sich die flache Hand gegen die Stirn und verzog vor Schmerz das Gesicht.

„Ja und Nein." Sie seufzte. „Ich bin mir nicht sicher, ob er schon so weit ist und das möchte, was ich möchte."

„Das ist doch kein Problem. Du hast ein Einhorn gefunden, und jetzt mach einfach weiter."

Lauren knirschte mit den Zähnen. Bei Hailey hörte sich das alles so einfach an, aber was hatte sie schon an Erfahrung? Soweit sie wusste, hatte Hailey noch nie eine ernsthafte Beziehung gehabt.

Sie sah, wie Josh aus der Küche und direkt auf sie zukam, also flüsterte sie Hailey zu: „Josh hat gesagt, eine Frau, die besonders nett zu ihm ist, würde ihn *auf die Knie* bringen. Das hat er mir allerdings im Vertrauen erzählt. Es ist ein Wunder." Sie hatte vielleicht ein wenig übertrieben, doch Hailey saugte es gierig auf.

Haileys Augen wurden groß. „Wirklich?"

„Ja."

Josh war jetzt hinter der Bar, noch immer ein Stück entfernt.

Glücklicherweise war Haileys Geflüster immer so laut wie ein Freudenschrei. „Was würde ich nicht darum geben, um Josh in die Knie zu zwingen!"

Josh kam zu ihnen herübergeschlendert, dunkle Absicht sprach aus jedem seiner Schritte, und sein Blick fiel auf Hailey. Er machte vor Hailey halt, schlug mit den Handflächen auf die Bar und brachte sein Gesicht ganz nah an ihres. „Du wirst diejenige sein, die kniet, Prinzessin."

Hailey wurde von oben bis unten rot, und dann wurden ihre Augen groß, bevor sie sie wütend zusammenkniff.

Sie lieferten sich eine beeindruckende Schlacht mit

Blicken—keiner von beiden zwinkerte.

Laurens Arbeit hier war getan. Ihr Handy piepte und zeigte ihr damit an, dass sie eine SMS erhalten hatte. Schnell nahm sie es von der Bar.

Alex: *Komm heute Abend, wenn Vivian schläft, zu mir.*

So leicht ließ er nicht locker. Sie schrieb zurück: *Wir sehen uns am Montag* und fügte einen Smiley hinzu, damit er nicht glaubte, sie sei wütend. Sie mussten reden, und wenn sie mitten in der Nacht dort auftauchte, käme er vielleicht auf falsche Ideen. Es war ja nicht so, dass sie gleich eine feste Beziehung von ihm erwartete. Zumindest jetzt noch nicht. Aber sie brauchte … irgendetwas … Einen Hinweis darauf, dass seine Gefühle echt waren, denn sie hatte viel zu viele zärtliche und liebevolle Gedanken.

„Komm, Lauren, wir gehen zu mir und besprechen alles noch mal", sagte Hailey und zog Lauren am Arm.

Lauren zahlte schnell in bar und folgte ihr, da sie hoffte, dass ein Gespräch ihr dabei helfen würde, die Dinge klarer zu sehen.

Als sie draußen waren, blieb Hailey plötzlich auf dem Bürgersteig stehen. „Entschuldige. In Wirklichkeit muss ich zurück zur Arbeit. Ich brauchte nur eine Ausrede, um unser Gefecht abzubrechen, ohne zu verlieren. Wenn du reden möchtest, ruf mich später an, okay?"

„Ja, okay", sagte Lauren.

Hailey ging forschen Schrittes den Block zurück zum Ludbury House.

Lauren wandte sich in die entgegengesetzte Richtung und ging um einiges langsamer nach Hause. Ihre Gedanken befanden sich in Aufruhr. Würde es ihr gelingen, Alex lang genug zu widerstehen, um ein ernsthaftes Gespräch zu führen? Das hörte sich eigentlich ganz einfach an, doch mit Alex war nichts einfach. Er war eine dreifache Bedrohung— sexy, ausgehungert und unwiderstehlich. Und auch sie verzehrte sich nach ein bisschen Leidenschaft. Doch würde das reichen?

KAPITEL SECHZEHN

Am Montagmorgen öffnete er Lauren die Tür und ließ seinen hungrigen Blick von ihrem langen, hellbraunen Haar, das ihr engelsgleiches Gesicht umrahmte, über ihre vollen Brüste unter dem schwarzen Tank Top bis hin zu ihren langen, gebräunten Beinen in den schwarzen Shorts gleiten. Er musste unbedingt wieder mit ihr allein sein, hoffentlich noch heute Abend.

„Morgen", sagte er rau. Das Tier in ihm war aus seinem Käfig geschlüpft und hatte wieder Hunger.

„Guten Morgen", erwiderte Lauren sanft.

Vivian flog geradezu gegen Laurens Beine und umarmte sie inbrünstig. „Fuper!"

„Prinzessin Kei-Kei!" Lauren nahm Vivian auf den Arm und drückte sie.

Alex sah bei der Begrüßung zu und merkte, dass er lächelte. Es gefiel ihm außerordentlich gut, dass Vivian so verrückt nach Lauren war und umgekehrt.

„Dolly! Puppe!", rief Vivian und zeigte auf ihr Zimmer. Lauren setzte Vivian ab, die augenblicklich zu ihrem Zimmer lief. Er hatte Vivian gestern eine neue Puppe gekauft, genau die gleiche wie Dolly—deswegen auch der Name, nur dass diese Haare hatte.

Lauren wollte ihr folgen, doch er hielt sie auf und zog sie an sich, um sie zu umarmen. Sie schlang ihm die Arme um die Taille und erwiderte die Umarmung. Sie konnte einfach nicht anders. Sie umarmte ihn einfach wahnsinnig gerne.

Er flüsterte ihr ins Ohr: „Ich habe gestern Abend deine Lieblingsbücher gelesen, die Fierce Trilogie.“

Sie schrak zurück, legte eine Hand an ihren Hals, und ihre grünen Augen weiteten sich. „Das hast du nicht.“

Er zog ihre Hand weg und legte ihr stattdessen seine auf den Hals. Ihr Puls raste unter seinen Händen, und ihre Haut wurde bei seiner Berührung ganz heiß. „Ich habe nur die interessanten Stellen gelesen.“ Er spürte, wie sie schluckte.

Ja. Jetzt wusste er, was ihr gefiel. Und er würde jede Gelegenheit nutzen, dieses Wissen auch anzuwenden. Er hatte befürchtet, vielleicht zu aggressiv mit ihr umgesprungen zu sein, und hatte sich unter enormer Anstrengung zurückgehalten, doch nun, da er ihre wahren Fantasien kannte, was sie wirklich scharf machte, war ihm klar, dass er sich nicht zurückhalten musste. Sie musste einfach nur zugeben, wonach sie sich insgeheim sehnte—Dirty Talking, hemmungslosen Sex mit einem Mann, der gern die Führung übernimmt. Das würde wirklich enormen Spaß machen.

Er schenkte ihr ein langsames, wissendes Lächeln und strich mit den Fingern über ihren Hals. Ihr Mund öffnete sich, und ihr Blick verklärte sich vor Verlangen.

„Alex“, flüsterte sie mit heiserer Stimme, die ihn dazu brachte, sich zu ihr zu beugen, „mir gefallen diese Bücher, allerdings habe ich diese Sachen noch nie in Wirklichkeit gemacht. Dazu muss ich mich wirklich gehen lassen können.“

Er legte seinen Mund an ihr Ohr. „Du hast den richtigen Mann gefunden, mit dem all deine Fantasien wahr werden können. Ich werde dich dazu bringen, und es wird dir gefallen.“

Sie atmete hörbar ein.

„Dolly!“, rief da plötzlich eine kleine Stimme. Sie drehten sich beide um und sahen Vivian, die ihre neue

Puppe an den Haaren festhielt.

„Was für eine wunderbare neue Dolly!“, rief Lauren. Ihre Stimme bebte und war ein wenig zu laut. Vivian bemerkte es zwar nicht, er allerdings schon.

„Heute Abend“, sagte er zu Lauren.

„Wir unterhalten uns später darüber“, rief sie über ihre Schulter zurück und folgte dann Vivian zum morgendlichen Spielen.

Voller Energie und Tatendrang begab er sich in sein Arbeitszimmer. Er warf sich geradezu in sein Projekt und arbeitete an den letzten Details der Einbände für die Fantasy Bücher. Er hatte es geschafft, den Abgabetermin ein wenig hinauszuzögern. Da er so in das Projekt vertieft war, dass es nun endlich Formen annahm, ließ er sogar das Mittagessen aus. Er kam am späten Nachmittag aus seinem Arbeitszimmer, als Lauren gerade mit dem Wagen die Auffahrt hochfuhr. Sie ging jetzt regelmäßig nachmittags mit Vivian irgendwohin, zum Spielplatz, zur Spray Bay oder seinen Vater besuchen. Und immer schickte sie ihm, wenn sie dort waren, ein Foto von Vivian, die Spaß hatte, und meldete sich dann erneut bei ihm, wenn sie sich auf den Heimweg machten. Er konnte sich einfach keine bessere Person vorstellen, um auf Vivian aufzupassen—sie war verantwortungsbewusst, fürsorglich und liebevoll. Es schien ihr wirklich Spaß zu machen, Zeit mit Vivian zu verbringen, die ein richtiges Energiebündel war und bei der es die volle Aufmerksamkeit kostete, um sie aus Schwierigkeiten herauszuhalten.

Er ging hinaus auf die Einfahrt, um sie zu begrüßen, und spähte auf den Rücksitz. Vivian schlief. Sie schlief regelmäßig im Auto ein, besonders nach einem aktiven Nachmittag an der frischen Luft.

Lauren nahm sie aus dem Wagen. „Sie hat auf dem Spielplatz einen neuen Freund gefunden. Einen kleinen Jungen namens Liam.“

„Das ist ja großartig. Ich werde sie schlafen lassen. Ich

bringe sie rein, und dann kannst du—", er senkte seine Stimme eine Oktave und flüsterte verführerisch, „– mit mir kommen."

Sie erstarrte. „Alex, wir müssen uns unterhalten."

„Natürlich können wir uns unterhalten." Hinterher, fügte er still hinzu. Mochte sie ihn doch verurteilen, aber seine so lang vernachlässigten Bedürfnisse brachten ihn schier zum Explodieren.

Lauren warf ihm einen zweifelnden Blick zu. „Es ist sehr wichtig. Es gibt sicher vieles, das wir einander zu sagen haben."

„Oder miteinander tun möchten."

Ihre Augen blitzten auf.

Er musste ein Lächeln unterdrücken. Lauren war endlich bereit dazu, sich ihm gegenüber zu öffnen und nicht mehr so zu tun, als sei sie ein Engel. Natürlich war sie eine nette Person, doch das war noch längst nicht alles. Nachdem er die erotischen Abschnitte ihrer Lieblingsliebesromane gelesen hatte, vermutete er, dass sie einiges an unterdrückter Leidenschaft auf Lager hatte. Und er war der Glückliche, der das Lager öffnen durfte.

Er öffnete die Wagentür. „Ich bring sie erst ins Bett, und dann haben wir ein wenig Zeit für uns allein."

„Um zu reden", sagte Lauren mit Nachdruck.

Er ging nicht darauf ein. Vorsichtig, ganz vorsichtig, hob er Vivian aus dem Kindersitz, schloss mit der Hüfte vorsichtig die Wagentür und trug sie zum Haus, wobei er darauf achtete, dass sie nicht durchgeschüttelt wurde. Lauren schloss mit ihrem Schlüssel die Tür auf und hielt sie für die beiden auf. Just in dem *Moment*, als er das Haus betrat, wachte Vivian auf. „Daddy!"

Er seufzte. „Hallo, mein Schatz." Er sah Lauren an, die krampfhaft versuchte, ein Lachen zu unterdrücken. „Ich schreibe dir später eine SMS."

Lauren grinste, und es schien ihr zu gefallen, dass seine verruchten Pläne durchkreuzt worden waren. „Nur, wenn du versprichst, dass wir uns unterhalten.“

„Das werden wir“, sagte er. *Hinterher.*

Lauren sah ihn misstrauisch an. Es war fast so, als könne sie seine schmutzigen Gedanken lesen, na ja, immerhin hatte er ihr auch einen eindeutigen Anhaltspunkt gegeben.

Er schmunzelte. „Jetzt komm schon, es ist die einzige Gelegenheit, bei der wir uns ohne kleine Ohren, die lauschen, unterhalten können.“

Vivian legte ihre Hände auf seine Wangen und kniff ihn. „Unterhalten!“, krähte sie.

„Siehst du?“, sagte er, seine Wangen noch immer fest in ihrem Griff.

Lauren lachte. „Komm schon, Miss Vivian, gehen wir deine Windeln wechseln.“

Er setzte Vivian auf den Boden, die sofort den Flur entlang auf ihr Zimmer zu rannte. „Das kann ich doch erledigen.“

„Ich mach das schon“, erwiderte Lauren. „Deswegen zahlst du mir ja schließlich mein königliches Gehalt.“

Er lachte leise. „Du bist so viel mehr wert, als ich dir jemals zahlen könnte.“

Sie sah ihn unter ihren Wimpern hervor an. „Du weißt, wie man mit Frauen spricht.“

„Und ich habe noch ganz andere Sachen auf Lager. Meine Worte werden dich dazu bringen, zu stöhnen und zu erröten.“

„Pst.“ Sie wurde ganz rot.

Er legte eine Hand an ihre warme Wange. „Du wirst wohl ziemlich schnell rot. Keine Bange, sie kann uns nicht hören.“

„Alex.“ Ein widerwilliges Lächeln umspielte ihre Lippen.

Er hielt sie am Kinn fest. „Komm schon, schenk mir dein strahlendstes Lachen.“

Lachend schüttelte sie den Kopf.

„Da ist es ja", sagte er lächelnd. Sie war so wunderschön und unglaublich sexy.

Plötzlich tauchte Vivian von der Hüfte abwärts nackt vor ihnen auf. „Mami, Pipi!"

Lauren und er sahen einander schockiert an. Er wusste nicht, was ihn mehr schockierte, dass Mami oder das Pipi. Lauren hatte so sehr darauf geachtet, Vivian jedes Mal zu korrigieren und sie stattdessen Super L zu nennen. Und Vivian hatte sie seit dem ersten Mal vor etwa drei Wochen nicht mehr Mami genannt.

Lauren erholte sich als Erste wieder von dem Schock und konzentrierte sich sofort auf den wichtigen Teil. „Okay, lass mal sehen."

Sie marschierten alle ins Badezimmer, wo Vivian stolz auf ihr Töpfchen zeigte. Darin befand sich ein winziges Tröpfchen Pipi. Es war nicht einmal genug, um das Töpfchenlied auszulösen, das eigentlich ertönen sollte, jedes Mal, wenn sie Pipi machte. Zählte das überhaupt? Und wo war der Rest?

„Wow!", rief Lauren enthusiastisch. „Was für ein großes Mädchen du doch bist! Gut gemacht! Jetzt spülen wir es im Klo hinunter und waschen uns die Hände. So macht man das nämlich."

„Gut gemacht, Viv", sagte er mit etwas Verspätung. Dieses ganze Training, um sie windelfrei zu bekommen, war ihm noch neu. Aber nun, da er darüber nachdachte, hatte er gar nicht bemerkt, dass Lauren bereits damit begonnen hatte, sie windelfrei zu bekommen.

Vivian folgte Lauren eifrig und half ihr dabei, den Tropfen Pipi im Klo hinunterzuspülen, und wusch sich dann die Hände und trocknete sie ab. Jeder, der ihnen dabei zusah—wie sie so aufeinander abgestimmt waren und sich so ähnlich sahen—, hätte sie für Mutter und Tochter gehalten.

Tränen stiegen ihm in die Augen. Er würde Lauren auf keinen Fall gehen lassen. Vivian brauchte sie.

~ ~ ~

Lauren war gerade mit einem stillen Abendessen zu Hause fertig, als ihr Handy piepte. Eine SMS von Alex.

Wie bringe ich sie dazu, dass sie wieder aufs Töpfchen geht? Sie will es nicht noch mal machen.

Und das war das Komische. Lauren hatte noch nicht einmal damit angefangen, Vivian windelfrei zu bekommen. Sie hatte ihr letzten Freitag die süßen Unterhosen mit den rosa Rüschen gekauft und großes Aufhebens darum gemacht, als sie sie gewaschen und in Vivians Schublade geräumt und ihr gesagt hatte, dass sie sie tragen könne, wenn sie ein großes Mädchen war, doch dann hatte sie mit ihrem Plan nicht weitermachen können, weil Alex sie mit heiserer Stimme darüber informiert hatte, dass er ihre erotische Lieblingstrilogie gelesen hatte und ihn das auf einige Ideen gebracht hätte. Sie nahm sich einen Moment Zeit, damit die Hitzewelle, die die Erinnerung daran in ihr verursacht hatte, wieder abebben konnte, bevor sie ihm auf seine SMS antwortete.

Am besten machst du eine Tafel mit Tabelle und klebst jedes Mal, wenn sie aufs Töpfchen geht, als Belohnung einen Aufkleber darauf und gibst ihr ein M&M.

Alex: *Was denn für eine Tabelle? Für den Monat? Den Tag?*

Lauren: *Mal einfach ein paar Reihen für die Aufkleber darauf. Sie weiß ja noch nicht, was Tage, Wochen oder Monate sind.*

Alex: *Das stimmt. Aber ich habe keine Aufkleber. Du solltest besser herkommen.*

Sie lächelte. Sie hatte zwar Aufkleber da, wusste aber, dass er noch andere Absichten hatte. *Ich bringe später welche mit. Schreib mir eine SMS, wenn Vivian schläft. Ich würde wirklich gern mit dir reden.*

Drei Stunden später musste Lauren ständig gähnen und dachte darüber nach, ins Bett zu gehen. Sie prüfte ein letztes Mal ihr Handy. Alex hatte ihr vor fünf Minuten eine Nachricht geschrieben. *Sie schläft. Komm rüber und zieh ein Kleid an.*

Sie ignorierte seine Bitte. *Bin schon auf dem Weg.* Sie griff nach ihrer Handtasche und wollte gerade ihr Handy einstecken, als es erneut piepte.

Ohne Unterwäsche.

Wütend betrachtete sie das Display. *Wenn du mich nicht ernst nimmst, vergiss es. :(*

Ich meine es todernst. Versprochen.

Dann sehe ich dich gleich, und zwar mit Unterwäsche.

Als sie die Wohnung verließ, schüttelte sie den Kopf und war entschlossen, ernsthaft mit ihm zu reden, um herauszufinden, wo sie bei ihm stand, bevor sie sich zu sehr in ihn verliebte. Vor seiner Tür angekommen, beschloss sie, sich selbst aufzusperren, um nicht klingeln zu müssen, da das vielleicht Vivian geweckt hätte. Sie öffnete die Tür, und da stand Alex mit hungrigem Blick in seinen dunklen Augen vor ihr.

„Hi", sagte er in der tiefen, samtenen Stimme, von der sie jetzt wusste, dass er sie zum Verführen benutzte. Eine Welle der Hitze durchlief sie, als er sie ins Innere des Hauses zog und leise die Tür hinter ihr schloss.

„Hi", brachte sie heraus.

„Das nehme ich", sagte er, nahm ihre Handtasche und stellte sie auf den Tisch, auf dem man normalerweise seine Schlüssel ablegte.

Sie atmete tief durch und stellte überrascht fest, dass sie leicht zitterte. Sie riss sich zusammen. Es gab keinen Grund, nervös zu sein, sagte sie sich selbst. Sie würden sich einfach nur unterhalten. Mal alles durchsprechen.

Alex schloss den Abstand zwischen ihnen beiden mit alarmierender Schnelligkeit. Sie hielt den Atem an, als ihr klar wurde, was er vorhatte, und konnte keinen zusammen-hängenden Gedanken mehr fassen, als er seine Lippen auf ihre presste und mit der Zunge in ihren Mund eindrang. Er presste sie gegen die Tür, hielt ihre Handgelenke über ihrem Kopf fest und schob ein Bein zwischen ihre Knie. Sie wurde zu Wachs in seinen Händen, und ihr Herz klopfte genauso rasend wie das kochende Verlangen zwischen ihren Beinen. Sein Mund war wie ausgehungert, hart und fordernd, und sie genoss es wollüstig und rieb ihre Hüften unablässig an seinen, plötzlich von Verlangen erfüllt, wie niemals zuvor.

Er ließ sie auf einmal los. Desorientiert blinzelte sie, als er sie umdrehte, sie dazu brachte, sich vornüber zu beugen und ihre Hände unter seinen gegen die Tür presste. Mit leiser, tiefer Stimme befahl er ihr: „Beine auseinander."

„Bist du etwa Polizist?", fragte sie noch etwas benommen davon, wie schnell sich die Dinge entwickelt hatten. Das stammte ganz sicher nicht aus der Fierce Trilogie, von der er ja nur die Sexszenen gelesen hatte. Der Protagonist war ein dominierender Alpha, der die Protagonistin, eine schüchterne Bibliothekarin, immer von hinten nahm. Allerdings waren die Ähnlichkeiten so klar wie das Pochen ihres Herzens, das sie in ihren Ohren hören konnte.

Mit dem Bein spreizte er ihre Beine und fasste ihre Brüste mit beiden Händen. „Vielleicht bin ich das. Was versteckst du unter all dieser Kleidung? Fühlt sich an wie ein unglaublich heißer Körper."

Sie lachte auf und musste dann seufzen. Seine Hände wanderten von ihren Brüsten über ihren Bauch zwischen ihre Beine.

„Das fühlt sich fast so an, als würdest du mich abtasten", sagte sie atemlos.

„Allerdings. Und du machst es mir schwer. Deshalb habe ich dich über die Kühlerhaube meines Wagens gebeugt." Er zog ihr die Shorts hinunter und dann aus.

Oh, verdammt. Er hatte vor, sie gleich hier draußen im Flur zu nehmen. „Alex", protestierte sie, allerdings nicht sonderlich laut, weil sie auf keinen Fall wollte, dass eine bestimmte Zweijährige die Situation mitbekam.

Er riss ihr das Höschen herunter und ließ seine Handflächen über die Innenseiten ihrer Oberschenkel gleiten. Sie hielt den Atem an, weil sie zwar seine Berührung brauchte, aber auch an einen Ort gelangen wollte, an dem sie unter sich waren, und zwar schnell. „Wo ist eigentlich das Kleid, hm?", fragte er. Seine Finger machten kurz vor ihrem Lustzentrum halt. „Das ist wirklich ein Verbrechen."

Sie richtete sich enttäuscht auf, um ihn anzusehen. Er zog ihr das Shirt aus, entledigte sich schnell ihres BHs, und dann war sein Mund auf ihrem, und seine Hände strichen über ihren nackten Rücken. Als er endlich mal einen Moment von ihr abließ, damit sie Luft schnappen konnte, zog er sich schnell das Shirt aus, drehte sie wieder zur Tür um und beugte sie vornüber. Seine Brust wärmte ihren Rücken, als er sich über sie beugte, um sie ins Ohrläppchen zu beißen und daran zu ziehen. Eine Welle der Lust überkam sie, sodass sie ganz feucht zwischen den Beinen wurde.

„Alex, bitte." Sie wusste nicht mal, was es war, worum sie ihn bat—sie wusste nur, dass er der einzige war, der ihr geben konnte, was sie brauchte.

Er stöhnte und ließ seine Hände über ihren Körper wandern, sodass sie das Gefühl hatte, sie wären überall zugleich; ein Gefühl, das sie antörnte. „Mir gefällt es, wenn du mich anflehst."

Sie sah ihn über ihre Schulter hinweg an. Er trug noch immer seine Shorts, die eine eindrucksvolle Beule aufwiesen. „Bring mich jetzt sofort in dein Schlafzimmer", befahl sie ihm.

Er grinste und strich mit den Fingern über das Zentrum ihrer Lust, spreizte ihre Schamlippen und streichelte sie an ihrer intimsten Stelle, bevor er mit den Fingern in sie eindrang. Ihre Knie gaben nach. „Lauren", knurrte er leise, während er sie bearbeitete, „sag mir, was du willst. Wonach du dich verzehrst.“

Sie hatte nicht die Gelegenheit, zu Atem zu kommen.

Er zog seine Finger aus ihr heraus und strich mit einem Finger über ihre Unterlippe, teilte ihre Lippen und steckte ihn ihr in den Mund. Sie konnte sich selbst schmecken, eine erotische und ungewöhnliche neue Erfahrung für sie. Sie saugte an seinem Finger, und er stöhnte. Er zog sie hoch, hob in einem erstaunlich rücksichtsvollen Zug all ihre Kleider auf, nahm sie bei der Hand und führte sie in sein Schlafzimmer.

Er machte die Tür zu, schloss sie ab und legte alle ihre Kleider aufs Fußende des Bettes. Um keine Beweise zurückzulassen, stellte sie fest, für den Fall, dass Vivian aufwachte. Sie musste schlucken, als er sich mit gierigem Blick zu ihr umdrehte.

„Ich werde dir all das geben, wonach du dich insgeheim sehnst“, sagte er mit rauer Stimme, und seine Worte trafen sie tief in ihrem Innersten.

Ihr Mund wurde trocken. Er kam zu ihr herüber, legte einen Arm um ihre Taille und drängte sie rückwärts gegen die hinterste Wand des Zimmers, während er sie mit dunklen, hungrigen Augen ansah. Sie war sich dunkel darüber im Klaren, dass sie nun so weit wie möglich von Vivians Zimmer entfernt waren, und hoffte nur, dass es ihnen gelingen würde, nicht zu laut zu sein.

Er verflocht seine Finger mit ihren und hielt sie gegen die Wand gepresst. Er starrte ihren Mund an. „Sag es.“

„Küss mich.“

Der Hauch eines Lächelns erhellte sein Gesicht, bevor er sie leidenschaftlich küsste, hart und fordernd und gründlich. Sie fühlte sich vollkommen in Besitz genommen, als würde sie nur ihm gehören. Vor Lust bebend hob sie ihm ihre Hüften entgegen, und flehte ihn um das an, was sie mehr als alles andere brauchte. Mehr konnte sie nicht tun. Sein Mund hatte von ihr Besitz ergriffen, und er hielt ihre Handgelenke über ihren Kopf, während sich sein harter

Körper gegen ihre weichen Kurven drückte. Mit offenem Mund küsste er sie seitlich am Hals entlang, wo er sie gelegentlich sanft biss, was ihr lüsterne Schauer durch den Körper jagte. Dann wanderte er weiter nach unten, küsste ihr Schlüsselbein und senkte dann langsam ihre Hände, die er noch immer festhielt, zu ihren Seiten.

„Alex", sagte sie atemlos, „ich will dich berühren."

Er ließ ihre Hände los und kniete sich vor sie hin.

„O Gott!" Weiter kam sie nicht, denn er legte die Hand an ihre Brust und saugte, wobei er ihren Nippel zwischen Gaumen und Zunge rollte. Sie vergrub ihre Hände in seinem Haar und hielt ihn gegen sich gedrückt fest, während sich ihr Innerstes zusammenzog und sich danach sehnte, von ihm erfüllt zu werden. Er ließ ihre Brust los und seine Zähne berührten kurz ihre überempfindliche Brustwarze, was sie aufschrecken ließ. Doch bevor sie auch nur ein Wort sagen konnte, hatte er sich bereits die andere Brust gegriffen, sie tief in seinen Mund gesogen. Ihre Finger lösten sich aus seinem Haar, und ein leises Wimmern kam aus ihrem Mund.

Plötzlich legte er seine Hand zwischen ihre Beine, und sie keuchte. Seine Finger waren geschickt und fordernd und einfach unglaublich. Mit dem Mund saugte er weiterhin an ihrer Brust, die in direkter Verbindung mit ihrem Lustzentrum stand. Sie keuchte und bewegte sich in seinem Rhythmus, völlig überwältigt, und der Druck in ihr baute sich immer weiter auf. O Gott. Sie stand kurz davor, sie schlug sich die Hand vor den Mund und versuchte, das, was nach einem Wahnsinnsorgasmus aussah, möglichst leise hinter sich zu bringen, doch dann ließ er sie plötzlich los, stellte sich hin und presste sich an sie. Sie wimmerte, da sie sich nach ihm verzehrte und es kaum erwarten konnte.

Er legte ihr die Hand fest in den Nacken. Seine dunklen Augen glitzerten. „Lass es mich hören. Los, sag es."

„Ich will dich."

Er biss sie in die Unterlippe und saugte daran. „Und

was soll ich mit dir machen?"

„Fick mich."

„Und das werde ich", sagte er, bevor sein Mund erneut leidenschaftlich Besitz von ihr ergriff. Er nahm ihre Hand und schob sie zwischen ihre Beine. „Mach es dir selbst und erzähl mir, wie ich dich nehmen soll."

Sie sah ihn wütend an. „Ich kann es mir jederzeit selbst machen. Ich will, dass du es tust."

Er grinste, legte seine Hand auf ihre und zwang sie dazu, sich selbst zu streicheln. „Und machst du es oft, mein Engel?"

Sie stöhnte und hielt dann ihre beiden Hände still. „Ja, schließlich habe ich vor dir acht Monate lang keinen Sex gehabt."

Er keuchte. „Du machst mich so verdammt heiß. Mach es dir weiter selbst." Er zog sich die Shorts und Unterhosen hinunter und kickte sie weg.

Und sie tat wie geheißen und wurde schneller, als sie seinen enormen Ständer sah. Kein Wunder, dass sie nach dem letzten Mal Schmerzen gehabt hatte. Sie hielt inne, und beobachtete, wie er zum Nachtkästchen ging, ein Kondom herausnahm und es sich überrollte. Sie wollte zu ihm gehen, doch schnell machte er einen Schritt auf sie zu.

„Nein", erwiderte er und drängte sie rückwärts. „Wir tun es genau hier. An der Wand. Genau wie in deinem Lieblingsbuch."

„Die haben es an allen möglichen Orten getrieben."

Er fluchte. „Ich liebe es, wenn aus deinem engelsgleichen Mund unanständige Sachen kommen." Er legte seinen Mund auf ihren und presste sie gegen die Wand. Sie hielt sich an seinen Schultern fest und vergrub ihre Nägel in seiner Haut, weil sie so viel mehr von ihm brauchte. Er griff nach ihrem Bein und hob es hoch, sodass sie jetzt offen vor ihm war. *Ja! Endlich.* Er drückte seinen Schwanz gegen ihre Öffnung, und sie drückte den Rücken durch und kam ihm entgegen.

Er hielt inne und starrte ihren Mund an. „Sag mir, wo sie es überall getrieben haben, und wie. Und lass kein schmutziges Detail aus.“

Sie hatte keine Lust mehr, über Bücher zu reden. Sie griff nach seinem Po, um ihn daran zu erinnern, wie heiß und feucht sie war. Sie flüsterte all die schmutzigen Worte aus den Büchern, Worte von denen sie wusste, dass er sie unbedingt aus ihrem Mund hören wollte. Sie hatte kaum angefangen, als sie schon aufschreien musste, weil er sie in einer schnellen Bewegung zur Wand umgedreht und vornübergebeugt hatte.

Er presste seinen Körper an ihren mit einer Hand vor ihrem Mund, während er ihr erhitzt ins Ohr flüsterte. „Du musst still sein, sonst weckst du Vivian auf. Leg deine Handflächen an die Wand.“

Sie tat wie geheißen, und er drang in einem schnellen Stoß in sie ein. Sie schrie auf, doch er erstickte das Geräusch mit seiner Hand. Er stieß erneut zu und sagte mit einer Stimme, die wie tiefer Samt war: „Und jetzt werde ich dich ficken, hart und tief.“ Er nahm seine Hand von ihrem Mund. „Versuch, leise zu sein.“

„Mach schon“, knurrte sie fast.

Er umfasste ihre Hüften und gab ihr, was sie brauchte. Er stieß sie hart und immer wieder, bis sie völlig erfüllt und erregt war, sein heftiger Atem nah an ihrem Ohr. Vor Alex hatte sie noch nie jemand richtig gefickt, mit schweißnassen Körpern, und sie vergaßen alles um sich herum, bis nichts mehr übrig blieb als ein Schleier uralten Verlangens, der ihr Herz wie wild zum Klopfen brachte. Dann griff er um ihren Körper herum und tauchte seine Finger zwischen ihre Beine. Sie biss die Zähne zusammen, um einen Lustschrei zu unterdrücken in dem Versuch, still zu sein. Ihrem Mund entschlüpfte ein kleines Jammern, als er sie völlig ausfüllte, tief in sie eindrang, immer und immer wieder, bis sie kam. Er streichelte sie weiter, sodass sie unter seinem Gewicht hilflos zitterte und bebte, und die Intensität wuchs ins

Unermessliche, während er sie weiter langsam fickte und ihr klar wurde, dass er nicht aufhören würde. Er wollte, dass sie noch einmal kam, aber sie war schon wund und erschöpft. Alarmiert verfing sich ihr Atem. Er füllte sie ganz aus, ließ sie nicht entkommen und hielt sie vollständig in seiner Kontrolle.

Seine Stimme war leise und tief. „Lass dich gehen. Kämpfe nicht dagegen an.“

Sie erstarrte, als er erneut tief in sie eindrang und begann, sie schneller zu streicheln, und plötzlich verlor sie sich in einem Meer aus Gefühlen. Seine Stimme flüsterte ihr rau und tief all die schmutzigen Details darüber ins Ohr, wie genau er sie nehmen und was er mit ihr anstellen würde. Ihr Körper begann zu zittern, als sie heftig kam und er ihre Lustschreie unterdrückte, indem er ihr die Hand vor den Mund hielt. Dann nahm er schließlich die Hand von ihrem Mund, griff nach ihren Hüften und stieß sie heftig immer und immer wieder, bis auch er kam und dabei den Mund an ihren Hals presste. Sie hörte und spürte sein tiefes Stöhnen an ihrem Hals, als er versuchte, es zu unterdrücken. Es dauerte ziemlich lange, bis sie beide wieder zu Atem kamen. Ihr Herz raste noch immer, und sie fühlte sich ein wenig benommen.

Er zog ihn aus ihr heraus, und sie richtete sich mit wackeligen Beinen auf. Sie griff nach seinem Arm, um nicht das Gleichgewicht zu verlieren. Er zog sie zu seinem Bett und schlug es für sie auf. Mit dem Gesicht zuerst ließ sie sich aufs Kissen fallen, völlig erschöpft.

Sie erinnerte sich noch vage daran, dass sie eigentlich mit ihm reden wollte, doch dazu war sie jetzt nicht mehr in der Lage. Sie döste und wollte am liebsten einschlafen. Sie wünschte sich, er würde das Licht einschalten, konnte diesen Wunsch jedoch einfach nicht mehr äußern. Er bewegte sich durchs Zimmer, und sie hätte ihm am liebsten gesagt, er solle still sein und endlich schlafen.

Schließlich wurde ihr langsam klar, dass er sich bei ihr

im Bett befand und seine tiefe Stimme und seine warmen Hände über sie strichen.

~ ~ ~

Alex warf einen Blick auf Laurens weichen, biegsamen Körper, der völlig erschöpft und entspannt auf seinem Bett lag. Das war der beste Zustand, um mit ihr zu machen, was er wollte, und er spürte, wie sein Schwanz zu neuem Leben erwachte. Er strich ihr mit den Fingern die Wirbelsäule entlang, woraufhin sie erschauderte. Er streichelte ihren glatten Rücken entlang, strich ihr über die Seiten und über die sanfte Rundung ihrer Hüfte bis hinab zu ihrem Po und spürte, dass er mehr wollte. Sie bewegte sich nicht. Er hatte viel zu sehr darüber nachgedacht, wie es wäre, erneut mit dir zusammen zu sein. Besonders, nachdem er gelesen hatte, was ihr gefiel.

Er setzte sich anders hin, hob ihr Haar und küsste sanft ihren Nacken. Sie seufzte. Er küsste ihre Schulter und legte eine sanfte Spur von Küssen bis zurück zu ihrem Hals und der empfindlichen Stelle unter ihrem Ohr. Plötzlich bemerkte er, dass er nichts dagegen hätte, sie ständig in seinem Bett zu haben. Was sie hatten, funktionierte. Und so hätte Vivian auch die Mutter, die sie so sehr brauchte.

„Stell dir vor, du müsstest nicht nach Hause gehen", flüsterte er ihr ins Ohr, da er wusste, dass sie viel zu erschöpft war, um sich zu bewegen. Sie musste ihm zuhören.

„Wie meinst du das?", fragte sie leise.

Er nutzte seinen Vorteil aus, da sie momentan so weich und willig war. Er ließ seine Hände über ihre Schultern und ihren Rücken hinunter wandern. „Was hältst du davon, hier einzuziehen?"

Sie hatte die Augen geschlossen und genoss seine Berührung. „Wir sind doch erst seit kurzem zusammen … Vielleicht seit drei Wochen."

Er biss sie sanft in den Hals. „Sprich es aus.“

„In denen wir uns nacheinander verzehren, Lust aufeinander haben, ficken. Such dir eins aus.“

Sein Schwanz wurde härter. „Ja, all das! Aber es steckt noch mehr dahinter, nicht wahr?“ Er wälzte sie auf den Rücken und sie ließ sich so leicht bewegen wie eine Lumpenpuppe. Er ließ seine Handfläche an der Innenseite ihres Schenkels nach oben gleiten und drückte ihr Bein zur Seite. Sie spreizte die Beine und streckte die Arme nach ihm aus. Er legte sich auf sie, und sie umschloss ihn mit den Armen und Beinen wie zu einer Umarmung. Wahrscheinlich sollte er sich besser ein weiteres Kondom holen, doch es fühlte sich einfach zu gut an, als dass er sie loslassen und das aufgeben würde, wonach sein Körper sich jetzt sehnte.

„Mmm“, seufzte sie mit einem befriedigten, müden Lächeln auf dem Gesicht.

Er küsste dieses Lächeln. „Vivian liebt dich. Unsere Beziehung funktioniert im Bett und auch außerhalb … Wir sollten heiraten.“

Sie riss die Augen auf. „Wie bitte?“ Sie löste ihre Umarmung und ließ Arme und Beine sinken. „Wie bitte?“, wiederholte sie und blinzelte, als wäre sie verwirrt oder so was.

„Das ist es doch, was du willst, stimmt’s? Eine feste Beziehung. Und ich werde dir geben, was du willst.“

„Du kannst mir nicht einmal in die Augen sehen, wenn wir es miteinander tun.“

„Aber ich sehe dir jetzt in die Augen.“

Sie schnaubte. „Ich habe so langsam das Gefühl, dass deine bisherigen Beziehungen nicht sehr intim waren.“

„Teilweise waren sie nicht mal richtige Beziehungen. Aber spielt das wirklich eine Rolle?“

Sie stieß ihn vor die Brust. „So kann ich nicht reden. Geh von mir runter.“

„Warum?“ Ihm gefiel diese Stellung, und er hoffte, dass sie es noch mal tun würden, sobald er das leidige Thema mit der Hochzeit aus dem Weg gebracht hatte.

„Wenn du auf mir liegst, kann ich nicht klar denken. Im Ernst."

Er grinste, weil er sich über ihre Aussage freute, und legte sich dann neben sie. Er stützte sich auf einen Ellenbogen und legte seine Hand flach auf ihren unteren Bauch. Sie schob seine Hand weg, legte sich auf die Seite, stützte sich ebenfalls auf den Ellenbogen und sah ihn an.

„Wie lang warst du mit Tammy zusammen, bevor ihr herausgefunden habt, dass sie schwanger war?", wollte sie wissen.

„Vier Monate lang."

„Und wie lang waren die Beziehungen, die du vorher hattest? Irgendwelche ernsthaften Beziehungen?"

„Nichts, was länger gehalten hätte als ein paar Monate. Aber ich weiß nicht, warum das einen Unterschied machen sollte. Mir ist es ja auch egal, wie lang deine Beziehungen gedauert haben. Das einzige, was zählt, ist das Hier und Jetzt."

„Ich versuche nur zu verstehen, wie du auf die Idee kommst, mir nach drei Wochen einen Antrag zu machen."

Er strich ihr das Haar über die Schulter. „Ganz einfach, wir passen zusammen."

Sie stöhnte, ließ sich auf den Rücken fallen und schlug die Hände vors Gesicht.

„Und was soll das jetzt heißen?"

Sie ließ die Hände wieder sinken. „Liebst du mich, Alex?"

„Was ist das denn für eine Frage?", fragte er, um Zeit zu gewinnen. Er konnte diese Worte nicht aussprechen. Er liebte sie nicht, doch das, was sie hatten, war sogar noch besser, sie passten zusammen, und sie war eine hervorragende Mutter für Vivian.

„Eine durchaus legitime Frage", fuhr sie ihn an.

„An jemanden, der dich gerade gefragt hat, ob du ihn heiraten möchtest?", fragte er sie, als hätte sie ihn beleidigt.

Vielleicht hatte er das Thema zu früh angesprochen, aber in seiner Vorstellung passte einfach alles zusammen. Sie sagte nichts, und er beschloss, sie abzulenken. „Komm her, setz dich hin." Auch er setzte sich hin. In dieser Stellung hatten sie es noch nicht getan, und er ging davon aus, dass es ihr wahrscheinlich gefallen würde. Als Bonus würde sie ihm außerdem zugutehalten müssen, dass er sie ansah und es so besonders intim war.

Mühsam setzte sie sich auf. „Ich nehme das Heiraten nicht auf die leichte Schulter."

Er fragte sich, ob er sie bitten sollte, sich auf seinen Schoß zu setzen oder sie einfach auf sich ziehen sollte. Er griff nach ihr, und sie verschränkte die Arme. „Was wäre denn wichtiger, als ein Antrag?", fragte er.

„Liebe!"

Er ging in die Offensive. „Liebst du mich denn?"

Sie wandte den Blick ab. „Ich versuche, es nicht zu tun, aber es sieht ganz danach aus, als wäre ich dabei, mich in dich zu verlieben."

Er konnte ein breites Lächeln nicht unterdrücken. „Okay, also bist du dabei, dich in mich zu verlieben, das ist doch toll. Wir lieben beide Vivian. Sie braucht dringend eine Mutter—"

„Siehst du?", rief sie aufgebracht. „Das ist es, was ich befürchtet habe. Du willst nur um ihretwillen mit mir zusammen sein."

„Ich will auch um meinetwillen mit dir zusammen sein. Bevor ich dich kennengelernt habe, haben sich mir haufenweise Frauen an den Hals geworfen, und ich hatte absolut kein Interesse." Scheiß drauf. Er zog sie sich auf den Schoß, legte ihre langen Beine um sich und zog sie in einer erotischen, nackten Umarmung an sich. Wie immer erwiderte sie seine Umarmung, legte ihm die Arme um den Oberkörper und den Kopf an seine Schulter. „Doch dann habe ich dich kennengelernt, und ich wollte dich, wie ich noch nie zuvor eine Frau gewollt habe."

Er streichelte ihren Rücken und versuchte, die Umarmung zu genießen, ohne sie zu dem harten Sex, nach dem er sich so sehr sehnte, zu drängen. Wenn er sie jedes Mal, nachdem sie miteinander geschlafen hatten, mehr wollte, wäre alles in Ordnung, ihre Ehe wäre ein Kinderspiel.

Sie löste sich von ihm, um ihn anzusehen. „Hättest du mich auch gewollt, wenn du mich kennengelernt hättest, bevor du Vivian hattest?"

Er küsste sie und antwortete ihr nicht. Sofort gab sie ihm nach. Und das war es auch, wovon er nicht genug bekommen konnte, ihre süße Hingabe, ihre verletzliche Offenheit, und das, obwohl er sie weit aus ihrer Wohlfühlzone herausgeholt hatte. Er brach den Kuss ab, schob eine Hand unter ihr Haar, um sie im Nacken zu halten, und drückte sie, bevor er zugab: „Bevor Vivian in mein Leben trat, mochte ich Freigeister, wie ich selbst auch einer bin, aber ich habe mich verändert, seit ich sie habe, und auch meine Bedürfnisse haben sich geändert. Jetzt mag ich Frauen, die ein Gesicht haben, wie ein Engel—", er hob seine andere Hand und strich ihr mit dem Daumen über die Unterlippe, „—und einen Körper, der wie für die Sünde gemacht ist."

Sie wandte den Kopf ab.

Er nahm ihr Gesicht in beide Hände und wandte es sich wieder zu. „Und die ein gutes Herz haben. Das Herz einer Mutter."

Die Tränen stiegen ihr in die Augen. „So wird das nicht funktionieren."

„Warum nicht? Es passt doch alles."

Sie versuchte, sich von ihm zu lösen, doch er hielt sie fest. „Lauren, ich brauche dich, nicht nur im Bett, sondern für so unglaublich viele andere Dinge auch."

Sie nahm einen tiefen, bebenden Atemzug. „Ich weiß, dass du alle Häkchen auf deiner Wunschliste gemacht hast und denkst, dass das alles Sinn ergibt, aber … so läuft das einfach nicht. Ich kann dich nicht heiraten. Nicht so."

„Lauren."

„Bitte", sagte sie leise, an seine Brust gelehnt.

Er ließ sie los, und sie stieg von seinem Schoß.

„Liebe und Bedürfnisse sind nicht das Gleiche", sagte sie leise.

Das traf ihn wie ein Eimer kaltes Wasser. Es hörte sich so endgültig an. Was noch schlimmer war, sie stieg aus seinem Bett und zog sich an.

Er sah wie betäubt dabei zu. Er musste ihr das sagen, was sie hören wollte, die richtigen Worte finden, doch ihm fiel nichts ein. Er hatte seine alte, unbedarfte Art aufgegeben, genau wie jede Art von Beziehung, außer der einzigen, die zählte, die zu Vivian.

Mehr konnte und wollte er nicht geben. Und er wusste verdammt noch mal ganz genau, dass er ihrer Liebe nicht wert war. Doch sie konnten etwas anderes haben, etwas Stabileres, Vivian zuliebe.

Er sah hilflos dabei zu, wie sie sich anzog, und wusste nicht, wie er sie aufhalten konnte.

Vollständig angezogen wandte sie sich zu ihm, ihre Haare noch unordentlich von dem, was sie gerade getan hatten, ihr Hals noch gerötet von seinen Küssen. „Pass auf, ich werde dir natürlich weiterhin mit Vivian helfen, aber dieser Teil unserer Beziehung—", sie deutete aufs Bett, sah ihm dann in die Augen und hob das Kinn „—der Teil, in dem wir es miteinander *treiben,* ist endgültig vorbei."

Sie ging und machte die Tür leise hinter sich zu. Er wartete und hoffte wie ein Idiot darauf, dass sie es sich anders überlegen und zurückkommen würde. Sie wollte ihn genauso sehr wie er sie. Schließlich hatte sie zugegeben, dass sie vor ihm seit acht Monaten mit niemandem mehr zusammen gewesen war.

Die Haustür wurde leise geschlossen.

Er ließ sich auf die Matratze zurückfallen und stieß sich natürlich sofort den Kopf am Kopfende an. „Verdammt!" Er hielt sich den schmerzenden Kopf.

Da ertönte das Weinen eines Kleinkindes aus dem Nebenzimmer.

Der Engel war verschwunden, und er befand sich nun wieder in der Hölle.

Kapitel Siebzehn

Alex wusste, dass er Lauren als Kindermädchen brauchte, doch jeden Tag mit ihr zu verbringen, ohne mit ihr zusammen zu sein, war eine Qual. Eine echte Qual. Er hätte niemals mit dem Kindermädchen schlafen dürfen. Oder zumindest hätte er damit warten sollen, bis der Sommer vorbei war und sie nicht mehr jeden Tag in seinem Haus war. Was zum Teufel sollte er denn tun? Das ging jetzt erst seit drei Tagen so, und er hatte nicht die geringste Ahnung, wie er die nächsten sieben Wochen durchstehen sollte.

Gestern, kurz bevor Lauren in ein verlängertes Wochenende zum Unabhängigkeitstag aufgebrochen war, hatte er es nicht mehr ausgehalten und sie gefragt, ob sie an jenem Wochenende an einem weiteren Singletreffen, das Hailey für sie organisiert hatte, teilnahm. Als Antwort hatte sie nur abfällig gezischt, und damit wusste er Bescheid. Die kühle Distanz, die zwischen ihnen bestand, tat ihnen beiden sehr weh, waren sie sich doch vorher so nah gewesen, wie zwei Menschen es nur sein können.

Da hatte er ja wirklich verdammten Mist gebaut.

Und es half auch nicht gerade, dass Vivian ständig über „Fuper" sprach, wenn sie Lauren vermisste, was ziemlich häufig vorkam. Vivian wollte immer, dass er Lauren, wenn sie frei hatte und nicht da war, irgendwelche Sachen erzählte, doch da er und Lauren sich momentan nicht so gut verstanden, tat er nur so als ob.

Er zog Vivian ein rotes T-Shirt mit einem Feuerwerk darauf an, machte ihr Zöpfe und fuhr mit ihr zum Haus seines Vaters. Zum Unabhängigkeitstag kochte sein Vater immer ein Festmahl. Danach gingen sie in den nahe gelegenen Clover Park, um sich das Feuerwerk anzusehen. Er mochte ja übervorsichtig sein, trotzdem hatte er kleine Ohrenschützer mitgebracht, um Vivian vor dem ganzen Lärm zu schützen.

Wahrscheinlich hatte er es seiner Verzweiflung zu verdanken, aber trotzdem hoffte er, dass sein Vater, der schon seit Ewigkeiten Junggeselle war, vielleicht eine Idee hatte, wie er die Dinge wieder in Ordnung bringen konnte. Er nahm an, dass zumindest eine kleine Chance bestand, dass sein Vater sich als hilfreich erweisen könnte, da er sehr viel Zeit mit Lauren verbracht hatte.

Als er am Haus seines Vaters ankam, stand glücklicherweise Josh am Grill und nicht sein Vater. Auch Logan, Ty und seine Frau Charlotte waren da.

„Hi, Viv! Siehst du in deinem Feuerwerk-T-Shirt toll aus", sagte Charlotte.

Vivian hielt sich das T-Shirt vom Körper weg, damit man das Feuerwerk besser sehen konnte.

„Weißt du, was total gut zu deinem T-Shirt passen würde?", fragte Charlotte und fasste in ihre große Tasche.

Vivian schüttelte ihren kleinen Kopf so heftig, dass ihre Zöpfe ihr ins Gesicht flogen.

„Eine Feuerwerk-Haarspange!" Sie hielt eine glitzernde, rote Haarspange mit kurzen roten, weißen und blauen Bändern, die davon herabhingen, hoch. Sie war perfekt für ein kleines Mädchen.

„Ja!", rief Vivian, lief zu Charlotte hinüber und drehte sich vor ihr um, wie sie es auch tat, wenn Alex ihr das Haar vor dem Badezimmerspiegel zusammenband. „Danke!"

Charlotte befestigte die Haarspange über einem ihrer Zöpfe, machte mit ihrem Handy ein Bild davon und zeigte es Vivian.

Vivian drehte sich zu ihm um. „Daddy! Fuper.“

Er wusste, dass Vivian wollte, dass er ein Bild von ihr machte, um es an Lauren zu schicken, also zog er pflichtbewusst sein Handy hervor. „Du siehst toll aus. Wie ein superstarkes Feuerwerksmädchen.“ Er wollte, dass sie sich eher für stark als für süß hielt, obwohl sie natürlich extrem süß war. Er wollte, dass sie sich zu einem starken Mädchen entwickelte, das sich nichts gefallen ließ. So wie seine Schwester Mad.

„Fuper!“, sagte Vivian erneut.

„Ich weiß, ich weiß.“ Er allein reichte ihr nicht mehr. Alles musste sowohl ihm als auch Lauren gezeigt werden. Allerdings schickte er das Bild seinem Vater und nicht Lauren. Er sah zu Vivian hinüber, die geduldig wartete. „Sie sagt, es ist toll.“

Vivian strahlte, und sein Herz sank. Er musste sich wirklich etwas einfallen lassen, um Lauren auch weiterhin in ihrem Leben zu haben. Schließlich konnte er sein kleines Mädchen nicht enttäuschen.

„Wo ist eigentlich Dad?“, fragte er seine Brüder.

„Drin, er bereitet den Obstsalat vor“, antwortete Logan. „Den habe ich zwar schon fertig geschnitten aus dem Supermarkt mitgebracht, aber er zerschnippelt alles noch mal, damit es kindgerecht ist. Er zerschneidet sogar die Trauben.“

Alex lächelte. Sein Vater sorgte gut für Vivian und würde Alex garantiert dabei helfen, die bestmögliche Mutter für sie zu erwischen. „Würdet ihr alle kurz auf sie aufpassen, während ich mit Dad rede?“

„Hört sich ja ernst an“, sagte Josh.

„Das ist es auch.“ Zu Vivian gewandt sagte er: „Frag Onkel Logan doch mal, ob er Basketball mit dir spielt.“

„Ball!“, sagte Vivian und zeigte auf das Basketballnetz neben dem Haus.

„Basketball“, sagte Logan, hob sie hoch und setzte sie sich auf die Schulter. Vivian kreischte vor Freude.

„Moment, ich will auch mitmachen", donnerte Ty.

„Ich auch", sagte Charlotte.

„Du darfst nur zusehen", sagte Ty zu Charlotte. „Du solltest dich nicht zu viel bewegen." Charlotte war seit drei Monaten schwanger, und Ty achtete darauf, dass sie sich nicht so sehr verausgabte. Und zwar aus gutem Grund. Aufgrund früherer gesundheitlicher Probleme lief Charlotte Gefahr, dass es während ihrer Schwangerschaft zu einer ganzen Anzahl verschiedener, furchteinflößender Komplikationen kommen konnte. Bis jetzt war mit Charlotte alles völlig in Ordnung, doch nach dem, was mit Tammy geschehen war, konnte Alex ausgesprochen gut verstehen, dass Ty besorgt war.

Charlotte verdrehte die Augen, und sie gingen alle um das Haus zur Einfahrt. Vor dem normalen Basketballnetz war immer das Basketballnetz für Kleinkinder aufgebaut.

Er ging ins Haus, wo sein Vater gerade dabei war, sorgfältig Trauben in zwei Hälften zu schneiden. „Hey, Dad."

Sein Vater ließ das Messer sinken. „Oh, hey, ich wusste ja gar nicht, dass ihr schon da seid. Wo ist Viv?"

„Draußen und spielt mit den Jungs Basketball."

„Die wird mal eine richtige Sportlerin", sagte er mit breitem Lächeln. „Sie schlägt jedenfalls nicht aus der Art, eine echte Campbell." Sein Vater hatte immer dafür gesorgt, dass sie Sport machten, sobald sie einen Ball halten konnten.

„Ja, wahrscheinlich kommt sie ein wenig nach unserer Familie."

Sein Vater widmete sich wieder den Trauben. „Sogar ziemlich. Als du in ihrem Alter warst, hattest du auch hellbraunes Haar. Sie hat die gleichen Augen, Wangen, Ohren."

Er fuhr sich mit der Hand durchs Haar. „Manchmal, wenn ich sie ansehe, sehe ich nur Tammy. Besonders ihre Oberlippe und das Grübchen am Kinn erinnern mich an sie."

Sein Vater hielt kurz mit dem Schneiden inne und machte dann weiter. „Du hast Tammy schon seit längerem nicht mehr erwähnt. Fragt Vivian wieder nach ihrer Mutter?" Irgendwie machte es Alex die Tatsache, dass er seinem Vater nicht ins Gesicht sehen musste, leichter, über Tammy zu sprechen.

Er holte zwei Gläser aus dem Schrank. „Nein, seit Lauren sich um sie kümmert, redet Vivian kaum noch von ihrer Mutter." Er ging hinüber zum Spülbecken und füllte die Gläser mit Wasser. „Es ist nur so, dass Vivian mittlerweile so sehr an Lauren hängt, dass ich befürchte, sie vermisst eine Mutter. Und dann muss ich an Tammy denken, und an all das, das Vivian verpasst, weil sie nicht in ihrem Leben ist."

Sein Vater bedeutete ihm, sich an den Küchentisch zu setzen. Alex setzte sich und reichte seinem Vater sein Glas. Als er noch klein gewesen war, hatten sie oft an diesem Tisch gesessen und alles bei einem Glas Wasser besprochen. Einige Minuten lang sagten sie gar nichts, aber das Schweigen war kein ungemütliches. Sein Vater war wirklich gut darin, mit schwierigen Situationen umzugehen. Alex wusste nicht, ob das daran lag, dass er Polizist war, oder einfach daran, dass er den Umgang mit verschiedenen Kindern, darunter auch die schwer erziehbaren aus der Police Athletic League, für die er der Mentor war, gewohnt war. Viele dieser Kinder gehörten mittlerweile so gut wie zur Familie—Park, Ethan, Marcus, Zack und Ben. Sein Vater hatte so viel Liebe zu geben, und Alex konnte nicht umhin, sich zu fragen, woher all diese Liebe stammte. Schließlich hatte Alex' Mutter ihren Vater sitzen gelassen, als Alex gerade mal fünf Jahre alt gewesen war. Sie war einfach abgehauen und hatte ihre Kinder im Stich gelassen. Sie war niemals zurückgekehrt. Sein Vater war alleinerziehend gewesen und hatte sich um sechs Kinder plus die Jungs, die er ehrenamtlich betreute, gekümmert. Und Alex schaffte es kaum, alleinerziehender Vater für ein einziges

Mädchen zu sein.

Sein Vater brach als Erster das Schweigen. „Ich weiß, dass du dir manchmal wünschst, Tammy wäre hier, damit Vivian eine Mutter hat." Er machte eine Pause und fragte dann sanft: „Aber glaubst du, sie hätte Vivian genau so sehr geliebt wie du?"

Er starrte vor sich hin, da ihn die Frage überraschte. „Glaubst du etwa, sie hätte es nicht?"

Die Lippen seines Vaters wurden schmal. „Das kann ich nicht sagen. Ich frage mich nur manchmal, ob Vivian tatsächlich so viel verpasst, wie du glaubst."

Alex nahm einen großen Schluck Wasser und starrte in sein Glas. „Tammy war das Kind ziemlich egal", gab er zu. „Sie hat das Baby sogar einen Parasiten genannt." Er hob den Kopf. „Ich hatte gehofft, dass ihr Mutterinstinkt einsetzen würde, sobald Vivian auf der Welt war."

„Nicht jede Frau hat den Mutterinstinkt. Und ganz besonders nicht in dem Maße, wie Lauren ihn hat. Sie ist wirklich außergewöhnlich."

Als sein Vater Lauren erwähnte, machte sein Herz einen Sprung, obwohl er versuchte, nur ganz allgemein über sie zu sprechen. „Wenn du es sagst."

„Mal im Ernst, sieh dir doch nur einmal deine eigene Mutter an."

Er biss die Zähne zusammen. „Die herzlose Schlampe."

Sein Vater erschrak. „Hey, Moment. Deine Mutter war nicht völlig herzlos. Auf ihre Art hat sie euch geliebt. Nur eben vielleicht nicht auf die Art, auf die eine Mutter ihr Kind lieben sollte." Er nahm einen Schluck Wasser und schüttelte den Kopf. „Es tut mir leid. Ich wünsche mir oft, die Dinge wären für euch Kinder anders gelaufen."

„Dafür kannst du ja nichts."

Sein Vater nickte. „Danke." Er sah Alex mitfühlend an. „Ich kannte Tammy nicht besonders gut, muss aber leider sagen, dass ich auch nicht das Gefühl hatte, sie hätte dich sonderlich geliebt."

Alex seufzte. „Ich weiß. Sie hatte eigentlich vor, mich zu verlassen, und redete ständig davon, per Anhalter nach Kalifornien zu fahren, obwohl sie wusste, dass ich die Stadt nicht verlassen wollte. Ich habe sie überredet, wenigstens solange zu bleiben, bis das Baby auf der Welt war." Und dann ist sie gestorben und hat ihre Tochter nicht ein einziges Mal gesehen. Erneut spürte er, wie die Schuld ihn zu erdrücken schien, sodass es ihm schwerfiel, zu atmen.

Sein Vater legte ihm eine Hand auf die Schulter. „Ich habe es dir schon einmal gesagt, und ich sage es dir erneut, du trägst keine Schuld an dem, was mit Tammy geschehen ist. Und bevor du dir selbst nicht vergeben kannst—"

„Wie kann ich mir selbst vergeben, Vivian die Mutter genommen zu haben?", rief er aufgebracht.

Sein Vater drückte seine Schulter, bevor er die Hand sinken ließ und tief seufzte. „Ich hasse es, dir das sagen zu müssen, aber du hast einen Mutterkomplex. Deine Mutter hat dich verlassen, Vivians Mutter hat sie verlassen, allerdings ohne eigenes Verschulden—"

Alex unterbrach ihn, und seine alten, erbitterten Selbstvorwürfe waren zurückgekehrt. „Es war meine Schuld. Schließlich habe ich sie geschwängert; ich war es, der sie davon überzeugt hat, das Baby zu bekommen."

Sein Vater sah ihn scharf an. „Und ich sage es dir noch mal, für beides braucht man zwei. Tatsache ist, dass du ein Leben gerettet hast—Vivians. Und an Tammys Tod, so tragisch er auch sein mag, trägt niemand die Schuld. Du nicht. Vivian nicht. Der Arzt nicht. Es war einfach Pech." Tammy hatte schnell unter Narkose gesetzt werden müssen, damit der Kaiserschnitt durchgeführt werden konnte, da Vivians Puls gefallen war. Dann hatte Tammy Probleme während der Anästhesie gehabt, und ihr Herz hatte einfach aufgehört zu schlagen. Sie hatten versucht, sie wiederzubeleben. Und es war ihnen nicht gelungen.

Er schluckte.

„Alex?"

„Ja."

Sein Vater wartete, bis er ihn ansah, und sagte dann: „Bitte hör mir zu. Erst wenn es dir gelingt, dir selbst zu vergeben für das, was mit Tammy geschehen ist, erst dann kannst du weitermachen und für dich und Vivian ein gutes Leben schaffen."

Doch dieses gute Leben existierte nicht ohne Lauren. Sie brauchten sie. „Lauren ist einfach perfekt für Vivian."

„Und wie sieht es mit dir aus? Könnte Lauren die Frau sein, die dich glücklich macht?"

Er starrte den Tisch an. „Sie ist zu gut für mich."

Sein Vater schlug auf den Tisch, sodass Alex erschrak. „Dann musst du eben dafür sorgen, dass du zu gut für sie bist. Schließlich kannst du dich ruhig mal ein bisschen anstrengen, nicht wahr? Führ sie schick aus, geh mit ihr essen und sorge dafür, dass sie sich wie etwas ganz Besonderes fühlt."

Nach dem Abendessen mit Lauren waren sie miteinander im Bett gelandet. Und irgendwie hatte der Sex die Dinge zwischen ihnen verkompliziert. Nun, da er darüber nachdachte, war Sex die Basis fast all seiner bisherigen Beziehungen gewesen. Er musste sich etwas Besseres einfallen lassen, um eine Verbindung zu Lauren herzustellen. Und zwar schnell.

„Ich habe bis Montag frei", sagte sein Vater. „Ich werde jeden Abend von Donnerstag bis Sonntag Babysitten, und außerdem jeden Samstagabend, bis der Sommer vorbei ist. Würde dir das weiterhelfen?"

Er schenkte seinem Vater ein kleines Lächeln. „Damit ich mich mit der Frau treffen kann, die ich heiraten möchte?"

„Heiraten?", rief sein Vater erstaunt.

Er hob die Handflächen. „Ich habe sie gefragt. Ich dachte einfach, dass alles einen Sinn ergibt. Wir lieben beide Vivian. Wir passen gut zusammen."

„Aber ich nehme mal an, sie hat Nein gesagt."

Er ließ seinen Kopf sinken. „Sie hat Nein gesagt." Für sie war es wichtig, dass er sie liebte. Und wenn es jemand verdient hatte, geliebt zu werden, dann Lauren, und trotzdem schien ihn irgendetwas zurückzuhalten.

„Es fällt dir jetzt schwerer", sagte sein Vater leise. „Jemanden zu lieben. Kein Wunder, nachdem du Tammy auf so tragische Weise verloren hast."

Er starrte seinen Vater einen Moment lang an, während ihm langsam klar wurde, wie viel Wahrheit in dieser Aussage steckte. Er hatte angenommen, es hinter sich gelassen zu haben, doch er steckte immer noch mittendrin, und alles war noch da: Trauer, Schmerz und Schuldgefühle. Die Geburt, wie Tammy offen auf dem Tisch gelegen hatte, überall Blut, und wie die Monitore gepiept hatten, überall Schwestern und Ärzte durcheinandergerufen hatten, und mittendrin das Schreien des Babys. Er schloss die Augen und versuchte, die Erinnerung daran zu verdrängen. Tammys schwarze Rose, ihr letztes Kunstwerk, kam ihm in den Sinn. Er sah sich immer noch jeden Tag ihre Arbeiten an, besonders ihre Werke aus der Zeit, als sie schwanger war. Eine Reihe trostloser Bilder—verlassene Objekte, leerstehende Baugelände—und das letzte davon eine schwarze Rose auf einem verlassenen Baugrundstück. Wie konnte sie einsam sein, wo er sich doch an ihrer Seite befand? Während sie ihr gemeinsames Baby unter ihrem Herzen trug? Die schwarze Rose stand für Tod und Trauer. War das etwa als Zeichen für ihn gedacht? Hatte sie ihm diesen Hinweis hinterlassen? Ein letzter Abschied, weil sie ihn und Vivian zurückließ? Warum ausgerechnet eine schwarze Rose?

Sein Vater drückte seine Schulter. „Warst du eigentlich seit der Beerdigung mal wieder auf dem Friedhof?"

Er schauderte. „Nein."

„Du musst einen Weg finden, um dich zu verabschieden. Um loszulassen und dich mit dem abfinden zu können, was geschehen ist."

Er schluckte, der Hals war ihm eng, und sein Herz tat ihm weh. Es kam überhaupt nicht in Frage, dass er ihr Grab besuchte. Er wollte ihre Beerdigung nicht noch einmal durchleben müssen. Er hatte es beim ersten Mal gerade so überstanden, obwohl die Schuldgefühle so schwer auf ihm gelastet hatten, dass er kaum atmen konnte. Aus dem gleichen Grund wollte er auch nie wieder einen Fuß in ein Krankenhaus setzen.

„Ich komme mit, wenn du möchtest", bot ihm sein Vater an.

Alex trank sein Glas aus und stand auf. „Danke, aber nein."

„Okay", erwiderte sein Vater still.

Alex sah aus dem Küchenfenster, ohne wirklich etwas zu sehen, er war wieder an diesem dunklen Ort voller Selbstvorwürfe. Schuldgefühle quälten ihn. Vivian hatte so viel verloren. Tammy hatte alles verloren.

„Mach dir nicht zu viele Gedanken", sagte sein Vater. „Jedes Mal, wenn Lauren zu Besuch kommt, lege ich ein gutes Wort für dich ein."

Er erstarrte und drehte sich langsam. „Und was hast du ihr erzählt?"

„Es könnte *eventuell* sein, dass ich ihr einige deiner Babyfotos gezeigt habe."

„Dad!"

„Und ein paar deiner signierten Originalkunstwerke aus dem Kindergarten. Du hast schon sehr früh ein Talent für Kunst entwickelt."

Er stöhnte. „Sonst noch was?"

„Ich habe Ethan, Ben und Marcus schlechtgemacht, sodass sie sich auf Haileys Singleabend nicht mit ihnen abgibt."

„Dad!"

Sein Vater verzog das Gesicht. „Ich glaube, ich habe sogar behauptet, dass Ethan sexsüchtig sei."

Alex traute seinen Ohren nicht.

„Bin ich vielleicht etwas zu weit gegangen?"

Trotz des Ernstes der Lage musste er lachen. Ethan war *keinesfalls* sexsüchtig. Er liebte es zu flirten, war aber bei der Wahl seiner Partnerin äußerst wählerisch. Jetzt wusste Alex wenigstens, warum sich alle Frauen während des Singleabends von Ethan ferngehalten hatten. „Mit dieser Aussage hast du übrigens nicht nur Lauren verschreckt. An jenem Abend haben alle Frauen Ethan gemieden, und wahrscheinlich werden sie das auch in Zukunft tun. Frauen reden nun mal miteinander, und besonders diese Frauen."

„Verdammt." Sein Vater rieb sich die Stirn. „Versuche, einem deiner Söhne zu helfen, und schon musst du einem zweiten aus der Bredouille helfen. Ich nahm einfach an, dass du es nötiger hast. Okay, ich weiß, was ich jetzt zu tun habe."

Alex schüttelte den Kopf, doch wenn er jetzt so darüber nachdachte, musste er zugeben, dass die Tatsache, dass sein Vater alle anderen schlechtgemacht hatte, ihm durchaus geholfen hatte. Lauren hatte alles getan, um die anderen Jungs zu meiden, sodass er die Möglichkeit hatte, sich an sie ran zu machen. „Aber jetzt ist Schluss damit. Ich erledige das von jetzt an selbst."

„Großartig. Sie kommt in ungefähr einer Stunde."

Alex starrte seinen Vater schockiert an. Er hatte keine Zeit dazu gehabt, sich darauf vorzubereiten, dass er Lauren sehen würde. Und er wusste einfach nicht, was er sagen sollte.

Er bemühte sich um einen ruhigen Ton, da sein Vater sich bemüht hatte, ihm zu helfen. „Du hast sie wieder eingeladen, ohne es mir zu sagen?"

„Vielleicht solltest du dich besser fragen, warum sie es dir nicht erzählt hat."

„Keine Ahnung. Was hat es zu bedeuten?"

Sein Vater stand auf. „Vielleicht wollte sie dich überraschen. Vielleicht möchte sie dich einfach nur kennenlernen, ohne dass du sie gleich heiraten willst. Verdammt noch mal, Alex, ich kann es einfach nicht glauben, dass du ihr so schnell einen Antrag gemacht hast. Es ist ja nicht so, als würde ich das Mädchen nicht lieben, süßer als sie geht ja gar nicht." Er schüttelte den Kopf und lächelte, als er an Lauren dachte. „Du musst sie wie etwas ganz Besonderes behandeln. Wie eine Königin."

„Wie eine Königin", sagte er und hatte keine Ahnung, wie er das anstellen sollte.

Sein Vater nahm die Schüssel mit dem Obstsalat und einen Servierlöffel, bevor er sich auf den Weg zur Hintertür machte. Er hielt an und rief über seine Schulter zurück: „Dir wird schon was einfallen."

Alex folgte ihm nach draußen. Dort waren alle versammelt. Anscheinend war Vivian es leid, Basketball zu spielen. Er sah sich die anwesenden Männer an und versuchte einzuschätzen, welcher von ihnen bei dieser ganzen So-sichert-man-sich-eine-Beziehung-Sache hilfreich sein könnte. Er hatte die leise Hoffnung, dass Lauren, obwohl er noch nicht ganz bereit war, ihn doch noch nicht vollständig abgeschrieben hatte. Er konnte sie einfach nicht, so kurz nachdem er sie kennengelernt hatte, wieder verlieren. Josh hatte noch nie eine Beziehung gehabt. Zumindest nicht nach Alex' Wissen. Parker und Mad waren zwar jetzt hier, aber verdammt, Parker hatte es einfach zu leicht gehabt. Mad hatte ihn schon von klein auf an verehrt. Er musste ihre Liebe also einfach nur erwidern. Logan hatte eine feste Beziehung im College, über die er nie ganz hinweggekommen war. Es war noch immer ein wunder Punkt. Blieb also nur noch Ty. Der überschwängliche, maßlos übertriebene Ty. Ach, was sollte es. Was hatte Alex schon zu verlieren?

Alex hatte kaum ein paar Schritte auf ihn zu gemacht, als Ty ihm begegnete, da er anscheinend vorhatte, zu gehen. „Brauchst du irgendetwas vom Supermarkt?", fragte Ty. „Ich hole noch schnell etwas Gemüse. Ich möchte Charlotte einen Grünkohlsmoothie machen."

Alex unterdrückte beim Gedanken daran ein Würgen. „Warte kurz. Ich komme mit.“

Er traf auf seinen Vater und bat ihn, ein Auge auf Vivian zu haben, gab Vivian einen Abschiedskuss und gesellte sich dann zu Ty in dessen neuem Minivan. Ty verbrachte am Anfang der Fahrt geraume Zeit damit, ihm schrecklich genau zu erklären, über welche Sicherheitsvorkehrungen der Wagen verfügte.

„Wow“, murmelte Alex.

„Ich weiß, der Wagen macht optisch nicht viel her, aber laut dem Versicherungsinstitut für Sicherheit auf der Autobahn ist er die Nummer eins in Sachen Sicherheit.“

„Und das ist für die Familie das Wichtigste.“

Ty lächelte ihn an. „Wie ich sehe, hast du es verstanden.“

Die Fahrt zum Supermarkt dauerte nicht lang, also fackelte Alex nicht lange und kam sofort auf den Punkt. „Wie ist es dir gelungen, Charlotte dazu zu bringen, dich zu heiraten?“

„Das war ganz leicht“, sagte Ty grinsend, „Ich habe ihr ein Baby gemacht.“

Das stimmte. Allerdings war es nicht gerade hilfreich. Alex würde nicht noch einmal so leichtsinnig sein. Allein der Gedanke daran, dass Lauren schwanger war und eventuell sterben könnte, ließ ihn in Schweiß ausbrechen. Er atmete mehrmals tief durch.

„Okay, noch mal ganz von vorn“, sagte Alex. „Wie ist es dir gelungen, dass sie nicht mehr sauer auf dich war, sondern dich plötzlich ganz toll fand?“ Alex erinnert sich noch an das erste Mal, als Ty Charlotte gefragt hatte, ob sie mit ihm ausgehen wollte. Schließlich waren sie damals im Garner's alle dabei gewesen. Sie ließ ihn eiskalt abblitzen, weil sie immer noch wütend über etwas war, das Ty getan hatte, als sie sich das erste Mal begegnet waren. Alex kannte die Details nicht, sondern wusste nur, dass Charlotte wütend auf ihn gewesen war.

„Warum willst du das wissen?“, fragte Ty. „Hast du es etwa auf jemanden abgesehen?“

„Lauren.“

„Die ist wirklich süß. Eine gute Wahl. Und Vivian ist bereits ganz hin und weg von ihr.“

„Ich weiß. Zweimal habe ich mit ihr schon Mist gebaut. Anscheinend brauche ich den Anfängerkurs für Verabredungen.“

„Beim dritten Mal ist alles anders“, scherzte Ty.

„Wie hast du es angestellt? Blumen? Pralinen?“

Ty warf ihm ein Lächeln zu. „Lass mal sehen, ich habe sie zum Essen eingeladen, wie ein Skipper für sie getanzt, sie zur Sunset Cruise mit Abendessen auf einer Yacht eingeladen … Und du weißt ja, wie das ausgegangen ist.“

„Ja.“ Ty hatte die Yacht irgendwie in den Matsch manövriert, und sie hatten stundenlang auf die Flut warten müssen, und das Abendessen war auch noch ausgefallen. Letztendlich hatte die Wasserschutzpolizei sie retten müssen.

Ty sprach weiter. „Ja, anschließend habe ich ihr gesagt, was ich für sie empfinde, und von da an gehörte sie mir, ganz allein mir.“

Alex dachte darüber nach. Es war ihm klar, dass nichts davon ihm irgendwie helfen konnte, nicht einmal das Tanzen. Die einzigen beiden Tänze, die er beherrschte, waren der langsame Schieber und das Herumgehüpfe beim *Princess Kei-Kei und die Elfen* Tanz. Verdammt. Wie gelang es anderen alleinerziehenden Vätern, ein Sozialleben zu haben? Es gab niemanden, den er fragen konnte.

„Warum blickst du so düster drein?“, wollte Ty wissen.

„Keine Ahnung.“

„Pass auf, letztendlich zählt es nicht, was genau du tust.“

„Tut es nicht?“

„Nein. Du musst dich nur Hals über Kopf und mit guten Absichten in die Sache hineinstürzen. Das ist etwas, das ich Charlotte gleich von Anfang an gesagt habe. Ich habe immer gute Absichten, auch wenn manchmal das Falsche dabei herauskommt. Solange du ehrlich zu ihnen bist, sind Frauen nicht nachtragend. Und besonders Lauren scheint mir sehr versöhnlich zu sein."

„Glaubst du, es reicht, sie zum Abendessen einzuladen?"

„Natürlich. Sei ehrlich und lass sie wissen, dass sie dir gefällt."

„Und wie mache ich das?"

Ty griff nach Alex' Kinn und bewegte seinen Kiefer hoch und runter wie bei einer Bauchrednerpuppe. „Du gefällst mir wirklich richtig toll, Lauren."

Alex schlug seine Hand weg. „Idiot."

„Aber das ist wirklich alles, was du tun musst. Rede mit ihr."

Alex verdrehte die Augen. Das hatte er schon getan und ihr dabei dummerweise völlig überstürzt einen Antrag gemacht. Viel zu viel und viel zu schnell. Aber er wurde das Gefühl nicht los, dass ihm die Zeit davonlief. Dass er sich schnellstmöglich Lauren sichern musste, damit Vivian eine Mutter hatte. Verdammt. Sein Vater hatte recht. Er hatte einen Mutterkomplex. Und einen Tammykomplex. Kein Wunder, dass Lauren sich nicht auf ihn eingelassen hatte. Er war ein Wrack.

Nach einem kurzen Ausflug in die Gemüseabteilung des Supermarkts, um haufenweise grünes Blattgemüse zu erwerben, fuhren sie wieder nach Hause. Alex gingen eine Menge Gedanken im Kopf herum—Lauren, sein Gespräch mit seinem Vater, sein Gespräch mit Ty. Auf halbem Weg sagte er zu Ty: „Dad behauptet, ich hätte einen Mutterkomplex."

„Ha! Haben wir den nicht alle? Das kommt eben dabei heraus, wenn deine Mutter dich sitzen lässt, während du noch klein bist." Ty war damals sechs Jahre alt gewesen.

„Und wie bist du darüber hinwegkommen? Ich meine,

du scheinst glücklich zu sein."

„Das bin ich auch. Ich habe mich einfach damit abgefunden, dass es nichts gab, was ich tun konnte. Sie hat ihre Wahl getroffen. Wir haben unsere Familie um uns. Eine große Familie und dann noch die Jungs." Er machte eine Pause. „Was ich dir jetzt sage, weißt du wahrscheinlich schon, da du ja Vivian hast, aber wenn du deine eigene Familie gründen willst, hast du erneut die Chance, diese ganze Familiensache zu erleben."

„Ja, aber leider hat Vivian keine Mutter, es ist also nicht wie eine richtige Familie."

„Natürlich ist es das. Willst du etwa behaupten, dass wir keine richtige Familie waren, da wir ja nur Dad hatten?"

Erstaunt sog er die Luft ein. So hatte er das noch nie gesehen. „Nein, du hast natürlich recht. Dank Dad war es eine richtige Familie."

„Allerdings. Aber was ich damit meine, wenn ich sage, dass du erneut die Chance bekommst, die ganze Familiensache zu erleben, ist, dass du die Möglichkeit hast, dank Vivian alles noch mal mit den Augen eines Kindes zu erleben und ihr all das zu geben, was du dir immer gewünscht hast."

Er erstarrte. Das war nämlich genau das Problem. Er sah sich selbst in Vivian, ohne Mutter, und er wollte ihr genau das geben, was er sich als Kind am meisten gewünscht hatte—eine Mama. Aber Vivian hatte ihre Mutter nicht gekannt. Im Gegensatz zu ihm und seinen Brüdern und seiner Schwester. Er hatte seine Mutter gekannt und sie verloren. Das tat weh. Beide Situationen, die von ihm und Vivian, waren nicht ideal, aber Vivian kannte nur ihn als ihre Hauptbezugsperson. Konnte es vielleicht sein, dass Vivian sich überhaupt keine Mutter wünschte? Nein, das konnte nicht sein. Schließlich brauchte jeder eine Mutter. Nicht wahr?

Ty sprach weiter. „Ich kann es kaum erwarten, dass unser Baby auf die Welt kommt." Er hielt inne und zeigt zum Himmel. „Hi, Storch, aber keine zu frühe Auslieferung."

Alex hörte nicht mehr hin, als Ty ihm alle wichtigen Punkte einer guten Ernährung während der Schwangerschaft aufzählte. Alex murmelte gelegentlich *aha*, sagte aber ansonsten nichts, denn er war noch immer verunsichert von dem Gedanken, dass er seinen eigenen Wunsch nach einer Mutter auf Vivian projiziert hatte. Er war sich immer noch nicht sicher darüber, was das alles zu bedeuten hatte. Was brauchte Vivian denn nun wirklich?

Ty parkte vor dem Haus ihres Vaters. Alex stieg aus dem Wagen und erschauderte. Vivian weinte herzzerreißend, und ihr lautes Schluchzen wurde nur unterbrochen von: „Daddy! Daddy! Ich will meinen Daddy!"

Das Adrenalin schoss ihm in die Adern, und er lief so schnell er konnte in den Garten hinter dem Haus. Dort sah er, wie sein Vater Vivian in einem Stuhl festhielt. Lauren war auch da, kniete neben Vivian und versuchte, sie zu trösten.

„Viv", sagte er, doch sie sah und hörte ihn nicht.

Mit fest geschlossenen Augen ließ sie ein erneutes Schluchzen ertönen. „Daddy!"

„Sie will nur dich", sagte Lauren.

Er nahm Vivian in die Arme und hob sie hoch. „Ich bin da. Hier ist dein Daddy." Er drückte sie sich gegen die Brust und streichelte ihren Rücken. Ihr Weinen war zwar schrecklich, sie schien aber keine ernsthaften Schmerzen zu haben. „Was ist passiert?", fragte er seinen Vater.

Sein Vater stand auf und zeigte auf Vivians Schläfe, an der sich eine rote Stelle befand. Sie war nicht geschwollen. „Sie hat sich beim Baseball aus Versehen selbst mit dem Schläger erwischt." Sie hatte einen Plastikschläger.

Alex' Puls beruhigte sich langsam, als Vivian aufhörte zu weinen und nur noch gelegentlich schniefte. Da wurde ihm klar, dass sie ihn brauchte. Nicht Lauren. Ihn. Er drückte Vivian leicht und lehnte sich dann zurück, um sich den roten Fleck genauer anzusehen. „Kein Blut", versicherte er ihr. „Du bist nicht verletzt."

Sie steckte sich den Daumen in den Mund und beruhigte sich an seine Brust gelehnt. Jetzt war sie zufrieden.

Warum versteifte er sich so sehr auf diese Mutter-Geschichte? Vivian war bei ihm zufrieden.

Er reichte ihr.

Er küsste Vivian oben auf ihr Köpfchen. Sie waren einander genug. Sie waren eine richtige Familie.

KAPITEL ACHTZEHN

Laurens Herz zog sich zusammen, als sie sah, wie stark die Liebe zwischen Alex und Vivian war. Dafür liebte sie ihn noch mehr. Sie wünschte sich wirklich, dass es nicht so wäre, aber irgendwie, irgendwann hatte sie sich unsterblich in Alex verliebt. Wahrscheinlich das erste Mal, als sie ihn mit seiner kleinen Tochter tanzen gesehen hatte. Lauren seufzte und ging zu ihren Freundinnen, Charlotte und Mad, hinüber, die zusahen, wie Ty und Logan um die Wette Liegestützen machten. Park war der Schiedsrichter. Josh und Joe standen am Grill.

Unaufhaltsam wanderte Laurens Blick wieder zu Alex. Er saß mit Vivian auf einem Stuhl und sprach leise und beruhigend auf sie ein. Vivian war schon fast eingeschlafen, da sie nach ihrem Tränenausbruch völlig erschöpft war.

„Die beiden sind ja soooo süß", sagte Charlotte, als sie Alex und Vivian erblickte.

„Oh ja", stimmte Mad zu. „Er ist wirklich ein toller Papa."

„Er hat um meine Hand angehalten", flüsterte Lauren.

„Wie bitte?", riefen Mad und Charlotte wie aus einem Munde.

Laurens Augen brannten, und sie versuchte verzweifelt, die Tränen zu unterdrücken. „Er möchte, dass ich eine Mutter für Vivian bin."

Seit sie zusammengekommen waren und sich sofort wieder getrennt hatten, waren nur drei Tage vergangen.

Nicht in ihren wildesten Fantasien hätte sie sich vorstellen können, dass ihr ein Heiratsantrag so viel Kummer bereiten könnte. Es war die Art, wie er sie gebeten hatte, ihn zu heiraten. So sachlich, wie eine Art Abkommen. Du wirst Vivians Mutter, weil wir gut *zueinander passen*. Kein Wort von Liebe, nur Zusammenpassen. Der Schmerz in Alex' Augen war jetzt wieder viel intensiver geworden. Vielleicht litt er wegen ihr und Tammy und hatte einfach versuchen wollen, ob Lauren Tammys Stelle einnehmen könnte. Ihr Magen drehte sich. Sie wollte nicht zu Alex' Schmerz beitragen.

Charlotte sah sie groß an. „Und, was hast du gesagt?"

„Ich habe Nein gesagt." Lauren holte tief Luft. „Er liebt mich nicht."

„Idiot", murmelte Mad leise. Dann sah sie Laurens entsetztes Gesicht und fügte schnell hinzu: „Nicht du. Er. Soll ich ihm mal ein bisschen den Kopf zurechtrücken?"

„Nein!", rief Lauren aus. Einige Köpfe wandten sich erstaunt zu ihr um. „Das habe ich euch im Vertrauen erzählt. Bitte sagt es niemandem weiter."

„Aber ich darf es Park erzählen, nicht wahr?", wollte Mad wissen. „Da gilt das Gesetz des Lebensgefährten. Man darf einem Lebensgefährten alles erzählen, das unterliegt nicht der Geheimhaltung."

„Nein!", zischte Lauren.

Charlotte wandte den Blick ab.

Lauren seufzte. Wahrscheinlich würden beide es sofort ihren Kerlen weitererzählen und das war echt schlimm, schlimmer, am schlimmsten. Natürlich würde Alex es erfahren. „Diese Clique ist einfach zu eng miteinander verbandelt."

„Sorry", entgegnete Mad. „Ich kann doch nichts dafür, wenn ihr euch alle in meine Brüder verliebt. Keiner hat behauptet, dass sie sich besonders gut für Beziehungen und Romantik eignen." Mad blickte Charlotte an. „Warum hast du dich überhaupt mit Ty eingelassen? Früher konntest du ihn nicht ausstehen, du hast ihn gehasst."

Charlotte streichelte ihren kleinen Babybauch. „Ich habe ihn niemals *gehasst*. Er hat mich nur einmal sehr, sehr wütend gemacht. Aber jetzt ist er süß und lieb. Wie konnte ich mich nicht in ihn verlieben?"

Genau in dem Moment dröhnte Ty: „Vielleicht beim nächsten Mal, kleiner Welpe!", dann legte er seine Hand auf Logans Gesicht und schubste ihn von sich.

Logan schlug seine Hand weg.

Ty grinste und sah ihn provozierend an. „Willst du eine Runde mit mir riskieren?"

Logan drehte sich um und ging zu Josh.

„Wirst du weiterhin für Alex arbeiten?", fragte Mad Lauren. „Ich könnte mir vorstellen, dass das jetzt etwas unbehaglich ist, nachdem du seinen Antrag abgewiesen hast."

„Doch, natürlich, das werde ich. Ich habe ihm das zugesagt." Egal wie kompliziert die Dinge zwischen ihnen waren, sie wusste, dass er sie brauchte. Und sie war wirklich gern mit Vivian zusammen. Eigentlich hatte sie heute nicht hierher kommen wollen, weil sie dachte, ein langes Wochenende ohne Alex würde ihr guttun, aber sie konnte Joes nette Einladung nicht ablehnen. Sie waren inzwischen gute Freunde geworden.

„Du bist viel zu gutmütig", meinte Mad. „Mach es ihm schwer. Er muss sich um dich bemühen."

Charlotte schüttelte den Kopf. „Nein, nicht auf Kosten eines Kindes. Lauren macht das schon richtig." Sie legte einen Arm um Laurens Schulter und drückte sie. „Du bist wirklich ein lieber Schatz."

„Das bin ich", seufzte Lauren ergeben.

„Also, lass mich noch mal darüber nachdenken", hakte Mad nach. „Wie lange arbeitest du jetzt für ihn, drei, vier Wochen—"

„Dreieinhalb", antwortete Lauren.

Mad sah sie seltsam an. „Dreieinhalb, okay. Und dann,

einfach so aus heiterem Himmel, macht er dir einen Heiratsantrag.“

Charlotte senkte die Stimme. „Meine Güte, Mad!“

„Was?“, gab Mad zurück.

Charlotte deutete auf Lauren. „Es ist doch wohl offensichtlich, dass sie mit ihm geschlafen hat. Männer machen nicht ohne Grund einen Antrag.“

Mad sah Lauren erwartungsvoll an, und Lauren wurde knallrot.

„Hah.“ Mad neigte den Kopf und sah Lauren neugierig an. „Interessant.“

Charlotte stieß Mad mit dem Ellenbogen in die Seite. „Du bringst sie in Verlegenheit.“

Laurens Blick wanderte zurück zu Alex und Vivian. Sie sehnte sich danach, bei ihnen zu sein, als Teil ihrer kleinen Familie, aber sie musste endlich zugeben, dass sie diese Tür geschlossen hatte, als sie Alex’ Antrag ablehnte. Tränen brannten in ihren Augen, und sie wandte sich schnell wieder ihren Freundinnen zu.

~ ~ ~

Alex nahm das Angebot seines Vaters, am Wochenende des Vierten Juli-Feiertags auf Vivian aufzupassen, nicht an. Stattdessen verbrachte er die drei Tage mit Vivian allein. Eigentlich nicht wirklich allein—Tammy war immer bei ihm. Ihm war klar, dass er damit aufhören musste, jeden Tag ihre Kunstwerke zu betrachten. Er musste sie endlich gehen lassen. Die einzige Art, wie er das tun konnte, war, sie Vivian zu schenken. Tammy hatte ihm Vivian geschenkt. Also würde er jetzt Vivian Tammy schenken. Er würde sein Geschenk jetzt fertig stellen und es Vivian geben, wenn sie alt genug war, es zu verstehen.

In der ersten Nacht, nachdem Vivian eingeschlafen war, sammelte er alle Bilder von Tammy, die er auf seinem Computer gespeichert hatte, vom Beginn ihrer Liebe bis sie im neunten Monat schwanger war. Dreizehn Monate Erinnerungen. Auf lange Sicht betrachtet, war das vielleicht nicht viel, aber sein Leben hatte sich durch sie so sehr geändert, dass es ihm wie eine lange Zeit vorkam. Er lud die Bilder auf eine Fotowebseite hinauf und bestellte ein gebundenes Fotobuch mit hochauflösenden Fotos für Vivian. Tammy sah noch so jung aus. Sie war erst fünfundzwanzig gewesen, als sie starb, und er achtundzwanzig.

Als er damit fertig war, kopierte er die Originalbilder auf einen USB Stick, legte ihn auf seinen Schreibtisch und wollte dann alle Fotos von seinem Computer löschen. Ein Adrenalinstoß durchfuhr ihn, sodass er zu schwitzen begann und seine Hände zitterten. Nein. Noch nicht. Er ließ die Bilder auf seinem Computer und ging schlafen.

Am nächsten Abend atmete er tief durch und versuchte, sich selbst zu motivieren. Schließlich löschte er Tammy nicht aus seinem Leben; er wollte nur etwas Neues erschaffen. Eine Erinnerung, die Vivian ihr Leben lang begleiten würde. Er öffnete den Ordner mit ihren Kunstwerken, die er sich jeden Tag ansah, obwohl er sich danach nicht besser fühlte. Ganz im Gegenteil. Er lud ihre gesamten Werke auf die Fotowebseite und überlegte, was er damit machen könnte. Es waren zu viele für ein weiteres Fotobuch. Schließlich entschied er sich, sich auf die Werke zu konzentrieren, die sie geschaffen hatte, nachdem sie wusste, dass sie schwanger war. Insgesamt waren es sechsundzwanzig Werke, nicht viele, da sie während der Schwangerschaft oft müde und nicht in der Lage gewesen war, lange aufzubleiben, um künstlerisch tätig zu sein. Er rieb seine schmerzende Brust—das hatte er auch von Tammy geerbt. Er sagte sich immer wieder, dass es normal war, in der Schwangerschaft müde zu sein, und dass es nicht seine Schuld war, aber es fiel ihm noch immer schwer, die alten Schuldgefühle zu verdrängen.

Immer und immer wieder sah er sich ihre Werke aus

den neun Monaten an. Er ordnete sie alle in der richtigen Reihenfolge auf seinem Bildschirm und starrte sie an, in dem verzweifelten Versuch, sie zu verstehen. Wie immer wanderte sein Blick auf das letzte Werk, das sie geschaffen hatte—die Schwarze Rose. Wieder spürte er den Druck auf seiner Brust, als würde jemand die Luft aus ihm herauspressen. Er konnte nicht richtig durchatmen. Dieses Werk machte ihm schwer zu schaffen. Wenn er einfach nur herausfinden könnte, warum sie es erschaffen hatte und was es genau bedeutete, dann könnte er sie loslassen.

Er gab „Schwarze Rose" in Google ein, wie er es schon so oft getan hatte. Es bedeutete Tod und Trauer, soviel hatte er schon herausgefunden. Da er sich selbst geschworen hatte, dass er aufhören würde, es jeden Tag zu betrachten, suchte er jetzt weiter und klickte sich durch alle Suchergebnisse, um eine andere Bedeutung zu finden. Schließlich fand er etwas. Einige Leute behaupteten, dass die Schwarze Rose ein Symbol für Antiautorität sei, wiederum andere meinten, dass sie eine Reise in unerforschte Gebiete repräsentierte. Beide Interpretationen passten zu Tammy. Sie war antiautoritär und durch und durch widerspenstig. Außerdem stand ihr wirklich eine Reise in ein unbekanntes Gebiet bevor. Sie würde Mutter werden. Könnte das die Bedeutung sein?

Auf einmal fühlte er sich unglaublich müde. Niemals würde er eine Antwort auf seine Fragen finden, wie sollte er dann loslassen können? Er stand auf und ging zu Bett.

Die dritte Nacht war Samstagnacht, also ging ihm die Zeit aus. Er musste an seine eigene Arbeit zurückkehren und aufhören, sich mit Tammys Werken zu quälen. Er hatte sich entschlossen, ein weiteres Fotobuch zu erstellen und darin die Fotos ihrer Schwangerschaft mit Bildern von den Kunstwerken, die sie jeden Monat kreiert hatte, zu kombinieren. Er hoffte, dass Vivian eines Tages diese Bilder schätzen würde, wie sie im Bauch ihrer Mutter heranwuchs, Seite an Seite mit ihrer Kunst. Tief in seinem Inneren hoffte er, dass es ihm Klarheit bringen würde. Er war ein visueller Mensch und musste die Teile vor seinen Augen zusammenfügen. Sorgfältig arbeitete er bis tief in die Nacht hinein und arrangierte die Bilder und Kunstwerke so, dass sie flüssig nacheinander von Seite zu Seite flossen, von einem Stadium zum nächsten. Endlich kam er zum letzten und betrachtete die beiden nebeneinanderliegenden Seiten: Tammy im neunten Monat auf der einen, die Schwarze Rose auf der anderen Seite. Der Kontrast war überwältigend—Leben und Tod. Er ließ die Schwarze Rose auf einer separaten Seite und zog das Foto von Tammy im neunten Monat an die letzte Stelle. Er betrachtete ihren dicken Bauch, und das Foto wurde undeutlich, da ihm die Tränen in die Augen stiegen, weil er wusste, dass Vivian da in ihrem Bauch war. Tammy sah strahlend aus und lächelte direkt in die Kamera. Sie lächelte ihn an. Damals war St. Patrick's Day, und er hatte ihr einen Teller mit vier Cupcakes mit Vanilleguss und grünen Kleeblättchen aus ihrer Lieblingsbäckerei geschenkt. Sie hatte irisches Blut und hatte sich beklagt, dass sie in ihrem Zustand keinen Zug durch die Kneipen machen konnte, wie sie es früher getan hatte. Durch die Cupcakes wollte er ihr den Tag ein wenig versüßen.

Er wischte sich die Augen und tippte „St. Patrick's Day" und „Schwarze Rose" bei Google ein. Ihm stockte der Atem, als er auf einen Artikel aus dem *Rolling Stone* stieß, in dem es hieß, dass der Song „Black Rose" von Thin Lizzy der perfekte Song für den St. Patrick's Day war.

Er ließ den Kopf in die Hände fallen und brach in Tränen aus. Jesus. Die ganze Zeit hatte er sich die schlimmsten Dinge ausgemalt—dass sie eine Todesahnung hatte, dass sie sich verabschieden wollte, dass sie das Baby hasste. Dabei war es nur ein Lied. Ein verdammtes Lied. Wahrscheinlich hatte sie sich den Song angehört, als sie an ihrem letzten Werk arbeitete. Sie hatte nicht dem Tod entgegengesehen. Er hatte sie völlig unerwartet überfallen.

Genau wie ihn.

Erst lange Zeit später wischte er sich die Tränen ab und saß völlig erschöpft da. Sie hatte weder das Baby noch ihn gehasst. Sie hatte viel auf sich genommen, um Vivian zu bekommen. Morgenübelkeit, geschwollene Finger und Knöchel, Sodbrennen, schlaflose Nächte, Rückenschmerzen, nichts war ihr erspart geblieben. Und schließlich, die Wehen. Sie hatte sich eine natürliche Geburt gewünscht und hatte es in ihrer üblichen, schnoddrigen Art so ausgedrückt: „Damit ich so etwas nie wieder mache." Aber vielleicht hatte sie wirklich alles intensiv erleben wollen, weil sie an dem Wunder der Geburt bewusst teilhaben wollte.

Zum ersten Mal verspürte er einen inneren Frieden. In dem Artikel war ein Link zu dem Song. Alex drückte auf Play—Gitarrenmusik ging in keltische Melodien und leises Keyboard über und wieder zurück zu Rockmusik. Text und Melodie waren sowohl hart als auch zeitweise ganz zart. Genauso war Tammy gewesen—eine harte Schale um einen weichen Kern. Endlich konnte er sie verstehen. Jetzt musste er nicht mehr jeden Tag ihre Werke anstarren, um nach Antworten zu suchen. Jetzt wusste er alles, was er wissen musste. Tammy hatte ihn geliebt. Tammy hatte Vivian geliebt.

Tammys Reise in diesem Leben war zu Ende gegangen, aber sie lebte in Vivian weiter. Er gab dem Fotobuch einen Titel: Die Reise von Vivian und ihrer Mom.

Er vergoss noch einige Tränen, und dann hatte er mit der Vergangenheit abgeschlossen. Seine Augen waren müde, seine Glieder entspannt, und der Druck auf seiner Brust war wie fortgeblasen. Er bestellte das Fotobuch, zog Tammys Kunstwerke auf den USB Stick und überprüfte noch einmal, dass alles darauf war—die Fotos von Tammy, ihre gesammelten Werke—und löschte dann alles, was Tammy betraf, von seinem Computer. Er seufzte noch einmal auf, stand auf, nahm den USB Stick und schickte noch ein kleines Dankgebet an Tammy, dass sie ihm Vivian geschenkt hatte, sowie eine Entschuldigung, dass sie nicht weitergelebt hatte, um sie zu sehen, und endete schließlich mit einem Abschiedsgruß.

„Leb wohl", sagte er noch einmal, diesmal laut und deutlich, da er das bei der Beerdigung nicht fertiggebracht hatte. Er stand damals völlig unter Schock.

Er drehte sich um und ging in sein Zimmer, wo er den USB Stick sicher in der feuerfesten Kassette verstaute, die auch Vivians Geburtsurkunde und andere wichtige Dokumente enthielt.

Es war schon fast Morgen. Eigentlich hatte es keinen Zweck, sich schlafen zu legen. Vivian würde bald wach werden. Alex ging in ihr Kinderzimmer, setzte sich an ihr Bettchen und betrachtete sein schlafendes Kind. Vivian schlief auf dem Rücken, mit ausgebreiteten Armen. Gerührt betrachtete er den sanften Bogen ihrer Oberlippe und das Grübchen in ihrem Kinn. Beide hatte sie von Tammy geerbt. Die hellbraunen Haare, aber die Ohren hatte sie von ihm mitbekommen. Wieder stiegen ihm Tränen in die Augen, aber diesmal waren es Tränen des Glücks, weil sein kleines Mädchen das kostbarste Geschenk war, das er je bekommen hatte.

Während er noch dasaß, ging die Sonne auf und brachte einen neuen Tag und neue Hoffnung. Einen Moment später hörte er ihre Stimme.

„Daddy?"

Er strich ihr das Haar aus der Stirn. Sein kleiner Sonnenschein. „Ich bin bei dir."

Vivian setzte sich auf und umarmte ihn. Er hob sie auf und küsste ihre weiche, runde Wange. „Ich habe dich lieb, Vivi."

„Ich dich auch, Daddy."

Er stand auf, mit Vivian auf dem Arm. „Dann wollen wir uns mal für einen neuen Tag fertigmachen."

~ ~ ~

Lauren kam am Montagmorgen zur Arbeit und war sich nicht sicher, wie er sie empfangen würde. Während des langen Wochenendes hatte er sich gar nicht bei ihr gemeldet, nicht einmal eine Textnachricht geschickt, und als er sich nach der Grillparty mit seiner Familie am Vierten Juli von ihr verabschiedet hatte, war er sehr reserviert gewesen. Sie klingelte an der Haustür, und als er die Tür öffnete, stand ihr Herz fast still. Er sah ein wenig verknautscht aus, als hätte er die ganze Nacht nicht geschlafen, auf seinen Wangen stand ein Drei-Tage-Bart, und seine Augen waren müde und etwas geschwollen. Hatte er etwa geweint? Oder hatte er wieder eine schwierige Nacht mit Vivian hinter sich?

„Alex, geht es dir gut?"

„Ja", sagte er leise. „Müde, aber gut."

Sie umarmte ihn. „Ist mit Vivian alles in Ordnung?"

Seine Arme schlangen sich fest um sie. „Ihr geht es gut."

„Thuper! Sieh nur!"

Alex trat einen Schritt zurück und drehte sich um. Er und Lauren betrachteten Vivian, die auf dem Boden lag und versuchte, wie ihr Vater Liegestützen mit Dolly auf ihrem Rücken zu machen. Sie kriegte es nicht ganz richtig hin, weil Dolly ihr immer wieder vom Rücken fiel. Aber sie gab nicht auf, nahm sich die Puppe und legte sie sich wieder auf den Rücken.

„Du bist toll, du superstarkes Mädchen", lobte Alex. Er ging zu ihr und hielt Dolly für sie fest. „Ich halte Dolly. Und du zählst."

Vivian vollführte eine Kinderliegestütze, bei der sie ihren kleinen Popo hoch in die Luft streckte. „Eins, zwei, drei!", zählte sie den ersten. „Fünf, sieben, acht!", den zweiten. „Neun, zehn!" Sie schaffte noch einen dritten und ließ sich dann zu Boden fallen.

„Klasse!", rief Lauren begeistert. „Eines Tages wirst du so fit sein wie dein Daddy."

Vivian stand strahlend auf.

„Jetzt versuch mal ein paar Sit-ups", schlug Alex vor und holte die Matte für sie.

„Prinzessin Kei-Kei!", rief Vivian aufgeregt.

Alex lächelte und schaltete die Musik ein. Sofort machte Vivian sich eifrig daran, mit Dolly die ganze Routine nachzuahmen, die Alex sonst mit ihr machte.

Alex ergriff Laurens Hand, und er führte sie etwas weiter weg, wo sie Vivian noch sehen konnten, aber die Musik nicht ganz so laut war.

„Du siehst völlig erledigt aus", sagte Lauren. „Möchtest du dich etwas hinlegen, während ich auf Vivian aufpasse?"

„Das werde ich gern tun, aber jetzt noch nicht. Ich war die ganze Nacht auf und habe ein Fotobuch mit Tammys Kunstwerken und Fotos von ihr für Vivian zusammengestellt."

„Das ist wunderschön. Ich bin sicher, dass sie sich sehr darüber freuen wird, wenn sie größer ist." Sie drückte seine Hand und sah ihn mitfühlend an. „Das muss sehr schwer für dich gewesen sein."

Er nickte. „Das war es. Aber es hat mir auch gutgetan. Ich habe dadurch Frieden gefunden."

„Das freut mich."

Beide schwiegen sie eine Weile und betrachteten Vivian, die ihre Puppe über den Kopf stemmte wie eine Hantel. Lauren sah Alex von der Seite an und sah, dass er lächelte. „Sie hat gut aufgepasst", sagte er.

„Na klar, sie hat ja immer mitgemacht."

Er drehte sich zu ihr. „Jeden Tag habe ich Tammys Werke auf meinem Computer angesehen. Jeden verdammten Tag habe ich nach Antworten gesucht. Letzte Nacht habe ich beschlossen, alles zu löschen. Ich habe Abschied genommen."

Ihre Augen weiteten sich erschreckt. „Du hast alles

gelöscht? Das scheint—"

„Nein, es ist okay. Ich habe ein Fotobuch damit gemacht und alles an einem anderen Ort gespeichert. Was ich sagen will ist, dass ich bereit bin, mein Leben zu leben. Und ich hoffe, das bedeutet, dass du an meiner Seite sein wirst." Er sah ihr in die Augen. Seine dunklen Augen waren müde und verschwommen, aber auch voller Frieden. Eigentlich hatte sich seine ganze Haltung verändert, von total angespannt nach völlig entspannt.

Sie schluckte und umarmte ihn noch einmal. Aber dieses Mal nicht aus Mitleid, sondern weil sie seine starken Arme um sich spüren wollte. Sie hatte ihn seit der letzten Auseinandersetzung in der vorigen Woche sehr vermisst. „Das möchte ich auch", flüsterte sie ihm zu.

Seine Hand legte sich um ihren Nacken, und er atmete hörbar aus. „Gut."

Sie fiel gegen ihn, als Vivian sich ihrer Umarmung anschließen wollte und gegen Laurens Beine prallte. „Gruppenumarmung", sagte sie lachend.

„Was ist aus der Tanzparty geworden?", fragte Alex und blickte auf seine Tochter hinunter.

„Umarmen, umarmen!", rief Vivian.

Lauren beugte sich zu ihr, hob sie hoch und reichte sie Alex. Vivian drehte sich um und schlang einen Arm um Laurens Hals. Lauren lächelte, küsste Vivian auf die Wange und sah dann Alex an, der unter Tränen lächelte. Und dann stiegen auch ihr Tränen in die Augen, weil sie wusste, dass er jetzt ganz bei ihr war—Körper, Herz und Seele.

Das lustige Elfenlied dudelte noch immer aus der Musikanlage. Als Vivian strampelte, setzten sie sie wieder ab, damit sie mit ihrer Tanzparty weitermachen konnte.

Dann küssten sie sich und vergossen dabei Tränen des Glücks. Niemals hatte sich etwas in ihrem Leben so richtig angefühlt.

Kapitel Neunzehn

Und so begann die Zeit, die Lauren gern als Alex' Liebeswerben bezeichnete. Jeden Nachmittag, wenn sie von ihrem Spaziergang mit Vivian zu seinem Haus zurückkam, schenkte Alex ihr eine einzelne rote Rose. Sie stellte sie in eine Glasvase auf der Küchenfensterbank, wo sie sie am besten sehen konnte. Sie verbrachte sowieso die meiste Zeit in seinem Haus. Am Freitagnachmittag hatte sie bereits vier aufgeblühte Rosen, die ihre Blütenblätter der Sonne öffneten.

„Möchtest du gern morgen Abend mit mir essen gehen?", fragte Alex.

Sie lächelte innerlich und wandte sich von den Rosen ab, um ihn anzusehen. Sie spürte seine Aufrichtigkeit durch und durch und genoss den Moment. Natürlich waren sie schon vorher ausgegangen und waren sogar am Abend vorher zusammen auf Haileys Überraschungsparty gewesen, aber das hier war anders, es war wie die erste, richtige Verabredung, seit Alex sein Herz wieder geöffnet hatte. „Ja", antwortete sie strahlend.

Er lächelte zurück, und die Freude erhellte sein Gesicht.

„Ja!", mischte sich auch Vivian ein und umarmte Alex' Beine.

Alex sah zu Vivian hinunter und strich ihr über den Kopf. „Du, mein Schatz, wirst deinen Opa besuchen und mit ihm Pizza essen. Lauren und ich gehen in ein Restaurant, das nur für Erwachsene ist.“

Vivian akzeptierte das voller Freude. Sie hüpfte hin und her und schrie: „Pizza!“

Am nächsten Abend erschien Alex an ihrer Haustür mit einer weiteren Rose in der Hand.

Sie zog ihn in ihre Wohnung hinein und hielt die Rose fest. „Alex?“

„Ja?“

Sie lächelte und sagte scherzhaft: „Es kommt mir beinahe so vor, als hättest du eine Belohnungstabelle für mich erstellt, aber statt eines goldenen Sternchens bekomme ich jeden Tag, den ich bei dir bin, eine rote Rose.“

Er sah sie an; der Ausdruck in seinen Augen war warm und liebevoll. „Es ist keine Belohnungstabelle.“ Seine Stimme war heiser vor Gefühl. „Ich versuche, die Liebe erblühen zu lassen.“

„Machst du Spaß?“, flüsterte sie.

Er schüttelte ernsthaft den Kopf. „Ich liebe dich, Lauren.“

„Ich liebe dich auch!“

Sie ließ die Rose fallen, warf ihm die Arme um den Hals und küsste ihn leidenschaftlich.

Ehe sie sich versah, hatte er sie an die Wand gedrückt, ihren Mund mit seinen Lippen verschlossen und drängte seinen harten Körper an ihren weichen, weiblichen. Und genau so wollte sie es haben.

~ ~ ~

Heute war es soweit. Sie waren zwei Monate zusammen, und Alex wollte um ihre Hand anhalten. Lauren behauptete, es seien zwei Monate (seit ihrem ersten Kuss), und er war damit einverstanden, denn, obwohl es einige Trennungen gegeben hatte, hatte Lauren ihn doch ununterbrochen geliebt. Alex konnte sein Glück immer noch nicht fassen, dass er die richtige Frau gefunden hatte, die perfekt für ihn und für Vivian war. Und fast hätte er Lauren verloren, in der Zeit, die er gebraucht hatte, um sein Herz zu öffnen. Seine eigene Angst davor, verletzt zu werden, hatte ihn immer davon abgehalten, aber letztendlich hatte er sich seinen Ängsten gestellt und fühlte sich jetzt richtig gut. Eigentlich sogar besser als gut. Er fühlte sich lebendig und so voller Liebe, dass er dachte er müsse platzen. Er hatte Lust unter den Sternen zu tanzen und aus voller Kehle über den Dächern der Stadt über seine Liebe zu Lauren zu singen.

Aber zuerst musste er etwas Wichtiges für Vivian tun. Am Samstagvormittag ließ er sie im Fernsehen das Kinderprogramm sehen, während er alles vorbereitete. Er hatte ein Bild von Tammy einrahmen lassen, und zwar das, auf dem sie im neunten Monat schwanger war, das mit den Cupcakes, die er ihr zum St. Patrick's Day geschenkt hatte. Das Bild, das ihm schließlich die Antworten gegeben hatte, die er suchte. Er hängte es im Flur auf, der zu den Schlafzimmern führte. Daneben hängte er ein Foto von sich und Vivian, als kleine Familie, vom letzten Weihnachtsfest.

Als Vivians Kindersendung vorbei war, irgendetwas über Hundebabys, schaltete er den Fernseher aus und hob sie hoch. „Ich möchte dir etwas ganz Besonderes zeigen." Er trug sie zu dem Bild und zeigte es ihr. „Das ist deine Mami."

Vivian sah sich das Bild mit großen, braunen Augen an.

„Und hier, in ihrem Bauch, da bist du. Als du dann endlich auf die Welt kamst, war ich sehr, sehr glücklich. Ich liebe dich, mein Baby."

Vivian zog ein Gesicht. „Bin kein Baby. Großes Mädchen." Sie brauchte jetzt keine Windeln mehr—das hatte Lauren fertiggebracht—und war verdammt stolz darauf, jetzt ein großes Mädchen zu sein.

„Großes Mädchen. Ich habe dich lieb, Vivi."

„Ich dich auch, Daddy." Vivian berührte das Foto.

„Schläft immer?"

„Ja. Sie schläft für immer, im Himmel."

„Aufwachen!"

„Nein", sagte er sanft. „Sie ist jetzt bei den Engeln. Aber wir können ihr ab und zu mal Hallo sagen. Hallo, Mami."

„Hallo."

„Oder wir können ihr alles erzählen, was wir wollen. Zum Beispiel, rate mal, was passiert ist? Ich habe eine neue Freundin und sie heißt Kaitlin."

„Thuper."

„Klar. Du kannst ihr auch von Super L erzählen." Er ging zum nächsten Bild. „Und das ist unsere Familie. Du und ich."

„Ja. Hunger."

Und so war das nun mal mit kleinen Kindern. Toll! Und jetzt?

Er ging mit ihr in die Küche. „Ich weiß, dass du ein schlaues Mädchen bist und viel mehr Wörter in deinem klugen Köpfchen hast. Sag: ich habe Hunger. Darf ich bitte etwas essen?"

Sie umarmte ihn fest. „Bitte, Daddy! Bitte!"

„Darf ich bitte etwas essen?"

Sie ließ ihn los und sah ihm in die Augen. „Ja!"

„Sag: Darf ich bitte etwas essen?"

„Darf ich etwas essen!", forderte sie.

„Sag es etwas netter, bitte. Darf ich bitte etwas essen?"

Vivian schmollte und blickte zur Decke. Genau wie Tammy. Ein Trotzkopf, wie er im Buche stand. Obwohl man gerechterweise sagen musste, dass Tammy einen guten Grund gehabt hatte, rebellisch zu sein. Er wartete geduldig.

„Darf ich bitte etwas essen, Daddy?", fragte Vivian mit süßer Stimme und einem kleinen Lispeln.

„Aber gern. Rosinen oder Joghurt?"

„Joghurt!"

„Er stellte sie auf den Boden. „Du holst die Servietten.

Ich hole den Joghurt.“

Sie verbrachten einen wunderbaren Tag allein miteinander. Aber er hoffte mit jeder Faser seines Herzens, dass Lauren heute Abend Ja sagen und immer bei ihnen bleiben würde.

~ ~ ~

Am Abend, nachdem er Vivian zu seinem Vater gebracht hatte, holte er Lauren in ihrer Wohnung ab. Sie wollten zusammen essen gehen, und er wollte dort um ihre Hand anhalten. Danach waren sie bei Garner's zu einer Empfangsparty für seinen Wahlbruder Zach eingeladen.

Lauren öffnete die Tür in ihrem hübschen, türkisfarbenen Sommerkleidchen und lächelte ihn verführerisch an. Alex überreichte ihr ein Dutzend rote Rosen. „Danke“, sagte sie. „Ich trage heute kein Höschen.“

Er verzog keine Miene und trat in ihre Wohnung ein. „Also wirklich, Lauren, ich bin schockiert.“

Sie sah ihn verwundert an. „Echt jetzt?“

„Ich wollte dir gerade von ganzem Herzen meine unendliche Liebe gestehen, und du verwandelst das in etwas Schmutziges—“ Er drängte sie gegen die Tür, hielt sie dort fest und presste seinen harten Körper gegen ihren warmen, weichen. Dann senkte er den Kopf und neckte ihren Mund mit seinen Lippen „—in etwas Schmutziges und *Lüsternes.*“

Sie seufzte und schlang die Arme um seinen Hals.

Er legte den Kopf zurück, damit er ihr in die Augen sehen konnte. „Ich liebe dich von ganzem Herzen. So habe ich noch für keine andere empfunden.“

„Ich liebe dich auch. So sehr.“

Und dann konnte er sich nicht mehr beherrschen, und das Ganze wurde schmutzig und lüstern. Er sank auf die Knie und leckte sich die Lippen.

Sie sah ihn an, mit Begehren in den Augen, und das war genau das, was er wollte.

„Lauren, willst du mich heiraten?"

Sie blinzelte verwirrt. „Wie bitte?"

Er zog den Diamantring aus der Tasche und bot ihn ihr an. Es war ein einfacher Goldring mit einem runden Diamanten. Klassisch, elegant und schön. Genau wie Lauren.

Ihr Mund stand offen. Er freute sich über ihre fassungslose Reaktion und hoffte inständig, dass sie Ja sagen würde.

Dann sprach er. Seine Worte kamen von Herzen und seine Stimme war heiser, weil ihm die Kehle vor lauter Gefühl wie zugeschnürt war. „Ich weiß, dass Vivian und ich auch allein zurechtkommen. Aber mit dir wäre alles viel schöner. Du musst nicht ein Ersatz für irgendjemanden sein. Ich liebe dich wirklich, und Vivian liebt dich auch, und deshalb hoffe ich—"

„Ja!"

Alex stieß einen Freudenschrei aus und steckte ihr den Ring an den Finger. Lauren sank auf die Knie und umarmte ihn. Er schlang die Arme um sie und küsste ihr Haar. Er war überwältigt von seinen Gefühlen, und seine Augen füllten sich mit Tränen.

Lauren sah ihn an. Tränen liefen über ihre Wangen. „Ich weiß, dass ich Vivians Mutter nie ersetzen kann, aber ich liebe dich, und ich liebe Vivian. Ich würde sehr gern ein Teil deines und ihres Lebens sein."

Alex nahm ihr Gesicht in beide Hände. „Unser Leben. Jetzt ist es unser Leben. Für immer."

Sie nickte, und noch immer hatte sie nasse Augen. Er trocknete ihr die Tränen und küsste sie. Aber dann brauchte er mehr. Er stand auf und zog sie mit sich zum Schlafzimmer. Das Abendessen war vergessen.

Als sie im Schlafzimmer waren, zog er ihr das Kleid aus und sah sie bewundernd an. „Du bist so traumhaft schön."

Lauren zerrte an seinem Hemd und zog es ihm über den Kopf. Sie prallten zusammen, mit hungrigen Mündern und Händen, die nach Hautkontakt verlangten. Er konnte sich gerade lange genug von ihr fernhalten, bis sie beide ausgezogen waren, und dann fielen sie eng umschlungen auf das Bett. Er rollte sich auf sie, stützte sich auf den Händen ab und sah auf sie hinab, in ihre grünen Augen, die vor Liebe und Lust ganz verschleiert waren. Er verschlang seine Finger mit ihren und drückte ihre Hände auf die Matratze, während er langsam in sie eindrang. Lauren hob ihm ihre Hüften entgegen und legte ihre Beine um seine Taille. Eng. Heiß. Feucht. Perfekt.

Er behielt die Augen auf und sah in ihre, während er sie liebte und sich, angefeuert von ihren leisen Lustlauten, immer mehr seiner Erlösung näherte. Und auf einmal spürte es es—die Seelenverwandtschaft. Ein Blitzstrahl der Erkenntnis durchfuhr ihn. Sie gehörte ihm. Er gehörte ihr.

Er küsste sie leicht auf den Mund. „Ich fühle es.“

Sie lächelte. „Ich auch. Mit Körper, Herz und Seele.“

„Ja.“

Danach waren Worte völlig überflüssig. Er wollte es langsam angehen lassen, aber Lauren machte ihn zu sehr an, mit ihren schmutzigen Worten und ihrem heißen Körper, der sich ihm entgegen hob und sich um ihn klammerte. Er riss sie mit in eine atemlose, berauschende Lust, bis sie beide aufschrien und erschöpft zusammenbrachen.

Er rollte sich auf die Seite und umarmte sie fest mit beiden Armen. Sie erwiderte seine Umarmung mit gleicher Inbrunst. Sie waren sich so nahe, wie zwei Menschen einander nur sein können.

KAPITEL ZWANZIG

Lauren zog sich an, frischte ihr Make-up auf, bürstete sich das Haar und hoffte, dass man ihr nicht allzu sehr ansah, dass sie gerade Sex gehabt hatte, und zwar fantastischen. Schließlich mussten sie immer noch zu Zachs Willkommensparty im Garner's. Sie trat ins Schlafzimmer, wo Alex noch immer völlig nackt mit hinter dem Kopf verschränkten Händen auf dem Bett lag.

„Wieso bist du noch nicht angezogen?", fragte sie.

Er lockte sie mit dem Finger.

Sie schüttelte den Kopf und wich einen Schritt zurück.

Er setzte sich auf. „Komm, sonst muss ich dich holen."

Ein Schauer der Erregung raste ihren Rücken hinunter. „Aber wir kommen zu spät." *Dann hol mich doch.*

Er stellte die Füße auf den Boden. „Verlobte kommen immer zu spät."

„Das stimmt nicht." Sie wich zur Tür zurück. „Außerdem ist es unhöflich", fügte sie hinzu. *Komm und hol mich.*

Er stand auf, hatte ein hungriges Leuchten in den Augen und etwas tiefer eine ziemlich schnell wachsende Erektion. Sie starrte sie einen Moment lang an, schockiert davon, dass er so schnell für eine zweite Runde bereit war. Plötzlich hechtete er auf sie zu, und sie machte kreischend einen Satz zurück. Dann drehte sie sich um und lief zur anderen Seite des Bettes, sodass er mehr Platz hatte, um sie zu jagen.

Es fiel ihm nicht schwer, sie zu fangen, und er schlang

seine Arme von hinten um ihre Taille. „Ich bin noch nicht mit dir fertig, Süße." Er küsste ihren Hals entlang, und sie legte den Kopf in den Nacken, damit er besser an sie herankam. „Leider müssen wir auf eine Party gehen. Ich darf sie nicht verpassen. Zach ist schon seit Jahren nicht mehr zu Hause gewesen." Er begann, mit ihr zum Badezimmer zu marschieren, immer noch einen Arm um ihre Taille, ihren Po fest an seinen Schritt gepresst. „Sex in der Dusche, dann Kaffee, und schon sind wir unterwegs."

„Okay, aber es muss ein wahnsinnig heftiger Quickie sein, wir haben nämlich keine Zeit, für all den romantischen Kram."

„Ja, mein Engel."

Als sie endlich im Garner's ankamen, war die Party bereits in vollem Gange. Als erstes hießen Alex und sie Zach zu Hause willkommen. Er war ein großer, schlanker Mann in den Dreißigern, mit dichtem, dunkelbraunem Haar und einem Bart. Er war reserviert und erstaunlich still dafür, dass die anderen Jungs alle so ausgelassen mit ihm umsprangen.

Ein wenig später, nachdem sie ein paar heiße Snacks gegessen hatte und sich wieder im Kreise ihrer Freundinnen befand, bekam auch Lauren wieder Lust zu feiern. Carrie war herausgeputzt und sah in ihrem süßen Wickelkleid mit V-Ausschnitt, das sich perfekt an ihre Kurven schmiegte, einfach umwerfend aus. Und sie trug keine Brille! Ihre feinen Züge waren nun für alle zu erkennen, genau wie ihre großen, blauen Augen und ihre süße kleine Stupsnase.

„Hast du jetzt etwa Kontaktlinsen?", fragte Lauren.

„Ja", erwiderte Carrie. „Und das Kleid ist auch neu. Ich bin bestens ausgerüstet." Sie sah sich in dem Raum voller alleinstehender Männer um.

Lauren unterdrückte das Bedürfnis, sie vor einigen der anwesenden Männer, über die sie Schlechtes gehört hatte, zu warnen und sagte stattdessen: „Du siehst toll aus."

„Danke! Du auch!" Carrie hielt kurz inne und griff

dann nach Laurens Hand. „O mein Gott! Hast du dich etwa verlobt?"

Alex legte seinen Arm um Laurens Schultern und grinste. „Das hat sie allerdings."

Lauren strahlte. „Ich bin so unglaublich glücklich."

„Das sieht man dir auch an!", rief Hailey. „Herzlichen Glückwunsch, euch beiden!"

Alle Frauen machten Bemerkungen darüber, dass sie vor Glück glühte, und gratulierten ihnen.

„Danke", sagte Lauren und wandte ihren Blick Alex zu. „Er hat die Liebe zum Erblühen gebracht."

Ihre Freunde machten alle Ohh und Ahh, bis auf Mad, die sich den Finger in den Hals steckte und so tat, als müsse sie sich übergeben.

„Sieht so aus, als hätte mein Plan funktioniert", erklärte Hailey. „Wer möchte als nächster meinen Lass die Liebe erblühen-Service nutzen?"

„Es funktioniert auf jeden Fall", sagte Alex, ohne das Gesicht zu verziehen. „Mit Warenzeichen und allem."

Lauren nickte ernst. Dann grinsten sie und Alex sich wie zwei verliebte Teenager an.

Erstaunlicherweise meldete sich niemand freiwillig für Haileys Service. Hailey verengte die Augen zu Schlitzen und betrachtete eingehend jede einzelne der alleinstehenden Frauen, die nervös von einem Bein auf das andere traten.

Ethan kam zu ihnen, um Alex zu begrüßen, erfuhr die gute Nachricht und gratulierte ihnen ebenfalls.

„Hat Vivian dich heute wegen guter Führung einmal rausgelassen", fragte Ethan zwinkernd. „Genieße deine Freiheit." Polizei-Humor. Er zeigte mit dem Daumen auf die Bar, wo einige der Jungs Zach ausfragten. „Er ist endlich aus dem Niemandsland zurück."

„Aus dem Niemandsland", sagte Carrie leise mit leuchtenden Augen. Dann fügte sie hinzu: „Warte, soll das etwa heißen, er war im Gefängnis?"

Ethan starrte sie an und schien von der Frage überrascht zu sein. „Nein.“

„Aber er ist einer von den bösen Jungs?“, hakte Carrie nach, und ihre Stimme wurde vor Aufregung lauter.

„Und das ist noch untertrieben“, sagte Ethan und wechselte einen Blick mit Alex.

„Äh, Carrie—“, begann Lauren und legte Carrie eine Hand auf den Arm, um sie zurückzuhalten. Ihre Freundin hatte sich geschworen, sich diesmal einen bösen Jungen zu angeln, obwohl Lauren sie wiederholt davor gewarnt hatte.

Ethan sprach weiter. „Er hat eben eine Geschichte, aber haben wir die nicht alle?“

Carrie kreischte.

„Aber er hat sich wieder gefangen“, sagte Alex.

Ethan zog eine Schulter hoch. „Mehr oder weniger.“

Carrie riss sich von Lauren los und ging schnurstracks zu Zach. Sie sagte etwas zu ihm, woraufhin er sie verwundert ansah, bevor ein langsames Lächeln auf seinen attraktiven Zügen erschien.

Lauren wandte sich an Alex. „Meinst du, ich sollte mich einmischen?“

Alex küsste sie auf die Schläfe. „Sie ist in guten Händen.“

Lauren seufzte. „Das ist ja genau das, was ich befürchte.“

EPILOG

„Wenn zwei Menschen sich lieben, möchten sie einander sehr nahe sein.“

Alex warf Lauren einen strafenden Blick zu, weil sie still vor sich hin lachte, während er versuchte, Vivian das Konzept der Ehe zu erklären. Er war sich durchaus dessen bewusst, dass der Anfang sich so anhörte, als würde er ihr gleich etwas von Bienchen und Blümchen erzählen. Außerdem war er sich auch sehr bewusst, dass Lauren morgen mit all ihren Sachen in sein Haus einziehen würde. Der August neigte sich bereits dem Ende zu, und er wollte, dass sie sich eingelebt hatte, bevor das neue Schuljahr begann. Sie hatten vor, im Oktober zu heiraten. Ihm hätte eine schnelle Hochzeit auf dem Standesamt gereicht, doch Lauren hatte andere Pläne—sie wollte die Art Hochzeit, von der sie schon als kleines Mädchen geträumt hatte—, also würden sie im Oktober im Ludbury House heiraten, mit Hailey als Hochzeitsplanerin und Trauzeugin. Ihm ging es nur darum, dass Lauren glücklich war. Und Vivian. Sein Herz zog sich schmerzhaft zusammen, er hatte einen Kloß im Hals, und seine Augen brannten. Wenn sich der tiefe Quell seiner Emotionen erst einmal geöffnet hatte, war es fast unmöglich, ihn unter Verschluss zu halten, und das wollte er auch gar nicht anders für die beiden Menschen, die er auf der Welt am meisten liebte.

Vivian saß am Rand des Sofas und nickte ernst, da ihr anscheinend klar war, dass er ihr etwas sagen wollte, das ihr

Leben verändern würde. Ihre beiden Zöpfe waren schief, sie trug ihr rotes T-Shirt auf links (sie bestand mittlerweile darauf, sich morgens selbst anzuziehen), und bei ihren blauen Leggins war eins der Beine hochgerutscht, ihre weißen Socken hatten grüne Grasflecken, weil sie vorher ohne Schuhe durch den Garten gelaufen war. Er hatte es inzwischen aufgegeben, dafür zu sorgen, dass ihre Socken weiß blieben. Aber verdammt noch mal, er würde nie vergessen, wie süß sie aussah während dieser unglaublichen Eröffnung.

Lauren und er stellten sich zusammen vor Vivian, allerdings hauptsächlich deshalb, weil Lauren ein Geschenk hinter ihrem Rücken versteckte. Er legte einen Arm um Lauren. „Ich liebe Lauren sehr."

„Fuper", sagte Vivian.

„Ja, Fuper", erwiderte Alex. „Ich meine natürlich Super."

Lauren mischte sich ein. „Und ich liebe deinen Daddy sehr. Wir werden heiraten."

Vivian legt den Kopf schief. „Heiten?"

„Ja", sagte Alex. „Das bedeutet, dass wir uns versprechen, einander immer zu lieben. Und auch dich zu lieben."

„Ich liebe dich, Vivian", sagte Lauren mit breitem Lächeln.

„Und ich liebe dich auch", erklärte Alex Vivian mit einem Kloß im Hals.

Vivian nickte und schien äußerst beschäftigt damit zu sein, sich eine Socke auszuziehen.

Lauren sprach weiter. „Wir werden eine Familie sein. Ich werde hier bei euch wohnen und mich um euch kümmern. Du kannst mich Super L oder Mami nennen, was dir besser gefällt."

Vivian warf die Socke hinter sich. Sie flog gegen das große Panoramafenster und fiel hinter das Sofa. Alex hielt sich zurück und griff nicht ein, um Vivian davon abzuhalten, mit ihren Socken um sich zu werfen, weil

Lauren ihr das Geschenk geben wollte.

„Ich habe dir ein Geschenk mitgebracht, weil du jetzt meine neue Tochter sein wirst", sagte Lauren und setzte sich mit der großen, flachen Schachtel, die in rotes Papier verpackt und mit einer goldenen Schleife verziert war, neben Vivian.

Vivian riss sich auch die andere Socke vom Fuß, ließ sie fallen und nahm das Geschenk an. „Danke!"

Lauren lächelte. „Gern geschehen. Du kannst jetzt—"

Vivian wartete ihre Erlaubnis gar nicht erst ab. Sofort riss sie das Papier in Fetzen. Was für ein Chaos. Lauren half ihr dabei, den Deckel der Schachtel zu öffnen und eine Tiara und ein Kleid herauszuholen.

Vivians Mund blieb offenstehen, und ihre braunen Augen wurden groß. „Prinzessin Kei-Kei!", rief sie aufgeregt.

Das Kleid war wirklich schrecklich und ganz allein Laurens Idee gewesen. Das Oberteil war aus rosa Satin mit Puffärmeln gearbeitet und hatte neongrüne Schleifen an den Schultern und der Taille und ein rosa Tutu mit einem unerträglichen Muster aus Elfen in Neongrün. (Die Elfen sahen eher aus wie Trolle.) Dazu gab es eine silberne Tiara mit Strasssteinen in deren Mitte sich ein Bild von Kei-Kei und der Kopf eines Elfs befanden.

Er sah zu, wie Lauren Vivian dabei half, sich das Kleid über das T-Shirt und die Leggins zu ziehen. Dann setzte sie ihr die Tiara auf. Vivian stellte sich auf die freie Fläche mitten im Wohnzimmer und begann, sich im Kreis zu drehen, damit ihr Rock hochflog.

„Fantastisch!", erklärte Lauren.

„Daddy!"

„Großartig", sagte er, so enthusiastisch er konnte. Er hoffte, dass sie das Kleid ausschließlich zu Hause anziehen würde. Er wollte sie damit nämlich möglichst nicht mit nach draußen oder gar mit in ihre neue Vorschule nächsten Monat nehmen.

„Tanzparty!", rief Vivian und sprang aufgeregt auf und

ab.

„Noch nicht", sagte er. „Ich habe auch ein Geschenk, das du Lauren geben kannst. Komm mit."

Er führte sie in sein Arbeitszimmer. In den vergangenen Wochen hatten Lauren und Vivian ihm oft gemeinsam Modell gesessen, damit er die beiden zeichnen konnte. Das war nicht ganz einfach mit einer Zweijährigen, die nicht stillhalten wollte, doch im Laufe mehrerer Sitzungen war es ihm schließlich gelungen, das Bild der beiden Mädchen einzufangen. Alex hatte sich als Selbstportrait dem Bild hinzugefügt und es dann digitalisiert und in hoher Auflösung auf eine Leinwand drucken lassen. Er hatte ein breites, rotes Band darumgebunden und eine Schleife gemacht.

„Hilf mir dabei, es zu tragen", bat er Vivian. Jeder von ihnen hielt ein Ende fest, obwohl das Bild nicht schwer war. Er wollte einfach, dass sie daran teilhatte.

Als sie im Wohnzimmer ankamen, verlor Vivian die Geduld, ließ ihre Seite des Bildes fallen, lief zu Lauren und ließ sich neben sie auf das Sofa fallen. „Geschenk!"

Alex gab es Lauren. „Ein etwas vorzeitiges Hochzeitsgeschenk von uns beiden."

„Oh, Alex! Es gefällt mir wirklich sehr!", rief Lauren und streifte die Schleife ab. Sie wandte sich an Vivian, die sich gegen sie gelehnt hatte. „Vielen Dank für dieses wunderschöne Gemälde! Wer ist diese Familie?"

„Familie!", rief Vivian glücklich und zeigte auf jeden einzelnen von ihnen. „Mami, Daddy, Viv."

„Genau", stimmte Alex zu.

„Zwei Mamis!", krähte Vivian.

Lauren strahlte. „Was bist du doch für ein schlaues Mädchen." Sie tippte Vivian auf die Nase. „Und was für ein Glück du hast, zwei Mamis zu haben."

„Ja, aber nicht gleichzeitig", murmelte Alex. Er konnte sich nur allzu gut vorstellen, dass er diese Aussage nur allzu bald erklären musste, da Vivian es ziemlich sicher gegenüber ihren Freundinnen an der Vorschule erwähnen würde. Aber darum würde er sich kümmern, wenn es so weit war.

Lauren schien das Porträt wirklich zu gefallen, denn eine Woche später hatte sie es auf eine Decke, zwei gleiche Tassen und einen Schlüsselanhänger übertragen lassen. Er nahm stark an, dass es auch zu ihrer Weihnachtskarte werden würde.

Und natürlich hing das Original im Flur neben den anderen Familienfotos—Tammy, Alex und Viv, und ihnen drei. Vivians verschiedene Familien. Eines Tages in der nicht allzu fernen Zukunft würde sie auch ein Geschwisterchen haben—zumindest hatten sie das für nach ihrem ersten Hochzeitstag geplant. Er hatte Lauren bereits vorgewarnt, dass es ihm nichts ausmachte, Vater zu sein, er allerdings wahrscheinlich während der Schwangerschaft ein übervorsichtiger und (etwas) nervender Ehemann sein würde, aufgrund dessen, was mit Tammy passiert war, außerdem war er sich ziemlich sicher, dass er während der Geburt in Ohnmacht fallen würde. Lauren versicherte ihm, dass sie genau das von ihrem freundlichen Alpha erwartete, und sagte, es sei süß. Außerdem versicherte sie ihm, dass sie bei der Geburt eine weitere Person zu ihrer beider Unterstützung dabeihaben würde. Es berührte ihn tief, dass sie ihn vollständig akzeptierte und verstand. Sie war seine Seelenverwandte, die eine Person, die wie für ihn gemacht war, und von der er nicht geglaubt hatte, dass sie existierte. Er konnte immer noch nicht glauben, dass er tatsächlich das Glück gehabt hatte, ihr zu begegnen.

Zwei Monate später heirateten sie.

Lauren war die schönste Braut, die er je gesehen hatte, in ihrem weißen Kleid, das wie das einer Prinzessin aussah.

Die andere Prinzessin trug ihr Kei-Kei und die Elfen-Kleid. Was auch sonst.

~ ~ ~

Liebe LeserInnen,

Was muss geschehen, damit Josh und Hailey von zwei Boxern im Regen zu Freunden werden? Vielleicht ein heimlicher rechter Haken direkt ins Herz. Wenn sie doch nur lang genug ihre Deckung aufgeben würden! Allerdings ist Hailey noch zu sehr damit beschäftigt, sich um das brave Mädchen Carrie zu kümmern, die alles tut, um sich einen bösen Jungen für eine heiße Affäre zu suchen. Als nächstes kommt Carries und Zachs Geschichte, *Wenn der Bad Boy keiner ist*, der fünfte Band der Happy End Buchclub-Reihe. Machen auch Sie mit und erleben Sie Ihr Happy End!

Wenn der Bad Boy keiner ist (Happy End Buchclub #5)
Für die brave Krankenschwester Carrie Young reicht ein Blick auf Bad Boy Zach Harrison mit seinen wilden Haaren, seinem Vollbart und seinem verschleierten Blick, um zu wissen, dass er genau das ist, was sie nach all den Jahren, die sie mit ihrem kontrollsüchtigen und verklemmten Ex verschwendet hat, braucht. Volle Verführungskraft voraus!

Nur, dass der Bad Boy nach einer unglaublichen Nacht am darauffolgenden Morgen nicht verschwindet. Nein, er bleibt und macht ihr Frühstück! Was zum …? Hat sie das mit der Bad Boy Nummer nicht richtig gemacht?

Zach ist nicht dumm. Wenn ihm etwas Gutes in den Schoß fällt, erkennt er es. Und wenn das bedeutet, dass er sich dafür als Bad Boy ausgeben muss, ist er dabei. Für ihn ist nichts dabei, in eine Rolle zu schlüpfen. Davon abgesehen wird ihn seine Arbeit als Anthropologe ohnehin bald ins Ausland führen. Er ist dazu bestimmt, auf ewig der einsame Wolf zu sein. Immer in der Nähe der Action, doch nie mittendrin. Das ist gut für seine Karriere, doch Gift für jede Beziehung.

Doch bis dahin gibt es da ein unartiges Mädchen, das einen Bad Boy braucht — und den spielt er gerne für sie.

Abonniere meinen Newsletter & verpasse keine meiner Neuerscheinungen: *Kyliegilmore.com/DEnewsletter*

Weitere Bücher von Kylie Gilmore

Die Clover Park Reihe
The Opposite of Wild (Buch 1)
Daisy Does It All (Buch 2)
Bad Taste in Men (Buch 3)
Kissing Santa (Buch 4)
Restless Harmony (Buch 5)
Not My Romeo (Buch 6)
Rev Me Up (Buch 7)
An Ambitious Engagement (Buch 8)
Clutch Player (Buch 9)
A Tempting Friendship (Buch 10)

Die Clover Park STUDS Reihe
Almost in Love (Buch 1)
Almost Married (Buch 2)
Almost Over It (Buch 3)
Almost Romance (Buch 4)
Almost Hitched (Buch 5)

Die Happy End Buchclub Reihe
Hollywood Inkognito (Buch 1)
Ärger im Anzug (Buch 2)
Gewagtes Spiel (Buch 3)
Förmliche Vereinbarung (Buch 4)
Wenn der Bad Boy keiner ist (Buch 5)

Über die Autorin

Kylie Gilmore ist die *USA Today* Bestsellerautorin der Happy End Buchclub Reihe, der Clover Park Reihe und der Clover Park STUDS Reihe. Sie schreibt unterhaltsame zärtliche Romanzen mit einer gesunden Prise Humor.

Kylie lebt mit ihrer Familie, zwei Katzen und einem verrückten Hund in New York. Wenn sie nicht gerade schreibt, Kinder bändigt oder bei Autorenkonferenzen pflichtbewusst Notizen macht, findet man sie beim Stretching – bis ganz nach oben ins oberste Regal, um dort ihren geheimen Schokoladenvorrat zu erreichen